新华经典散文文库

灵魂归处是吾乡

冯骥才经典散文

冯骥才 著

陕西师范大学出版总社

图书代号：WX19N0287

图书在版编目（CIP）数据

灵魂归处是吾乡：冯骥才经典散文 / 冯骥才著．—西安：陕西师范大学出版总社有限公司，2019.9（2022.8重印）

（新华经典散文文库 / 王笑东主编）

ISBN 978-7-5695-0659-4

Ⅰ．①灵…　Ⅱ．①冯…　Ⅲ．①散文集—中国—当代　Ⅳ．①I267

中国版本图书馆 CIP 数据核字（2019）第 061525 号

灵魂归处是吾乡：冯骥才经典散文

LINGHUN GUICHU SHI WUXIANG：FENG JICAI JINGDIAN SANWEN

冯骥才　著

出 版 人	刘东风
责任编辑	彭　燕　高　歌
策划编辑	刘　钊
封面设计	吴黛君
出版发行	陕西师范大学出版总社 （西安市长安南路 199 号　邮编 710062）
网　　址	http://www.snupg.com
印　　刷	涿州汇美亿浓印刷有限公司
开　　本	620mm×889mm　1/16
印　　张	17
字　　数	120 千
版　　次	2019年9月第1版
印　　次	2022年8月第3次印刷
书　　号	ISBN 978-7-5695-0659-4
定　　价	59.00 元

春天最先是闻到的。

《逼来的春天》

夏天是被它自己融化掉的。

《苦夏》

秋天的音乐已如圣殿的声音；
这壮美崇高的轰响，把我全部身心都裹住、都净化了。

《秋天的音乐》

我从大地注视着这冬天的脚步，
看看它究竟怎样一步步、沿着哪个方向一直走到春天。

《冬日絮语》

信赖，往往创造出美好的境界。

《珍珠鸟》

它们为什么不是在温暖的阳光下冒出来，偏偏在冷风冷雨中拔地而起呢？小小的花儿居然有如此的气魄！

《花的勇气》

一个强者应当有的品质——刚强、坚韧、适应、忍耐、奋取与自信，
它全都具备。

《黄山绝壁松》

植物死了，把它的生命留在种子里；
诗人离去，把他的生命留在诗句里。

《时光》

生活就是创造每一天。

我们今天为之努力的，都是为了明天的回忆。

《日历》

被理解是一种幸福，理解人也是一种幸福。

《父子应是忘年交》

她真了不起，一步跨进了自己的新世纪。
此时此刻我却仍然觉得像是在一种神奇和发光的梦里。

《母亲百岁记》

家庭是世界上唯一可以不设防的地方。

《灵魂的巢》

人生有些日子要设法留住的。
因为在这种日子里，总是在失去很多东西的同时，得到的却更多——
关键是我们是否能够看到。

《大地震给我们留下什么》

活着，却没白白地活着，这便是人生最大的幸福和安慰。

《我心中的文学》

目　录

Contents

第一辑／春天最先是闻到的

第二辑／生活是创造每一天

第三辑／故乡是我灵魂的巢

第四辑／旅行是打开生命的钥匙

第五辑 / 文化是植根内心的修养

第一辑 春天最先是闻到的

逼来的春天[1]

那时，大地依然一派毫无松动的严冬景象，土地梆硬，树枝全抽搐着，害病似的打着冷战；雀儿们晒太阳时，羽毛奓开好像绒球，紧挤一起，彼此借着体温。你呢，面颊和耳朵边儿像要冻裂那样的疼痛……然而，你那冻得通红的鼻尖，迎着凛冽的风，却忽然闻到了春天的气味！

春天最先是闻到的。

这是一种什么气味？它令你一阵惊喜，一阵激动，一下子找到了明天也找到了昨天——那充满诱惑的明天和同样季节、同样感觉却流逝难返的昨天。可是，当你用力再去吸吮这空气时，这气味竟又没了！你放眼这死气沉沉冻结的世界，准会怀疑它不过是瞬间的错觉罢了。春天还被远远隔绝在地平线之外吧。

但最先来到人间的春意，总是被雄踞大地的严冬所拒绝、所稀释、所泯灭。正因为这样，每逢这春之将至的日子，人们会格外地

[1] 为展示名家名作风采，本书未对作者的独特用语习惯及方言进行修改，以最大限度地保留作品原貌。

兴奋、敏感和好奇。

如果你有这样的机会多好——天天来到这小湖边，你就能亲眼看到冬天究竟怎样退去，春天怎样到来，大自然究竟怎样完成这一年一度起死回生的最奇妙和最伟大的过渡。

但开始时，每瞧它一眼，都会换来绝望。这小湖干脆就是整整一块巨大无比的冰，牢牢实实，坚不可摧。它一直冻到湖底了吧？鱼儿全死了吧？灰白色的冰面在阳光反射里光芒刺目，小鸟从不敢在这寒气逼人的冰面上站一站。

逢到好天气，一连多天的日晒，冰面某些地方会融化成水，别以为春天就从这里开始。忽然一夜寒飙过去，转日又冻结成冰，恢复了那严酷肃杀的景象。若是风雪交加，冰面再盖上一层厚厚雪被，春天真像天边的情人，愈期待愈迷茫。

然而，一天，湖面一处，一大片冰面竟像沉船那样陷落下去，破碎的冰片斜插水里，好像出了什么事！这除非是用重物砸开的，可什么人又为什么要这样做呢？但除此之外，并没发现任何异常的细节。那么你从这冰面无缘无故的坍塌中是否隐隐感到了什么……刚刚从裂开的冰洞里露出的湖水，漆黑又明亮，使你想起一双因为爱你而无限深邃又默默的眼睛。

这坍塌的冰洞是个奇迹，尽管寒潮来临，水面重新结冰，但在白日阳光的照耀下又很快地融化和洞开。冬的伤口难以愈合。冬的黑子出现了。

冬天与春天的界限是瓦解。

冰的坍塌不是冬的风景，而是隐形的春所创造的第一幅壮丽的图画。

跟着，另一处湖面，冰层又坍塌下去。一个、两个、三个……随后湖面中间闪现一条长长的裂痕，不等你确认它的原因和走向，居然又发现几条粗壮的裂痕从斜刺里交叉过来。开始这些裂痕发白，渐渐变黑，这表明裂痕里已经浸进湖水。某一天，你来到湖边，会止不住出声地惊叫起来，巨冰已经裂开！黑黑的湖水像打开两扇沉重的大门，把一分为二的巨冰推向两旁，终于袒露出自己阔大、光滑而迷人的胸膛……

这期间，你应该在岸边多待些时候。你就会发现，这漆黑而依旧冰冷的湖水泛起的涟漪，柔软又轻灵，与冬日的寒浪全然两样了。那些仍然覆盖湖面的冰层，不再光芒夺目，它们黯淡、晦涩、粗糙和发脏，表面一块块凹下去。有时，忽然“咔嚓”清脆的一响，跟着某一处，断裂的冰块应声漂移而去……尤其动人的，是那些在冰层下憋闷了长长一冬的大鱼，它们时而激情难耐，猛地蹦出水面，在阳光下银光闪烁打个“挺儿”，“哗啦”落入水中。你会深深感到，春天不是由远方来到眼前，不是由天外来到人间，它原是深藏在万物的生命之中的，它是从生命深处爆发出来的，它是生的欲望、生的能源与生的激情。它永远是死亡的背面。唯此，春天才是不可遏制的。它把酷烈的严冬作为自己的序曲，不管这序曲多么漫长。

追逐着凛冽的朔风的尾巴，总是明媚的春光；所有冻凝的冰的核儿，都是一滴春天的露珠；那封闭大地的白雪下边是什么？你挥动大帚，扫去白雪，一准是连天的醉人的绿意……

你眼前终于出现这般景象：宽展的湖面上到处浮动着大大小小的冰块。这些冬的残骸被解脱出来的湖水戏弄着，今儿推到湖这边儿，明日又推到湖那边儿。早来的候鸟常常一群群落在浮冰上，像乘载游船，欣赏着日渐稀薄的冬意。这些浮冰不会马上消失，有时还会给一场春寒冻结一起，霸道地凌驾湖上，重温昔日威严的梦。然而，春天的湖水既自信又有耐性，有信心才有耐性。它在这浮冰四周，扬起小小的浪头，好似许许多多温和而透明的小舌头，去舔弄着这些渐软渐松渐小的冰块……最后，整个湖中只剩下一块肥皂大小的冰片片了，湖水反而不急于吞没它，而是把它托举在浪波之上，摇摇晃晃，一起一伏，展示着严冬最终的悲哀、无助和无可奈何……终于，它消失了。冬，顿时也消失于天地间。这时你会发现，湖水并不黝黑，而是湛蓝湛蓝。它和天空一样的颜色。

天空是永远宁静的湖水，湖水是永难平静的天空。

春天一旦跨到地平线这边来，大地便换了一番风景，明朗又朦胧。它日日夜夜散发着一种气息，就像青年人身体散发出的气息。清新的、充沛的、诱惑而撩人的，这是生命本身的气息。大地的肌肤——泥土，松软而柔和。树枝不再抽搐，软软地在空中自由舒展，那纤细的枝梢无风时也颤悠悠地摇动，招呼着一个万物萌芽的季节的到来。小鸟们不必再奓开羽毛，个个变得光溜精灵，在高天上扇动阳光飞翔……湖水因为春潮涨满，仿佛与天更近。静静的云，说不清在天上还是在水里……湖边，湿漉漉的泥滩上，那些东倒西歪的去年的枯苇棵里，一些鲜绿夺目、又尖又硬的苇芽，破土而出。愈看愈多，有的地方竟已簇密成片了。你真惊奇！在这之前，它们竟逃过你细心的留意，一旦发现即已充满咄咄的生气了！难道这是一夜春风、一阵春雨或一日春晒，便齐刷刷钻出地面？来得又何其神速！这分明预示着，大自然囚禁了整整一冬的生命，要重新开始新的一轮竞争了。而它们，这些碧绿的针尖一般的苇芽，不仅叫你看到了崭新的生命，还叫你深刻地感受到生命的锐气、坚韧、迫切，还有生命和春的必然。

苦　夏

这一日，终于撂下扇子。来自天上干燥清爽的风，忽吹得我衣飞举，并从袖口和裤管钻进来，把周身滑溜溜地抚动。我惊讶地看着阳光下依旧夺目的风景，不明白数日前那个酷烈非常的夏天突然到哪里去了。

是我逃遁似的一步跳出了夏天，还是它就像 1976 年的“文革”那样——在一夜之间崩溃？

身居北方的人最大的福分，便是能感受到大自然的四季分明。我特别能理解一位新加坡朋友，每年冬天要到中国北方住上十天半个月，否则会一年里周身不适。好像不经过一次冷处理，他的身体就会发酵。他生在新加坡，祖籍中国河北；虽然人在“终年都是夏”的新加坡长大，血液里肯定还执着地潜着大自然四季的节奏。

四季是来自宇宙的最大的节拍。在每一个节拍里，大地的景观便全然变换与更新。四季还赋予地球以诗，故而悟性极强的中国人，在四言绝句中确立的法则是：起，承，转，合。这四个字恰恰就是四季的本质。起始如春，承续似夏，转变若秋，合拢为冬。合在一起，不正是地球生命完整的一轮？为此，天地间一切生命全都依从着这一节拍，无论岁岁枯荣与生死的花草百虫，还是长命百岁的漫漫人生。然而在这生命的四季里，最壮美和最热烈的不是这长长的夏吗？

女人们孩提时的记忆散布在四季；男人们的童年往事大多是在夏天里。这由于，我们儿时的伴侣总是各种各样的昆虫——蜻蜓、天牛、蚂蚱、螳螂、蝴蝶、蝉、蚂蚁、蚯蚓，此外还有青蛙和鱼儿。它们都是夏日生活的主角；每种昆虫都给我们带来无穷的快乐。甚至我对家人和朋友们记忆最深刻的细节，也都与昆虫有关。比如妹妹一见到壁虎就发出一种特别恐怖的尖叫，比如邻家那个斜眼的男孩子专门残害蜻蜓，比如同班一个最好看的女生头上花形的发卡，总招来蝴蝶落在上边；再比如，父亲睡在铺了凉席的地板上，夜里翻身居然压死了一只蝎子——这不可思议的事使我感到父亲的无比强大。后来父亲挨斗，挨整，写检查；我劝慰和宽解他，怕他自杀，替他写检查——那是我最初写作的内容之一。这时候父亲那种强大感便不复存在。生活中的一切事物，包括夏天的意味全都发生了变化。

在快乐的童年里，根本不会感到蒸笼般夏天的难耐与难熬。唯有在此后艰难的人生里，才体会到苦夏的滋味。快乐把时光缩短，苦难把岁月拉长，一如这长长的仿佛没有尽头的苦夏。但我至今不喜欢谈自己往日的苦楚与磨砺。相反，我却从中领悟到“苦”字的分量。苦，原是生活中的蜜。人生的一切收获都压在这沉甸甸的“苦”字的下边。然而一半的“苦”字下边又是一无所有。你用尽平生的力气，最终所获与初始时的愿望竟然去之千里。你该怎么想？

于是我懂得了这苦夏——它不是无尽头的暑热的折磨，而是我们顶着毒日头默默又坚忍的苦斗的本身。人生的力量全是对手给的，那就是要把对手的压力吸入自己的骨头里。强者之力最主要的是承受力。只有在匪夷所思的承受中才会感到自己属于强者，也许为此，我的写作一大半是在夏季。很多作家包括普希金不都是在爽朗而惬意的秋天里开花结果？我却每每进入炎热的夏季，反而写作力加倍地旺盛。我想，这一定是那些沉重的人生的苦夏，锻造出我这个反常的性格习惯。我太熟悉那种写作久了，汗湿的胳膊粘在书桌玻璃上的美妙无比的感觉。

在维瓦尔第的《四季》中，我常常只听“夏”的一章。它使我激动，胜过春之蓬发、秋之灿烂、冬之静穆。友人说“夏”的一章，极尽华丽之美。我说我从中感受到的，却是夏的苦涩与艰辛，甚至还有一点儿悲壮。友人说，我在这音乐情境里已经放进去太多自己的故事。我点点头，并告诉他我的音乐体验。音乐的最高境界是超越听觉，不只是它给你，更是你给它。

年年夏日，我都会这样体验一次夏的意义，从而激情迸发，心境昂然。一手撑着滚烫的酷暑，一手写下许多文字来。

今年我还发现，这伏夏不是被秋风吹去的，更不是给我们的扇子轰走的——

夏天是被它自己融化掉的。

因为，夏天的最后一刻，总是它酷热的极致。我明白了，它是耗尽自己的一切，才显示出夏的无边的威力。生命的快乐是能量淋漓尽致的发挥。但谁能像它这样，用一种自焚的形式，创造出这火一样辉煌的顶点？

于是，我充满了夏之崇拜！我要一连跨过眼前的辽阔的秋、悠长的冬和遥远的春，再一次邂逅你，我精神的无上境界——苦夏！

秋天的音乐

你每次上路出远门千万别忘记带上音乐，只要耳朵里有音乐，你一路上对景物的感受就全然变了。它不再是远远待在那里、无动于衷的样子，音乐在撩拨你心灵的同时，也把窗外的景物调弄得易感而动情。你被种种旋律和音响唤起的丰富的内心情绪，这些景物也全部神会地感应到了，它还随着你的情绪奇妙地进行自我再造。你振作它雄浑，你宁静它温存，你伤感它忧患，也许同时还给你加上一点儿人生甜蜜的慰藉，这是真正知友心神相融的交谈……河湾、山脚、烟光、云影、一草一木，所有细节都浓浓浸透你随同音乐而流动的情感，甚至它一切都在为你变形，一幅幅不断变换地呈现出你心灵深处的画面。它使你一下子看到了久藏心底那些不具体、不成形、朦胧模糊或被时间湮没了的感受，于是你更深深坠入被感动的旋涡里，享受这画面、音乐和自己灵魂三者融为一体的特殊感受……

秋天十月，我松松垮垮套上一件粗线毛衣，背个大挎包，去往东北最北部的大兴安岭。赶往火车站的路上，忽然发觉只带了录音机，却把音乐磁带忘记在家，恰巧路过一个朋友的住处，他是音乐迷，便跑进去向他借。他给我一盘说是新翻录的，都是“背景音乐”。我问他这是什么曲子，他怔了怔，看我一眼说：

“秋天的音乐。”

他多半随意一说，搪塞我。这曲名，也许是他看到我被秋风吹得松散飘扬的头发，灵机一动得来的。

火车一出山海关，我便戴上耳机听起这秋天的音乐。开端的旋律似乎熟悉，没等我怀疑它是不是真正地描述秋天，下巴发懒地一蹭粗软的毛衣领口，两只手搓一搓，让干燥的凉手背给湿润的热手心舒服地磨擦磨擦，整个身心就进入秋天才有的一种异样温暖甜醉的感受里了。

我把脸颊贴在窗玻璃上，挺凉，带着享受的渴望往车窗外望去，秋天的大自然展开一片辉煌灿烂的景象。阳光像钢琴明亮的音色洒在这收割过的田野上，整个大地像生过婴儿的母亲，幸福地舒展在开阔的晴空下，躺着，丰满而柔韧的躯体！从麦茬儿里裸露出的浓厚的红褐色是大地母亲健壮的肤色；所有树林都在炎夏的竞争中把自己的精力膨胀到头，此刻自在自如地伸展它优美的枝条；所有金色的叶子都是它的果实，一任秋风翻动，煌煌夸耀着秋天的富有。真正的富有感，是属于创造者的；真正的创造者，才有这种潇洒而悠然的风度……一只鸟儿随着一个轻扬的小提琴旋律腾空飞起，它把我引向无穷纯净的天空。任何情绪一入天空便化作一片博大的安寂。这愈看愈大的天空有如伟大哲人恢宏的头颅，白云是他的思想。有时风云交会，会闪出一道智慧的灵光，响起一句警示世人的哲理。此时，哲人也累了，沉浸在秋天的松弛里。它高远，平和，神秘无限。大大小小、松松散散的云彩是他思想的片断，而片断才是最美的，无论思想还是情感……这千形万状精美的片断伴同空灵的音响，在我眼前流过，还在阳光里洁白耀眼。那乘着小提琴旋律的鸟儿一直钻向云天，愈高愈小，最后变成一个极小的黑点儿，忽然“噗”地扎入一个巨大、蓬松、发亮的云团……

我陡然想起一句话：

“我一扑向你，就感到无限温柔啊。”

我还想起我的一句话：

“我睡在你的梦里。”

那是一个清明的早晨，在实实在在酣睡一夜醒来时，正好看见枕旁你朦胧的、散发着香气的脸说的。你笑了，就像荷塘里、雨里、雾里悄然张开的一朵淡淡的花。

接下去的温情和弦，带来一片疏淡的田园风景。秋天消解了大地的绿，用它中性的调子，把一切色泽调匀。和谐又高贵，平稳又舒畅，只有收获过了的秋天才能这样静谧安详。几座闪闪发光的麦秸垛，一缕银蓝色半透明的炊烟，这儿一棵那儿一棵怡然自得站在平原上的树，这儿一头那儿一头慢吞吞吃草的杂色的牛。在弦乐的烘托中，我心底渐渐浮起一张又静又美的脸。我曾经用吻，像画家用笔那样勾勒过这张脸：轮廓、眉毛、眼睛、嘴唇……这样的勾画异常奇妙，无形却深刻地记住。你嘴角的小窝、颤动的睫毛、鼓脑门儿和尖俏下巴上那极小而光洁的平面……近景从眼前疾掠而过，远景跟着我缓缓向前，大地像唱片慢慢旋转，耳朵里不绝地响着这曲人间牧歌。

一株垂死的老树一点点走进这巨大唱片的中间来。它的根像唱针，在大自然深处画出一支忧伤的曲调。心中的光线和风景的光线一同转暗，即使一湾河水强烈的反光，也清冷，也刺目，也凄凉。一切阴影都化为行将垂暮秋天的愁绪；萧疏的万物失去往日共荣的激情，各自挽着生命的孤单；篱笆后一朵迟开的小葵花，像你告别时在人群中伸出的最后一次招手，跟着被轰隆隆前奔的列车甩到后边……春的萌动、战栗、骚乱，夏的喧闹、蓬勃、繁华，全都销匿而去，无可挽回。不管它曾经怎样辉煌，怎样骄傲，怎样光芒四射，怎样自豪地挥霍自己的精力与才华，毕竟过往不复。人生是一次性的；生命以时间为载体，这就决定人类以死亡为结局的必然悲剧。谁能把昨天和前天追回来，哪怕再经受一次痛苦的诀别也是幸福，还有那做过许多傻事的童年，年轻的母亲和初恋的梦，都与这老了的秋天去之遥远了。一种浓重的忧伤混同音乐漫无边际地散开，渲染着满目风光。我忽然想喊，想叫这列车停住，倒回去！

突然，一条大道纵向冲出去，黄昏中它闪闪发光，如同一支号角嘹亮吹响，声音唤来一大片拔地而起的森林，像一支金灿灿的铜管乐队，奏着庄严的乐曲走进视野。来不及分清这是音乐还是画面变换的缘故，心境陡然一变，刚刚的忧愁一扫而光。当浓林深处一棵棵依然葱绿的幼树晃过，我忽然醒悟，秋天的凋谢全是假象！

它不过在寒飙来临之前把生命掩藏起来，把绿意埋在地下，在冬日的雪被下积蓄与浓缩，等待下一个春天里，再一次加倍地挥洒与铺张！远远山坡上，坟茔，在夕照里像一堆火，神奇又神秘，它那里是埋葬的一具尸体或一个孤魂？既然每个生命都在创造了另一个生命后离去，什么叫作死亡？死亡，不仅仅是一种生命的转换，旋律的变化，画面的更迭吗？那么世间还有什么比死亡更庄严、更神圣、更迷人！为了再生而奉献自己的伟大的死亡啊……

秋天的音乐已如圣殿的声音；这壮美崇高的轰响，把我全部身心都裹住、都净化了。我惊奇地感觉自己像玻璃一样透明。

这时，忽见对面坐着两位老人，正在亲密交谈。残阳把他俩的脸晒得好红，条条皱纹都像画上去的那么清楚。人生的秋天！他们把自己的青春年华、所有精力为这世界付出，连同头发里的色素也将耗尽，那满头银丝不是人间最值得珍惜的吗？我瞧着他俩相互凑近、轻轻谈话的样子，不觉生出满心的爱来，真想对他俩说些美好的话。我摘下耳机，未及开口，却听他们正议论关于单位里上级和下级的事，哪个连着哪个，哪个与哪个明争暗斗，哪个可靠和哪个更不可靠，哪个是后患而必须……我惊呆了，以致再不能听下去，赶快重新戴上耳机，打开音乐，再听，再放眼窗外的景物。奇怪！这一次，秋天的音乐，那些感觉，全没了。

“艺术原本是欺骗人生的。”

在我返回家，把这盘录音带送还给我那朋友时，把这话告他。

他不知道我为何得到这样的结论，我也不知道他为何对我说：

“艺术其实是安慰人生的。”

冬日絮语

每每到了冬日，才能实实在在触摸到岁月。年是冬日中间的分界。有了这分界，便在年前感到岁月一天天变短，直到残剩无多！过了年忽然又有大把的日子，成了时光的富翁，一下子真的大有可为了。

岁月是用时光来计算的。那么时光又在哪里？在钟表上、日历上，还是行走在窗前的阳光里？

窗子是房屋最迷人的镜框。节候变换着镜框里的风景。冬意最浓的那些天，屋里的热气和窗外的阳光一起努力，将冻结在玻璃上的冰雪融化。它总是先从中间化开，向四边蔓延。透过这美妙的冰洞，我发现原来严冬的世界才是最明亮的。那一如人的青春的盛夏，总有阴影遮翳，葱茏却幽暗。小树林又何曾有这般光明？我忽然对“老人”这个概念生了敬意。只有阅尽人生，脱净了生命年华的叶子，才会有眼前这小树林一般的明澈。只有这彻底的通达，才能有此无边的安宁。安宁不是安寐，而是一种博大而丰实的自享。世中唯有创造者所拥有的自享才是人生真正的幸福。

朋友送来一盆“香棒”，放在我的窗台上说：“看吧，多漂亮的大叶子！”

这叶子像一只只绿色光亮的大手，伸出来，叫人欣赏。逆光中，它的叶筋舒展着舒畅又潇洒的线条。一种奇特的感觉出现了：严寒占据窗外，丰腴的春天却在我的房中怡然自得。

自从有了这盆“香棒”，我才发现我的书房竟有如此灿烂的阳光。它照进并充满每一片叶子和每一根叶梗，把它们变得像碧玉一样纯净、通亮、圣洁。我还看见绿色的汁液在通明的叶子里流动。这汁液就是血液。人的血液是鲜红的，植物的血液是碧绿的，心灵的血液是透明的，因为世界的纯洁来自心灵的透明。但是为什么我们每个人都说自己纯洁，而整个世界却仍旧一片混沌呢？

我还发现，这光亮的叶子并不是为了表示自己的存在，而是为了证实阳光的明媚、阳光的魅力、阳光的神奇。任何事物都同时证实着另一个事物的存在。伟大的出现说明庸人的无所不在；分离愈远的情人，愈显示了他们的心丝毫没有分离；小人的恶言恶语不恰好表达你的高不可攀和无法企及吗？而骗子无法从你身上骗走的，正是你那无比珍贵的单纯。老人的生命愈来愈短，还是他生命的道路愈来愈长？生命的计量，在于它的长度，还是宽度与深度？

冬日里，太阳环绕地球的轨道变得又斜又低。夏天里，阳光的双足最多只是站在我的窗台上，现在却长驱直入，直射在我北面的墙壁上。一尊唐代的木佛一直伫立在阴影里沉思，此刻迎着一束光芒无声地微笑了。

阳光还要充满我的世界，它化为闪闪烁烁的光雾，朝着四周的阴暗的地方浸染。阴影又执着又调皮，阳光照到哪里，它就立刻躲到光的背后。而愈是幽暗的地方，愈能看见被阳光照得晶晶发光的游动的尘埃。这令我十分迷惑：黑暗与光明的界限究竟在哪里？黑夜与晨曦的界限呢？来自早醒的鸟第一声的啼叫吗……这叫声由于被晨露滋润而异样地清亮。

但是，有一种光可以透入幽闭的暗处，那便是从音箱里散发出来的闪光的琴音。鲁宾斯坦的手不是在弹琴，而是在摸索你的心灵；他还用手思索，用手感应，用手触动色彩，用手试探生命世界最敏感的悟性……琴音是不同的亮色，它们像明明灭灭、强强弱弱的光束，散布在空间。那些旋律片段好似一些金色的鸟，扇着翅膀，飞进布满阴影的地方。有时，它会在一阵轰响里，关闭了整个地球上的灯或者创造出一个辉煌夺目的太阳。我便在一张寄给远方的失意朋友的新年贺卡上，写了一句话：

你想得到的一切安慰都在音乐里。

冬日里最令人莫解的还是天空。

盛夏里，有时乌云四合，那即将被峥嵘的云吞没的最后一块蓝天，好似天空的一个洞，无穷地深远。而现在整个天空全成了这样，在你头顶上无边无际地展开！空阔、高远、清澈、庄严！除去少有的飘雪的日子，大多数时间连一点点云丝也没有，鸟儿也不敢飞上去，这不仅由于它冷冽寥廓，还因为它大得……大得叫你一仰起头就感到自己的渺小。只有在夜间，寒空中才有星星闪烁。这星星是宇宙间点灯的驿站。万古以来，是谁不停歇地从一个驿站奔向下一个驿站？为谁送信？为了宇宙间那一桩永恒的爱吗？

我从大地注视着这冬天的脚步，看看它究竟怎样一步步、沿着哪个方向一直走到春天。

珍珠鸟

真好！朋友送我一对珍珠鸟。放在一个简易的竹条编成的笼子里，笼内还有一卷干草，那是小鸟舒适又温暖的巢。

有人说，这是一种怕人的鸟。

我把它挂在窗前。那儿还有一盆异常茂盛的法国吊兰。我便用吊兰长长的、串生着小绿叶的垂蔓蒙盖在鸟笼上，它们就像躲进深幽的丛林一样安全；从中传出的笛儿般又细又亮的叫声，也就格外轻松自在了。

阳光从窗外射入，透过这里，吊兰那些无数指甲状的小叶，一半成了黑影，一半被照透，如同碧玉，斑斑驳驳，生意葱茏。小鸟的影子就在这中间隐约闪动，看不完整，有时连笼子也看不出，却见它们可爱的鲜红小嘴儿从绿叶中伸出来。

我很少扒开叶蔓瞧它们，它们便渐渐敢伸出小脑袋瞅瞅我。我们就这样一点点熟悉了。

三个月后，那一团越发繁茂的绿蔓里边，发出一种尖细又娇嫩的鸣叫。我猜到，是它们有了雏儿。我呢？绝不掀开叶片往里看，连添食加水时也不睁大好奇的眼去惊动它们。过不多久，忽然有一个小脑袋从叶间探出来。更小哟，雏儿！正是这个小家伙！

它小，就能轻易地由疏格的笼子钻出身。瞧，多么像它的母亲：红嘴红脚，灰蓝色的毛，只是后背还没有生出珍珠似的圆圆的白点；它好肥，整个身子好像一个蓬松的球儿。

起先，这小家伙只在笼子四周活动，随后就在屋里飞来飞去，一会儿落在柜顶上，一会儿神气十足地站在书架上，啄着书背上那些大文豪的名字；一会儿把灯绳撞得来回摇动，跟着跳到画框上去了。只要大鸟在笼里生气地叫一声，它立即飞回笼里去。

我不管它。这样久了，打开窗子，它最多只在窗框上站一会儿，绝不飞出去。

渐渐它胆子大了，就落在我的书桌上。

它先是离我较远，见我不去伤害它，便一点点挨近，然后蹦到我的杯子上，俯下头来喝茶，再偏过脸瞧瞧我的反应。我只是微微一笑，依旧写东西，它就放开胆子跑到稿纸上，绕着我的笔尖蹦来蹦去，跳动的小红爪子在纸上发出“嚓嚓”响。

我不动声色地写，默默享受着这小家伙亲近的情意。这样，它完全放心了，索性用那涂了蜡似的、角质的小红嘴，“嗒嗒”啄着我颤动的笔尖。我用手抚一抚它细腻的绒毛，它也不怕，反而友好地啄两下我的手指。

白天，它这样淘气地陪伴我；天色入暮，它就在父母再三的呼唤声中，飞向笼子，扭动滚圆的身子，挤开那些绿叶钻进去。

有一天，我伏案写作时，它居然落到我的肩上。我手中的笔不觉停了，生怕惊跑它。待一会儿，扭头看，这小家伙竟趴在我的肩头睡着了，银灰色的眼睑盖住眸子，小红脚刚好给胸脯上长长的绒毛盖住。我轻轻抬一抬肩，它没醒，睡得好熟！还咂咂嘴，难道在做梦？

我笔尖一动，流泻下一时的感受：

信赖，往往创造出美好的境界。

花的勇气

四月的维也纳真令我失望。大片大片的草地上，只是绿色连着绿色，见不到能让人眼前亮起来的明媚的小花。没有花的绿地是寂寞的。我对驾车同行的小吕说："四月的维也纳可真乏味！绿色到处泛滥，见不到花儿，下次再来非躲开四月不可！"

小吕听了，将车子停住，把我领到路边一片非常开阔的草地上，让我蹲下来扒开草好好看看。我用手拨开草一看，原来青草下边藏着满满一层小花，白的、黄的、紫的；纯洁、娇小、鲜亮；这么多、这么密、这么辽阔！

它们比青草只矮几厘米，躲在草下边，好像只要一使劲，就会齐刷刷地冒出来……

"什么时候才能冒出来？"我问。

"也许过几天，也许就在明天。"小吕笑道，"四月的维也纳可说不准，一天一个样儿。"

当天夜里，冷雨伴着凉风下了起来。后来的几天，雨时下时停，太阳一直没露面儿。

我很快要离开维也纳去意大利了，小吕为我送行。路上我对小吕说：“这次看不到草地上的那些花儿，真有点儿遗憾，我想它们刚冒出来时肯定很壮观。”小吕驾着车没说话，大概也有些为我失望吧。

外边毛毛雨把车窗遮得像拉了一道纱帘。车子开出去十几分钟，小吕忽然对我说：“你看窗外——”隔着雨窗，看不清外边，但窗外的颜色明显地变了，白色、黄色、紫色，在车窗上流动。小吕停了车，伸手拉开我这边的车门，未等我弄明白是怎么回事，便说：“去看吧——你的花！”

迎着吹在脸上的细密的、凉凉的雨点，我看到的竟是一片花的原野。这正是前几天那片千万朵小花藏身的草地。此刻那些花儿一下子全冒了出来，顿时改天换地，整个世界铺满了全新的色彩。虽然远处大片大片的花与蒙蒙细雨融在一起，低头却能清晰地看到，在冷雨中，每一朵小花都傲然挺立，明亮夺目，神气十足。

我惊奇地想：它们为什么不是在温暖的阳光下冒出来，偏偏在冷风冷雨中拔地而起呢？小小的花儿居然有如此的气魄！我的心头怦然一震，这一震，使我明白了生命的意味是什么，是——勇气！

进　香

信徒的虔诚有时令人惊异莫解。精明练达往往顾虑重重，单一而偏执的虔诚却常常能创造奇迹。其实这奇迹是旁人这么看，本人未必以为是什么壮举才去做的。就像这些登上几千尺高山去进香拜佛的婆娘——

一

登泰山者，有相当一些人是朝山拜佛的，自古如此。即便“文革”间也是这样。那时，山间寺庙都闭门上锁，各处神佛塑像全给搬进山顶碧霞祠的正殿里。其中有释迦牟尼、如来、关帝、观音大士、土地爷，也有罗汉、韦驮和此地独有的岱神。千百年来这些神佛在各自的庙堂里主事，互不相识，如今拥挤一室，彼此陌生，又没人介绍，只好瞠着吃惊的眼睛面面相觑。可是这些上山求佛来的婆娘却一一认得。她们进不得封闭的殿堂，就用手指尖悄悄捅开窗纸，挤着一只眼儿透过木棂，找到自己所寻求的佛爷。趁着那严厉的看管庙堂的人有事离开的当儿，赶紧拿出几根自制的草香，插在地面的砖缝里，趴下来，隔着上了黄铜大锁的庙门，给门内的诸神叩头。

这是那十年间，泰山上兴起的一种奇异的风俗。自古烧香拜佛，都得面对佛爷，哪有隔门拜佛的规矩？但门上的锁断然不能打开，虔诚的心意却锁不住、拦不断，照样能奉献到这些呆呆的佛爷跟前，虽然愚昧可笑，却显出这些无知的婆娘的至诚之深。由此便知，世上最难约束的，乃是人心。歌儿不能唱在嘴上，依旧唱在心里；你什么也听不见，他正唱给自己听。

这叫作——无形的存在。

二

人说女人心慈，所以烧香拜佛的大都是婆娘们，尤其是些住在山沟，远隔世事的老婆婆。到泰山拜佛的人，近自山下方圆几十里的村落，远至数百里之外的德州一带。不论远近，仅仅从山脚起始攀登，及至山顶，也得跋涉二十余里山路，又多是回绕而陡峭的石阶。偏偏寺庙大都修筑在半山之上，就得使这些七老八十的小脚老婆婆，千辛万苦爬上峰顶。我纳闷儿，当初这些修庙建寺的人，怎么没人替善心的老婆婆们想一想呢？有人告诉我，这正是要考验老婆婆们的诚心。不经过千折百回、劳其筋骨的辛苦，怎能知其真假？佛爷向来不肯轻信于人的。不管这说法是不是笑话，反正至诚不二的老婆婆却执意这样做了，她们的虔诚与毅力不单会感动神灵，也常常感动那些不信神佛的年轻的游人，居然也跑到庙里装模作样叩几个头。

这些老婆婆拜过佛爷，就打怀里摸出一个钱板，去到碧霞祠院内的御碑上磨一磨。据说把这钱板的边儿磨去，带回家，当中打个小孔，穿根红线绳套在孙儿的脖颈上，可以“长寿无边”。这由于钱板的边儿磨去了，取其“无边”之意。其实世上的事哪有无穷无尽的，不过图个吉利罢了。

拜过佛，磨过钱，老婆婆们心满意足，便折一枝山花，慢悠悠下山来。你登泰山时，只要见到老婆婆们手执一条花枝，乐滋滋走下山，不用问，一准就是朝山拜佛的。

每逢春至，风和景明，寂寂山谷中，常有三五婆娘结成伴儿，顺着那万丈天梯般的石阶山路，慢慢腾腾往上爬，或是走下来。她们穿得干干净净，头发梳得油光乌亮，神情郑重不阿；前前后后还跟着几个小姑娘，臂弯里挎一个蓝底白花的土布包袱，里边装着衣物干粮。婆娘们手拄的竹棍木杖，敲着石磴，声调清越，与四外的松涛、泉响、鸟鸣，合成谐美悦耳的乐音。她们这红颜、白发，以及每人手中一枝鲜黄的迎春花，在郁郁幽深的谷壑中分外招眼。

她们时走时停，有时还要坐在石阶上揉一揉酸胀的小脚，喘口气，等候步履略迟的同伴，或是打开包袱，拿出锅盖大焦黄的煎饼、翡翠般的大葱和香喷喷的酱罐，用这种地道的山东乡民的粗食，填饱在劳累中耗空了的饥肠饿肚。这时，你走上去，与她们搭讪，她们准是乐于与你攀谈的。她们一边掠一掠给汗黏在颊边的鬓发，一边弯起满脸深深的皱纹，龇着零落、歪斜、发黄的牙齿，笑呵呵告诉你：去年她们上山来请求佛爷赐给每人一个孙儿，并许了愿，如果佛爷真的给她们孙儿，来年准来还愿；回家不久，儿媳们竟然都有了孕，当下胖大的孙儿早都抱在怀中。所以老婆婆们今儿特意翻山越岭还愿来了。

你听了，会被她们这质朴和虔诚所感染！你不但不会笑话老婆婆们愚昧无知，反而会敬重她们的纯真和信义。多可爱的老婆婆们！只要佛爷的话算数，她们再苦再累也不能说了不算。虔诚是圣洁美好的心境。于是，你就会诚心诚意向老婆婆们贺喜道福，让老人们满心欢喜地返回去！

三

在“文革”期间，社会空气沉闷肃杀的时候，我去泰山写生，攀过五松亭，见到松柏环抱里有一处石洞，洞口石壁凿刻三字：朝阳洞。洞内晦暗，隐隐飘出丝丝微蓝的烟缕。我猫腰钻进洞内，扑鼻而来是一阵浓浓好闻的烧香气味，一股庙堂的气息。透过弥漫洞中的香烟，渐渐看到洞内竖着一尊观音大士的石刻像，阴刻的线条遒劲流畅，一派静穆慈悲的神态。洞顶乌黑，显然是给数百年来的香火熏灼所致。在这华夏文化荡涤一空的时代，居然有保存得如此完好的佛像，令我惊讶，刚要走近仔细观摩，突然呼啦啦在我身边站起几个人来。仔细一看，原来都是中年以上的乡村妇女。身穿蓝袄黑裤，鬓边各垂乌鸦翅膀那样一片头发，不知是哪个地方的打扮。她们个个显得尴尬又紧张，好像做了什么错事那样等待我发火似的。其中一个妇女正用脚蹴着什么东西。原来地上有一小撮土，上面插着几炷香，香头红亮，袅袅冒烟。她是想把香踢倒，用土掩盖。我马上明白，她们是来烧香的，并错把我当作山上大队的“造反”干部。当时到山上烧香是要给扣起来的。

我便犹豫了。我如果站在这里，她们肯定不敢烧香叩头；我如果走掉，她们便会疑心我去报告那些“造反”者来抓她们，反而会吓跑了。那么，她们千辛万苦赶到这里，只为了在佛爷面前烧几炷香，叩几个头，企求一点儿安慰，充实一些希望，不就全给我扰散，怏怏归去吗？我将无论怎么忏悔，也无法弥补这无意中的过失。这可真是进退两难……我和这些婆娘都怔怔站着，不知所措。

忽然，一个极其聪明的办法钻进我的脑袋里。就像写作时来了灵感一样，马上就做。我上前，把地上那撮土拍好，将香插直，虽然我根本不信这些不存在的佛爷，却“扑通”一下跪下来给神像叩头。周围这几个婆娘先是一怔，跟着不约而同地扑跪在地，和我一起认真地叩头作揖。叩完头站起来，我们每人膝盖上都带着两大块黄土印子，面对面，不由得咧开嘴露出十分快活的笑容。

她们快活，因为她们如愿以偿；我也快活，因为我觉得自己还算聪明。这聪明使我做了一件多么好的事啊！

小雨入端午

今日进入端午假日，醒来很早，起身坐在我的“心居”，身闲气舒，意定神足。我这心居，不是斋号，乃是在阳台一角搭个棚屋，屋里屋外栽些花草藤蔓，屋间放置老家的绿茶、好吃的零食、有弹性的藤椅和心爱的木狮铁佛陶罐石砚等。这是一己的私人角落。平日在外边跑累了，回来坐在这里聚聚气力，抑或有什么未了的思考，便到这里舒展一下脑袋里的翅膀。

今日，我特意在那个木雕花架上挂了几件艳丽五彩的小物件——丝线粽子。这种端午特有的吉祥小品，给花架上青翠又蓬松的蜈蚣草一衬，端午的气息油然而生。其实，过这种古老的节日，不必太刻意表达什么深刻的精神内涵，随性而自然地享受一下传统情味就是了。

小雨从昨晚就来到我的城市里，此刻依旧未走。雨太小，看不到零零落落的雨点，却见屋外边绿叶被雨点敲得一动一动。

眼瞧着这优美地悬垂着的丝线粽子，悠悠地想起一件相关的老事：

念小学的时候，每逢端午佳节，都是班上同学们缠丝线粽子的一次热潮。大家先用硬纸叠成小小的粽子壳，然后使五彩丝线一道道缠起来，缠的过程中不断改变颜色，最后缠成一个个五彩纷呈却各不相同的小粽子来。这原本是课堂上老师教的一种节日手工，由于大家喜爱，课间休息时也缠，下课后不回家还缠。丝线粽子最大的魅力是，颜色完全任由自己搭配，所以每个人都想缠出一个特别又好看的丝线粽子，向别人显摆。于是，弄得教室满地都是彩色线头，做卫生可就费劲了，那些花花绿绿的小线头一扫全绕在扫帚上，得使好大劲才能摘干净。

缠粽子的丝线都是同学们从家里带来的。那时代母亲们在家都做针线，各色丝线家家都有，关键看谁配色好，想法出奇。

我的班上有一个女生，叫徐又芳——那时的孩子名字都是三个字，大概与家族的字辈有关。记得她个子高，短发，衣着很旧，据说她家里穷，家里没有好看的丝线，就从地上拾别人扔的线头来缠；可是她心细手巧，虽然拾的线头很短，但缠出的粽子反而色彩十分复杂和丰富，斑斓又精细，超过了所有的人。我向她借一个拿回家给母亲看，母亲也连连称赞说，这种缠法要每缠一道线换一个颜色，太难了。我说她的线都很短，只能缠一道，因为她的线是从地上拾的。母亲说：这孩子太可怜了，便用一个木线轴缠了各色的丝线，叫我带给她。

要命的是那时我太不懂事。丰子恺说：“孩子的目光是直线的。”其实孩子的一切都是直线的。转天我到班上，把线轴给她，真心对她说：“我母亲说你太可怜了，叫我把这线给你。”

我以为她会高兴，谁料她脸色立刻变得很不好看，只说一句：“我不要！”似乎很生气，转身就走，从此便不大搭理我了，一直到小学毕业各奔东西，以后再没有见到她。这个带着对我的误解却无法接受我歉意的女孩如今在哪里？

我当时不明白她何以会那样气愤，后来明白了：

别人的自尊是绝不能伤害的。

哪怕是不经意的伤害。伤人自尊，那会是一种很深的伤害。

这事过了差不多六十年。虽然平时不会记起，但每逢端午悬挂丝线粽子时都会想起来。原来它深深地记在我的端午的情结里，一年一度提醒着我。

写到此处，小雨似停，天光渐明，外边的朱花碧草像洗过澡一样鲜亮。

除夕情怀

除夕是一年中最后一天，最后一个夜晚，是一岁中剩余的一点儿短暂的时光。时光是留不住的，不管我们怎么珍惜它，它还是一天天在我们身边烟消云散。古人不是说过“黄金易得，韶光难留”吗？所以在这一年最后的夜晚，要用“守岁”——也就是不睡觉，眼巴巴守着它，来对上天恩赐的岁月时光以及眼前这段珍贵的生命时间表示深切的留恋。

除夕是中国人最具生命情感的日子。所以此时此刻一定要和与自己有着血缘关系的亲人团聚在一起。首先是生养自己的父母。陪伴老人过年，有如依偎着自己生命的根与源头，再有便是和同一血缘的一家人枝叶相拥，温习往昔，尽享亲情。记得有人说：“过年不就是一顿鸡鸭鱼肉的年夜饭吗？现在天天鸡鸭鱼肉，年还用过吗？”其实过年并不是为了那一顿美餐，而是团圆。只不过先前中国人太穷，便把平时稀罕的美食当作一种幸福，加入到这个人间难得的团聚中。现在鸡鸭鱼肉司空见惯了，团圆却依然是人们的愿望年的主题。腊月里到火车站或是机场去看看声势浩大的春运吧。世界上哪个国家会有一亿人同时返乡，都要在除夕那天赶到家去？他们到底是为了吃年夜饭还是为了团圆？

此刻，我想起关于年夜饭的一段往事——

一年除夕，家里筹备年夜饭，妻子忽说：“哎哟，还没有酒呢。”我说：“我忙的都是什么呀，怎么把最要紧的东西忘了！”

酒是餐桌上的仙液。这一年一度的人间的盛宴哪能没有酒的助兴、没有醉意？我忙披上棉衣，围上围巾，蹬上自行车去买酒。家里人平时都不喝酒，一瓶葡萄酒——哪怕是果酒也行。

车行街上，天完全黑了，街两旁高高低低的窗子都亮着灯。一些人家开始吃年夜饭了，性急的孩子已经噼噼啪啪点响鞭炮。但是商店全上了门板，无处买到酒，我却不死心，无论如何也不能让这顿年夜饭没有酒。车子一路骑下去，一直骑到百货大楼后边那条小街上，忽见道边一扇小窗亮着灯，里面花花绿绿，分明是个家庭式的小杂货铺。我忙跳下车，过去扒窗一瞧，里边的小货架上天赐一般摆着几瓶红红的果酒，大概是玫瑰酒吧。踏破铁鞋终于找到它了！我赶紧敲窗玻璃，里边出现一张胖胖的老汉的脸，他不开窗，只朝我摇手；我继续敲窗，他隔窗朝我叫道：“不卖了，过年了。”我一急，对他大叫：“我就差一瓶酒了。”谁料他听罢，怔了一下，“唰”地拉开小小的窗子，里边热乎乎混着炒菜味道的热气扑面而来，跟着一瓶美丽的红酒梦幻般地摆在我的面前。

我付了钱，对他千恩万谢之后，把酒揣在怀里贴身的地方——我怕把酒摔了——然后飞快地一口气骑车到家。刚才把酒揣怀里时酒很凉，现在把酒从怀间抽出时，光溜溜的酒瓶竟被身体捂得很温暖。

当晚这瓶廉价的果酒把一家人扰得热乎乎的，我却还在感受着刚才那位老汉把酒“啪”地放在我面前的感觉。他怎么知道我那时为年夜饭缺一瓶酒时急切的心情？很简单——因为那是人们共有的年的情怀。

于是我又想起，一年的年根在火车站，车厢里人满为患，连走道上也人贴着人地站着。从车门根本挤不上去，有人就从车窗往里爬。我看一个年轻人，半个身子已经爬进车窗，车里的熟人往里拉他，站台上工作人员往外拽他。双方都在使劲，这年轻人拼命地往车里挣扎。就在这时候，忽然站台上的人不拉了，反倒笑嘻嘻把他推上去。我想，要是在平时，站台的工作人员绝不会把他推上去，但此时此刻为什么这样做？为了帮他回家过年。

年，真的是太美好的节日、太好的文化了。在这种文化氛围里，人们无须沟通，彼此心灵相应。正为此，除夕之夜千家万户燃起的烟花，才在寒冷的夜空中交相辉映，呈现出普天同庆的人间奇观。也正为此，那风中飘飞的吊钱，大门上斗大的福字，晶莹的饺子，感恩于天地与先人的香烛，风雪沙沙吹打的灯笼和人人从心中外化出来的笑容，才是这除夕之夜最深切的记忆。

除夕是中国人用共同的生活理想创造出来——并以各自的努力实现的现实。

黄山绝壁松

黄山以石奇、云奇、松奇名绝天下。然而登上黄山，给我震动的是黄山松。

黄山之松布满黄山。由深深的山谷至大大小小的山顶，无处无松。可是我说的松只限于山上的松。

山上有名气的松树颇多。如迎客松、望客松、黑虎松、连理松等，都是游客们争相拍照的对象。但我说的不是这些名松，而是那些生在极顶和绝壁上不知名的野松。

黄山全是石峰。裸露的巨石侧立千仞，光秃秃没有土壤，尤其那些极高的地方，天寒风疾，草木不生，苍鹰也不去那里，一棵棵松树却破石而出，伸展着优美而碧绿的长臂，显示其独具的气质。世人赞叹它们独绝的姿容，很少去想在终年的烈日下或寒飙中，它们是怎样存活和生长的。

一位本地人告诉我，这些生长在石缝里的松树，根部能够分泌一种酸性的物质，腐蚀石头的表面，使其化为养分被自己吸收。为了从石头里寻觅生机，也为了牢牢抓住绝壁，以抵抗不期而至的狂风的撕扯与摧折，它们的根日日夜夜与石头搏斗着，最终不可思议地穿入坚如钢铁的石体。细心便能看到，这些松根在生长和壮大时常常把石头从中挣裂！还有什么树木有如此顽强的生命力？

我在迎客松后边的山崖上仰望一处绝壁，看到一条长长的石缝里生着一株幼小的松树。它高不及一米，却旺盛而又有活力。显然曾有一颗松子飞落到这里，在这冰冷的石缝间，什么养料也没有，它却奇迹般生根发芽，生长起来。如此幼小的树也能这般顽强？这力量是来自物种本身，还是在一代代松树坎坷的命运中磨砺出来的？我想，一定是后者。我发现，山上之松与山下之松绝不一样。那些密密实实拥挤在温暖的山谷中的松树，干直枝肥，针叶鲜碧，慵懒而富态；而这些山顶上的绝壁松却是枝干瘦硬，树叶黑绿，矫健又强悍。这绝壁之松是被恶劣与凶险的环境强化出来的。它遒劲和富于弹性的树干，是长期与风雨搏斗的结果；它远远地伸出的枝叶是为了更多地吸取阳光……这一代代艰辛的生存记忆，已经化为一种个性的基因，潜入绝壁松的骨头里。为此，它们才有着如此非凡的性格与精神。

它们站立在所有人迹罕至的地方。那些荒峰野岭的极顶，那些下临万丈的悬崖峭壁，那些凶险莫测的绝境，常常可以看到三两棵甚至只有一棵孤松，十分夺目地立在那里。它们彼此姿态各异，也神情各异，或英武，或肃穆，或孤傲，或寂寞。远远望着它们，会心生敬意；但它们——只有站在这些高不可攀的地方，才能真正看到天地的浩荡与博大。

于是，在大雪纷飞中，在夕阳残照里，在风狂雨骤间，在云烟明灭时，这些绝壁松都像一个个活着的人：像站立在船头镇定又从容地与激浪搏斗的艄公，战场上永不倒下的英雄，沉静的思想者，超逸又具风骨的文人……在一片光亮晴空的映衬下，它们的身影就如同用浓墨画上去的一样。

但是，别以为它们全像画中的松树那么漂亮。有的枝干被飓风吹折，暴露着断枝残干，但另一些枝叶仍很苍郁；有的被酷热与冰寒打败，只剩下赤裸的枯骸，却依旧尊严地挺立在绝壁之上。于是，一个强者应当有的品质——刚强、坚韧、适应、忍耐、奋进与自信，它全都具备。

现在可以说了，在黄山这些名绝天下的奇石、奇云、奇松中，石是山的体魄，云是山的情感，而松——绝壁之松是黄山的灵魂。

第二辑

生活是创造每一天

时　光

一岁将尽，便进入一种此间特有的情氛中。平日里奔波忙碌，只觉得时间的紧迫，很难感受到“时光”的存在。时间属于现实，时光属于人生。然而到了年终时分，时光的感觉乍然出现。它短促、有限、性急，你在后边追它，却始终抓不到它飘举的衣袂。它飞也似的向着年的终点扎去。等到你真的将它超越，年已经过去，那一大片时光便留在过往不复的岁月里了。

今晚突然停电，摸黑点起蜡烛。烛光如同光明的花苞，宁静地浮在漆黑的空间里；室内无风，这光之花苞便分外优雅与美丽；些许的光散布开来，朦胧依稀地勾勒出周边的事物。没有电就没有音乐相伴，但我有比音乐更好的伴侣——思考。

可是对于生活最具悟性的，不是思想者，而是普通大众。比如大众俗语中，把临近年终这几天称作“年根儿”，多么真切和形象！它叫我们顿时发觉，一棵本来是绿意盈盈的岁月之树，已被我们消耗殆尽，只剩下一点点根底。时光竟然这样地紧迫、拮据与深浓……

一下子，一年里经历过的种种事物的影像全都重叠地堆在眼前，不管这些事情怎样庞杂与艰辛，无奈与突兀。我更想从中找到自己的足痕。从春天落英缤纷的京都退藏到冬日小雨空蒙的雅典德尔菲遗址；从重庆荒芜的红卫兵墓到津南那条神奇的蛤蜊堤；从一个会场到另一个会场，一个活动到另一个活动中。究竟哪一些足迹至今清晰犹在，哪一些足迹杂沓模糊甚至早被时光干干净净一抹而去？

我瞪着眼前的重重黑影，使劲看去。就在烛光散布的尽头，忽然看到一双眼睛正直对着我，目光冷峻锐利，逼视而来。这原是我放在那里的一尊木雕的北宋天王像。然而此刻他的目光却变得分外有力。他何以穿过夜的浓雾，穿过漫长的八百年，锐不可当、拷问似的直视着任何敢于朝他瞧上一眼的人？显然，是由于八百年前那位不知名的民间雕工传神的本领、非凡的才气；他还把一种阳刚正气和直逼邪恶的精神注入其中。如今那位无名雕工早已了无踪影，然而他那令人震撼的生命精神却保存下来。

在这里，时光不是分毫不曾消逝吗？

植物死了，把它的生命留在种子里；诗人离去，把他的生命留在诗句里。

时光对于人，其实就是生命的过程。当生命走到终点，不一定消失得没有痕迹，有时它还会转化为另一种形态存在或再生。母与子的生命的转换，不就在延续着整个人类吗？再造生命，才是最伟大的生命奇迹。而此中，艺术家们应是最幸福的一种。唯有他们能用自己的生命去再造一个新的生命。小说家再造的是代代相传的人物；作曲家再造的是他们那个可以听到的迷人而永在的灵魂。

此刻，我的眸子闪闪发亮，视野开阔，房间里的一切艺术珍品都一点点地呈现。它们不是被烛光照亮，而是被我陡然觉醒的心智召唤出来的。

其实我最清晰和最深刻的足迹，应是书桌下边，水泥地面上那两个被自己的双足磨成的浅坑。我的时光只有被安顿在这里，它才不会消失，而被我转化成一个个独异又鲜活的生命，以及一行行永不褪色的文字。然而我一年里曾把多少时光抛入尘嚣，或是支付给种种一闪即逝的虚幻的社会场景，甚至有时属于自己的时光反成了别人的恩赐。检阅一下自己创造的人物吧，掂量他们的寿命有多长。艺术家的生命是用他艺术的生命计量的。每个艺术家都有可能达到永恒，放弃掉的只能是自己。是不是？

迎面那宋代天王瞪着我，等我回答。

我无言以对，尴尬到了自感狼狈。

忽然，电来了，灯光大亮，事物通明，恍如更换天地。刚才那片幽阔深远的思想世界顿时不在，唯有烛火空自燃烧，显得多余。再看那宋代的天王像，在灯光里仿佛换了一个神气，不再那样咄咄逼人了。

我也不用回答他，因为我已经回答自己了。

日　历

我喜欢用日历，不用月历。为什么？

厚厚一本日历是整整一年的日子。每扯下一页，它新的一页——光亮而开阔的一天便笑嘻嘻地等着我去填满。我喜欢日历每一页后边的“明天”的未知，还隐含着一种希望。“明天”乃是人生中最富魅力的字眼儿。生命的定义就是拥有明天。它不像“未来”那么过于遥远与空洞。它就守候在门外，走出了今天便进入了全新的明天。白天和黑夜的界线是灯光；明天与今天的界线还是灯光。每一个明天都是从灯光熄灭时开始的。那么明天会怎样呢？当然，多半还要看你自己的。你快乐它就是快乐的一天，你无聊它就是无聊的一天，你匆忙它就是匆忙的一天；如果你静下心来就会发现，你不能改变昨天，但你可以决定明天。有时看起来你很被动，你被生活所选择，其实你也在选择生活，是不是？

每年元月元日，我都把一本新日历挂在墙上。随手一翻，光溜溜的纸页花花绿绿滑过手心，散着油墨的芬芳。这一刹那我心头十分快活。我居然有这么大把大把的日子！我可以做多少事情！前边的日子就像一个个空间，生机勃勃，宽阔无边，迎面而来。我发现时间也是一种空间。历史不是一种空间吗？人的一生不是一个漫长又巨大的空间吗？一个个“明天”，不就像是一间间空屋子吗？那就要看你把什么东西搬进来。可是，时间的空间是无形的，触摸不到的。凡是使用过的日子，立即就会消失，抓也抓不住，而且了无痕迹。也许正是这样，我们便会感受到岁月的匆匆与虚无。

有一次，一位很著名的表演艺术家对我讲她和她的丈夫的一件事。她唱戏，丈夫拉弦。他们很敬业。天天忙着上妆上台，下台下妆，谁也顾不上认真看对方一眼，几十年就这样过去了。一天老伴儿忽然惊讶地对她说：“哎哟，你怎么老了呢！你什么时候才老的呀？我一直都在你身边怎么也没发现哪！”她受不了老伴儿脸上那种伤感的神情。她就去做了美容，除了皱，还除去眼袋。但老伴儿一看，竟然流下泪来。时针是从来不会逆转的。倒行逆施的只有人类自己的社会与历史。于是，光阴岁月，就像一阵阵呼呼的风或是闪闪烁烁的流光；它最终留给你的只有无奈而频生的白发和消耗中日见衰弱的身躯。为此，你每扯去一页用过的日历时，是不是觉得有点儿像扯掉一个生命的页码？

我不能天天都从容地扯下一页。特别是忙碌起来，或者从什么地方开会、活动、考察、访问归来，看见几页或十几页过往的日子挂在那里，黯淡、沉寂和没用，被时间掀过的日历好似废纸。可是当我把这一沓用过的日子扯下来，往往不忍丢掉，而把它们塞在书架的缝隙或夹在画册中间。就像从地上拾起的落叶。它们是我生命的落叶！

别忘了，我们的每一天都曾经生活在这一页一页的日历上。

记得 1976 年唐山大地震那天，我所住的长沙路思治里 12 号那个顶层上的亭子间被彻底摇散，震毁。我一家三口像老鼠那样找一个洞爬了出来。当我的双腿血淋淋地站在洞外，那感觉真像从死神的指缝里侥幸地逃脱出来。转过两天，我向朋友借了一架方形铁盒子般的海鸥牌相机，爬上我那座狼咬狗啃废墟般的破楼，钻进我的房间——实际上已经没有屋顶。我将自己命运所遭遇的惨状拍摄下来，我要记下这一切。我清楚地知道这是我个人独有的经历。这时，突然发现一堵残墙上居然还挂着日历——那蒙满灰土的日历的日子正是地震那一天：1976 年 7 月 28 日，星期三，丙辰年七月初二。我伸手把它小心地扯下来。如今，它和我当时拍下的照片，已经成了我个人生命史刻骨铭心的珍藏了。

由此，我懂得了日历的意义。它原是我们生命忠实的记录。从“隐形写作”的含义上说，日历是一本日记。它无形地记载我每一天遭遇的、面临的、经受的，以及我本人应对与所作所为，还有改变我的和被我改变的。

然而人生的大部分日子是重复的——重复的工作与人际，重复的事物与相同的事物都很难被记忆。所以我们的日历大多页码都是黯淡无光。过后想起来，好似空洞无物。于是，我们就碰到一个非常重要的关于人本话题——记忆。人因为记忆而厚重、智慧和变得理智。更重要的是，记忆使人变得独特。因为记忆排斥平庸。记忆的事物都是纯粹而深刻个人化的。所有个人都是一个独特的“个案”。记忆很像艺术家，潜在心中，专事刻画我们自己的独特性。你是否把自己这个“独特”看得很重要？广义地说，精神事物的真正价值正是它的独特性。无论是一个人，还是一种文化。记忆依靠载体。一个城市的记忆留在它历史的街区与建筑上，一个人的记忆在他的照片上、物品里、老歌老曲中，也在日历上。

然而，人不能只是被动地被记忆，我们还要用行为去创造记忆。我们要用情感、忠诚、爱心、责任感，以及创造性的劳动去书写每一天的日历，把这一天深深嵌入记忆里。我们不是有能力使自己的人生丰富、充实以及具有深度和分量吗？

所以我写过：

“生活就是创造每一天。”

我还在一次艺术家的聚会中说：

“我们今天为之努力的，都是为了明天的回忆。”

为此，每每到了一年最后的几天，我都是不肯再去扯日历。我总把这最后几页保存下来。这可能出于生命的本能。我不愿意把日子花得净光。你一定会笑我，并问我这样就能保存住日子吗？我便把自己在今年日历的最后一页上写的四句诗拿给你看：

岁月何其速，
哎呀又一年；
花叶全无迹，
存世惟诗篇。

正像保存葡萄最好的方式是把葡萄变为酒，保存岁月最好的方式是致力于把岁月变为永存的诗篇或画卷。

现在我来回答文章开始时那个问题：为什么我喜欢日历？因为日历具有生命感，或者说日历叫我随时感知自己的生命并叫我思考如何珍惜它。

花　脸

做孩子的时候，盼过年的心情比大人来得迫切，吃穿玩乐花样都多，还可以把来拜年的亲友塞到手心里的一小红包压岁钱都积攒起来，做个小富翁。但对于孩子们来说，过年的魅力还有一层更深在的缘故，便是我要写在这几张纸上的。

每逢年至，小闺女们闹着戴绒花、穿红袄、嘴巴涂上浓浓的胭脂团儿；男孩子们的兴趣都在鞭炮上，我则不然，最喜欢的是买个花脸戴。这是种纸浆轧制成的面具，用掺胶的彩粉画上戏里边那些有名有姓、威风十足的大花脸。后边拴根橡皮条，往头上一套，自己俨然就变成那员虎将了。这花脸是依脸型轧的，眼睛处挖两个孔，可以从里边往外看。但鼻子和嘴的地方不通气儿，一戴上，好闷，还有股臭胶和纸浆的味儿；说出话来，声音变得低粗，却有大将威武不凡的气概，神气得很。

一年年根，舅舅带我去娘娘宫前的年货集市上买花脸。过年时人都分外有劲，挤在人群里好费力。终于从挂满在一条横竿上的花花绿绿几十种花脸中，惊喜地发现一个。这花脸好大，好特别！通面赤红，一双墨眉，眼角雄俊地吊起，头上边凸起一块绿包头，长巾贴脸垂下，脸下边是用马尾做的很长的胡须。这花脸与那些愣头愣脑、傻头傻脑、神头鬼脸的都不一样。虽然毫不凶恶，却有股子凛然不可侵犯的庄重之气，咄咄逼人，叫我看得直缩脖子，要是把它戴在脸上，管叫别人也吓得缩脖子。我竟不敢用手指它，只是朝它扬下巴，说："我要那个大红脸！"

卖花脸的小罗锅儿，举竿儿挑下这花脸给我，龇着黄牙笑嘻嘻说："还是这小少爷有眼力，要做关老爷！关老爷还得拿把青龙偃月刀呢！我给您挑把顶精神的！"就着从戳在地上的一捆刀枪里，抽出一柄最漂亮的大刀给我。大红漆杆，金黄刀面，刀面上嵌着几块闪闪发光的小镜片，中间画一条碧绿的小龙，还拴一朵红缨子。这刀！这花脸！没想到一下得到两件宝贝。我高兴得只是笑，话都说不出。舅舅付了钱，坐三轮车回家时，我就戴着花脸，倚着舅舅的大棉袍执刀而立，一路引来不少人瞧我，特别是那些与我一般大的男孩子投来艳羡的目光时，我快活至极。舅舅给我讲了许多关公的故事，过五关、斩六将，温酒斩华雄，边讲边说："你好英雄呀！"好像在说我的光荣史。当他告我这把青龙偃月刀重八十斤，我简直觉得自己力大无穷。舅舅还教我用京剧自报家门的腔调说：

"我——姓关，名羽，字云长。"

到家，人人见人人夸，妈妈似乎比我更高兴，连总是厉害地板着脸的爸爸也含笑称我"小关公"。我推开人们，跑到穿衣镜前，横刀立马地一照，呀，哪里是小关公，我是大关公哪！

这样，整个大年三十我一直戴着花脸，谁说都不肯摘，睡觉时也戴着它，还是睡着后我妈妈轻轻摘下放在我枕边的，转天醒来头件事便是马上戴上，恢复我这"关老爷"的"本来面貌"。

大年初一，客人们陆陆续续来拜年，妈妈喊我去，好叫客人们见识见识我这“关老爷”。我手握大刀，摇晃着肩膀，威风地走进客厅，憋足嗓门儿叫道：“我——姓关，名羽，字云长。”

客人们哄堂大笑，都说：“好个‘关老爷’，有你守家，保管大鬼小鬼进不来！”

我越发神气，大刀呼呼抡两圈，摆个张牙舞爪的架势，逗得客人们笑个不停。只要客人来，妈妈就喊我出场表演。妈妈还给我换上只有三十夜拜祖宗时才能穿的那件青缎金花的小袍子。我成了全家过年的主角。连爸爸对我也另眼看待了。

我下楼一向不走楼梯。我家楼梯扶手是整根的光亮的圆木，下楼时便一条腿跨上去，“哧溜”一下滑到底。这时我就故意躲在楼上，等客人来突然由天而降，叫他们惊奇，效果会更响亮！

初一下午，来客进入客厅，妈妈一喊我，我跨上楼梯扶手飞骑而下，“呜呀呀”大叫一声闯进客厅，大刀上下一抡，谁知用力过猛，脚底没根，身子栽出去，“啪”的巨响，大刀正砍在花架上一尊插桃枝的大瓷瓶上，哗啦啦粉粉碎，只见瓷片、桃枝和瓶里的水飞向满屋，一个瓷片从二姑脸旁飞过，险些擦上了；屋内如淋急雨，所有人穿的新衣裳都是水渍；再看爸爸，他像老虎一样直望着我，哎哟，一根开花的小桃枝迎面飞去，正插在他梳得油光光的头发里。后来才知道被我打碎的是一尊祖传的乾隆官窑百蝶瓶，这简直是死罪！我坐在地上吓傻了，等候爸爸上来一顿狠狠的揪打。妈妈的神气好像比我更紧张，她一下抓不着办法救我，瞪大眼睛等待爸爸的爆发。

就在这生死关头，二姑忽然破颜而笑，拍着一双雪白的手说道：

“好啊，好啊，今年大吉大利，岁（碎）岁（碎）平安呀！哎，‘关老爷’，干吗傻坐在地上，快起来，二姑还要看你耍大刀哪！”

谁知二姑这是使什么法术，绷紧的气势霎时就松开了。另一位姨婆马上应和说："旧的不去，新的不来，不除旧，不迎新。您等着瞧吧，今年非抱个大金娃娃不成，是吧！"她满脸欢笑朝我爸爸说，叫他应声。其他客人也一拥而上，说吉祥话，哄爸爸乐。

这些话平时根本压不住爸爸的火气，此刻竟有神奇的效力，迫使他不乐也得乐。过年乐，没灾祸。爸爸只得"嘿嘿"两声，点头说：

"啊，好，好，好……"

尽管他脸上的笑纹明显含着被克制的怒意，我却奇迹般地因此逃脱开一次严惩。妈妈对我丢了眼色，我立刻爬起来，拖着大刀，狼狈而逃。身后还响着客人们着意的拍手声、叫好声和笑声。

往后几天里，再有拜年的客人来，妈妈不再喊我，节目被取消了。我躲在自己屋里很少露面，那把大刀也掖在床底下，只是花脸依旧戴着，大概躲在这硬纸后边再碰到爸爸时有种安全感。每每从眼孔里望见爸爸那张阴沉含怒的脸，不再觉得自己是关老爷，而是个可怜虫了！

过了正月十五，大年就算过去了。我因为和妹妹争吃撤下来的祭灶用的糖瓜，被爸爸抓着腰提起来，按在床上死揍了一顿。我心里清楚，他是把我打碎花瓶的罪过加在这件事上一起清算，因为他盛怒时，向我要来那把惹祸的大刀，用力折成段，大花脸也撕成碎片片。

从这事，我悟到一个祖传的经验：一年之中唯有过年这几天是孩子们的自由日，在这几天里无论怎样放胆去闹，也不会立刻得到惩罚。这便是所有孩子都盼望过年深在的缘故。当然，那被撕碎的花脸也提醒我，在这有限的自由里可得勒着点自己，当心事后加倍的算账。

挑山工

——泰山旧日见闻之二

一

你见过泰山的挑山工吗？这是种很奇特的人！

不知别处对这种运货上山的民夫怎样称呼。这儿习惯叫作挑山工。单从“挑山”二字，就可以体会出这种工作非凡的艰辛。肩挑着百十斤的重物，从山下直挑到烟云缭绕、鸟儿都难飞得上去的山顶，谁敢一试？更何况，这被誉为“五岳之首”的泰山，自有其巍巍而不可征服的威势。从山根直至极顶处，一条道儿，全是高高的石头台阶，简直就是一架直上直下的万丈天梯。在通向南天门的十八盘道上，那些游山来的健壮的男儿，也不免气喘吁吁；一般人更是精疲力竭，抓着道旁的铁栏，把身子一点点往上移，每爬上十来磴台阶，就要停下来歇一歇。只有这时，你碰到一个挑山工——他给重重的挑儿压塌了腰，汗水湿透衣衫，两条腿上的肌条筋缕都清晰地凸现在外，默不作声，一步一步，吃力又坚韧地走过你身旁，登了上去。你那才算是约略知道“挑山”二字的滋味……

挑山工，大概自古就有。山头那些千年古刹所用的一切建筑材料，都是从山下运上来的。你瞧着这些构造宏伟的古建筑上巨大的梁柱础石、沉重的铜砖铁瓦，再低头俯望一条灰白的山路，如同一根细绳，蜿蜒曲折，没入茫茫的谷底。你就会联想到，当年为了建造这些庙宇寺观，为了这壮观的美，挑山工们付出了怎样艰巨和惊人的劳动！

我少时来游泰山，山顶上还有三四十户人家，家中的男人大多是挑山工，给山上的国营招待所运送食品货物以为生计。清早，他们拿了扁担绳索，带着晨风晓露下山去，后晌随着一片暮云夕阳，把货物挑上山来。星光烁烁时，家家都开夜店，留宿在山头住一夜而打算转天早起观瞻日出的游人，收费却比国营招待所低廉。他们的屋子是石头垒的。山上风大，小屋都横竖卧在山道两旁的凹处，屋顶与道面一般平。屋里边简陋得几乎什么也没有，用来招待客人的，只有一条脏被和热开水。为了招待主顾，各家门首还挂着一个小幌牌，写着店名。有的叫“棒槌店”，就在木牌两边挂一对小木棒槌；有的叫“勺儿店”，便挂一对乌黑的小生铁勺儿，下边拴些红布穗子，随风摇摆，叮当轻响。不过，你在这店里睡不好觉。劳累了一天的挑山工和客人们睡在一张炕上。他们要整整打上一夜松涛般呼呼作响的鼾声……

在这些小石屋中间，摆着一件非常稀罕的东西。远看一人多高，颜色发黑，又圆又粗，两个人才能合抱过来。上边缀满繁密而细碎的光点，熠熠闪烁，好像一块巨型的金星石。近处一看，原来是一口特大的水缸，缸身满是裂缝，那些光点竟是数不清的连合破缝的锔子，估计总有一两千个，颇令人诧异。我问过山民，才知道，山顶没有泉眼，缺水吃，山民们用这口缸储存雨水。为什么打了这么多锔子呢？据说，三百多年前，山上住着一百多户人家。每天人们要到半山间去取水，很辛苦。一年，从这些人家中，长足了八个膀大腰圆、力气十足的小伙子。大家合计一下，在山下的泰安城里买了这口大缸。由这八个小伙子出力，整整用了七七四十九天，才把大缸抬到山顶。以后，山上人家愈来愈少，再也不能凑齐那样八个健儿，抬一口新缸来。每次缸裂了，便到山下请上来一位锔缸的工匠，锔上裂缝。天长日久，就成了这样子。

听了这故事，你就不会再抱怨山顶饭菜价钱的昂贵。山上烧饭用的煤，也是一块块挑上来的呀！

二

在泰山上，随处都可以碰到挑山工。他们肩上架一根光溜溜的扁担，两端翘起处，垂下几根绳子，拴挂着沉甸甸的物品。登山时，他们的一条胳膊搭在扁担上，另一条胳膊垂着，伴随登踏的步子有节奏地一甩一甩，以保持身体平衡。他们的路线是折尺形的——先 从台阶的一端起步，斜行向上，登上七八级台阶，就到了台阶的另一端；便转过身子，反方向斜行，到一端再转回来，一曲一折向上登。每次转身，扁担都要换一次肩，这样才能使垂挂在扁担前头的东西不碰在台阶的边沿上，也为了省力。担了重物，照一般登山那样直上直下，膝头是受不住的。但路线曲折，就使路程加长。挑山工登一次山，大约多于游人们路程的一倍！

你来游山，一路上观赏着山道两旁的奇峰异石、巉岩绝壁、参天古木、飞烟流泉，心情喜悦，步子兴冲冲。可是当你走过这些肩挑重物的挑山工的身旁时，你会禁不住用一种同情的目光，注视他们一眼。你会因为自己身无负载而倍觉轻松，反过来，又为他们感到吃力和劳苦，心中生出一种负疚似的情感……而他们呢？默默的，不动声色，也不同游人搭话——除非向你问问时间。一步步慢吞吞地走自己的路，任你怎样嬉叫闹喊，也不会惊动他们。他们却总用一种缓慢又平均的速度向上登，很少停歇。脚底板在石阶上发出坚实有力的“嚓嚓”声。在他们走过之处，常常会留下零零落落的汗水的滴痕……

奇怪的是，挑山工的速度并不比你慢。你从他们身边轻快地超越过去，自觉把他们甩在后边很远。可是，你在什么地方饱览四外雄美的山色；或在道边诵读与抄录凿刻在石壁上的爬满青苔的古人的题句；或在喧闹的溪流前洗脸濯足，他们就会在你身旁慢吞吞、不声不响地走过去，悄悄地超过了你。等你发现他走在你的前头时，会吃一惊，茫然不解，以为他们是像仙人那样腾云驾雾赶上来的。

有一次，我同几个画友去泰山写生，就遇到过这种情况。我们在山下的斗姥宫前买登山用的青竹杖时，遇到一个挑山工。矮个子，脸儿黑生生，眉毛很浓，大约四十来岁；敞开的白土布褂子中间露出鲜红的背心。他扁担一头拴着几张黄木凳子，另一头捆着五六个青皮西瓜。我们很快就越过他去。可是到了回马岭那条陡直的山道前，我们累了，舒开身子，躺在一块平平的被山风吹得干干净净的大石头上歇歇脚，这当儿，竟发现那挑山工就坐在对面的草茵上抽着烟。随后，我们差不多同时起程，很快就把他甩在身后，直到看不见。但当我爬上半山的五松亭时，却见他正在那株姿态奇特的古松下整理他的挑儿。褂子脱掉，现出黑黝黝、健美的肌肉和红背心。我颇感惊异。走过去假装问道，让支烟，跟着便没话找话，和他攀谈起来。这山民倒不拘束，挺爱说话。他告诉我，他家住在山脚下，天天挑货上山。一年四季，一天一个来回。他干了近二十年。

然后他说："您看俺个子小吗？干挑山工的，长年给扁担压得长不高，都是矮粗。像您这样的高个儿干不了这种活儿。走起来，晃晃悠悠哪！"

他逗趣似的一抬浓眉，咧开嘴笑了，露出皓白的牙齿。山民们喝泉水，牙齿都很白。

这么一来，谈话更随便些，我便把心中那个不解之谜说出来：

"我看你们走得很慢，怎么反而常常跑到我们前边来了呢？你们有什么近道儿吗？"

他听了，黑生生的脸上显出一丝得意之色。他吸一口烟，吐出来，好像做了一点儿思考，才说：

"俺们哪里有近道，还不和你们是一条道？你们是走得快，可你们在路上东看西看，玩玩闹闹，总停下来呗！俺们跟你们不一样。不能像你们在路上那么随便，高兴怎么就怎么。一步踩不实不行，停停住住更不行。那样，两天也到不了山顶。就得一个劲儿总往前走。别看俺们慢，走长了就跑到你们前边去了。瞧，是不是这个理儿？"

我笑吟吟，心悦诚服地点着头。我感到这山民的几句话里，似乎包蕴着一种意味深长的哲理，一种切实而朴素的思想。我来不及细细嚼味，做些引申，他就担起挑儿起程了。在前边的山道上，在我流连山色之时，他还是悄悄超过了我，提前到达山顶。我在极顶的小卖部门前碰见他，他正在那里交货。我们的目光相遇时，他略表相识地点头一笑，好像对我说：

"瞧，俺可又跑到你的前头来了！"

我自泰山返回家后，就画了一幅画——在陡直而似乎没有尽头的山道上，一个穿红背心的挑山工给肩头的重物压弯了腰，却一步步、不声不响、坚韧地向上登攀。多年来，这幅画一直挂在我的书桌前，不肯换掉，因为我需要它……

捅马蜂窝

爷爷的后院虽小，它除去堆放杂物，很少人去，里边的花木从不修剪，快长疯了！枝叶纠缠，阴影深浓，却是鸟儿、蝶儿、虫儿们生存和嬉戏的一片乐土，也是我儿时的乐园。我喜欢从那爬满青苔的湿漉漉的大树干上，取下一只又轻又薄的蝉衣，从土里挖出筷子粗肥大的蚯蚓，把团团飞舞的小蠓虫赶到蜘蛛网上去。那沉甸甸压弯枝条的海棠果，个个都比市场买来的大。这里，最壮观的要数爷爷窗檐下的马蜂窝了，好像倒垂的一只大莲蓬，无数金黄色的马蜂爬进爬出，飞来飞去，不知忙些什么，大概总有百十只之多，以致爷爷不敢开窗子，怕它们中间哪个冒失鬼一头闯进屋来。

“真该死，屋子连透透气儿也不能，哪天请人来把这马蜂窝捅下来！”奶奶总为这个马蜂窝生气。

“不行，要蜇死人的！”爷爷说。

“怎么不行？头上蒙块布，拿竹竿一捅就下来。”奶奶反驳道。

“捅不得，捅不得。”爷爷连连摇手。

我站在一旁，心里却涌出一种捅马蜂窝的强烈欲望。那多有趣！当我给这个淘气的欲望鼓动得难以抑制时，就找来妹妹，乘着爷爷午睡的当儿，悄悄溜到从走廊通往后院的小门口。我脱下褂子蒙住头顶，用扣上衣扣儿的前襟遮盖下半张脸，只露一双眼。又把两根竹竿接绑起来，作为捣毁马蜂窝的武器。我和妹妹约定好，她躲在门里，把住关口，待我捅下马蜂窝，赶紧开门放我进来，然后把门关住。

妹妹躲在门缝后边，眼瞧我这非凡而冒险的行动。我开始有些迟疑，最后还是好奇战胜了胆怯。当我的竿头触到蜂窝的一刹那，好像听到爷爷在屋内呼叫，但我已经顾不得别的，一些受惊的马蜂“轰”的飞起来，我赶紧用竿头顶住蜂窝使劲地摇撼两下，只听“嗵”，一个沉甸甸的东西掉下来，跟着一团黄色的飞虫腾空而起，我扔掉竿子往小门那边跑，谁料到妹妹害怕，把门在里边插上，她跑了，将我关在门外。我一回头，只见一只马蜂径直而凶猛地朝我扑来，好像一架燃料耗尽、决心相撞的战斗机。这复仇者不顾一死而拼死的气势使我惊呆了。瞬间只觉眉心像被针扎似的剧烈地一疼，挨蜇了！我下意识地用手一拍，感觉我的掌心触到它可怕的身体。我吓得大叫，不知道谁开门把我拖到屋里。

当夜，我发了高烧。眉心处肿起一个枣大的疙瘩，自己都能用眼瞧见。家里人轮番用醋、酒、黄酱、万金油和凉手巾把儿，也没能使我那肿疮迅速消下来。转天请来医生，打针吃药，七八天后才渐渐痊愈。这一下好不轻呢！我生病也没有过这么长时间，以致消肿后的几天里不敢到那通向后院的小走廊上去，生怕那些马蜂还守在小门口等着我。

过了些天，惊恐稍定，我去爷爷的屋子，他不在，隔窗看见他站在当院里，摆手召唤我去，我大着胆子去了。爷爷手指窗根处叫我看，原来是我捅掉的那个马蜂窝，却一只马蜂也不见了，好像一只丢弃的干枯的大莲蓬头。爷爷又指了指我的脚下，一只马蜂！我惊吓得差点儿叫起来，慌忙跳开。

“怕什么，它早死了！”爷爷说，“这就是蜇你的那只马蜂，可能被你那一拍，拍死的。”

仔细瞧，噢，原来是死的。仰面朝天躺在地上，几只黑蚂蚁在它身上爬来爬去。

“马蜂就是这样，你不惹它，它不蜇你。”爷爷说。

“那它干吗还要蜇我呢，这样它自己不也完了吗？”

“你毁了它的家——那是多大一个家呀！它当然要跟你拼命的！”爷爷说。

我听了心里暗暗吃惊。一只小虫竟有这样的激情和勇气。低头再瞧瞧那只马蜂，微风吹着它，轻轻颤动，好似活了一般。我不禁想起那天它朝我猛扑过来时那副视死如归的架势，与毁坏它们生活的人拼出一切，真像一个英雄……我面对这壮烈牺牲的小飞虫的尸体，似乎有种罪孽感沉重地压在我的心上。

那一窝马蜂呢，被我扰得无家可归的一群呢，它们还会不会回来重建家园？我甚至想用胶水把那只空空的蜂窝粘上去。

这一年，我经常站在爷爷的后院里，始终没有等来一只马蜂。

转年开春，有两只马蜂飞到爷爷的窗檐下，落到被晒暖的木窗框上，然后还在过去的旧巢的残迹上爬了一阵子，跟着飞去而不再来。空空又是一年。

第三年，风和日丽之时，爷爷忽叫我抬头看，隔着窗玻璃看见窗檐下几只赤黄色的马蜂忙来忙去。在这中间，我忽然看到，一个小巧的、银灰色的、第一间蜂窝已经筑成了。

于是，我和爷爷面对面开颜而笑，笑得十分舒心。我不由得暗暗告诉自己，再不做一件伤害旁人的事。

白　发

人生入秋，便开始被友人指着脑袋说：

“呀，你怎么也有白发了？”

听罢笑而不答。偶尔笑答一句：“因为头发里的色素都跑到稿纸上去了。”

就这样，嘻嘻哈哈、糊里糊涂地翻过了生命的山脊，开始渐渐下坡来。或者再努力，往上登一登。

对镜看白发，有时也会认真起来：这白发中的第一根是何时出现的？为了什么？思绪往往会超越时空，一下子回到了少年时——那次同母亲聊天，母亲背窗而坐，窗子敞着，微风无声地轻轻扰动母亲的头发，忽见母亲的一根头发被吹立起来，在夕照里竟然银亮银亮，是一根白发！这根细细的白发在风里柔弱摇曳，却不肯倒下，好似对我召唤。我第一次看见母亲的白发，第一次强烈地感受到母亲也会老，这是多可怕的事啊！我禁不住过去扑在母亲怀里。母亲不知出了什么事，问我，用力想托我起来，我却紧紧抱住母亲，好似生怕她离去……事后，我一直没有告诉母亲这究竟为了什么。最浓烈的感情难以表达出来，最脆弱的感情只能珍藏在自己心里。如今，母亲已是满头白发，但初见她白发的感受深刻难忘。那种人生感，那种凄然，那种无可奈何，正像我们无法把地上的落叶抛回树枝上去……

妻子把一小酒盅染发剂和一支扁头油画笔拿到我面前，叫我帮她染发。我心里一动，怎么，我们这一代生命的森林也开始落叶了？我瞥一眼她的头发，笑道："不过两三根白头发，也要这样小题大做？"可是待我用手指撩开她的头发，我惊讶了，在这黑黑的头发里怎么会埋藏这么多的白发！我竟如此粗心大意，至今才发现才看到。也正是由于这样多的白发，才迫使她动用这遮掩青春衰退的颜色。可是她明明一头乌黑而清香的秀发呀，究竟怎样一根根悄悄变白的？是在我不停歇的忙忙碌碌中、侃侃而谈中，还是在不舍昼夜的埋头写作中？是那些年在大地震后寄人篱下的茹苦含辛的生活所致？是为了我那次重病内心焦虑而催白的？还是那件事……几乎伤透了她的心，一夜间骤然生出这么多白发？

黑发如同绿草，白发犹如枯草；黑发像绿草那样散发着生命诱人的气息，白发却像枯草那样晃动着刺目的、凄凉的、枯竭的颜色。我怎样做才能还给她一如当年那一头美丽的黑发？我急于把她所有变白的头发染黑。她却说：

"你是不是把染发剂滴在我头顶上了？"

我一怔，赶忙用眼皮噙住泪水，不叫它再滴落下来。

一次，我把剩下的染发剂交给她，请她也给我的头发染一染。这一染，居然年轻许多！谁说时光难返，谁说青春难再，就这样我也加入了用染发剂追回岁月的行列。

谁知染发是件愈来愈艰难的事情。不仅日日增多的白发需要加工，而且这时才知道，白发并不是由黑发变的，它们是从走向衰老的生命深处滋生出来的。当染过的头发看上去一片乌黑青黛，它们的根部又齐刷刷冒出一茬雪白。任你怎样去染，去遮盖，它还是茬茬涌现。人生的秋天和大自然的春天一样顽强。挡不住的白发啊！

开始时精心细染，不肯漏掉一根。但事情忙起来，没有闲暇染发，只好任由它花白。染又麻烦，不染难看，渐而成了负担。

这日，邻家一位老者来访。这老者阅历深，博学，又健朗，鹤发童颜，很有神采。他进屋，正坐在阳光里。一个画面令我震惊——他不单头发通白，连胡须眉毛也一概全白；在强光的照耀下，蓬松柔和，光明透彻，亮如银丝，竟没有一根灰黑色，真是美极了！我禁不住说，将来我也修炼出您这一头漂亮潇洒的白发就好了，现在的我，染和不染，成了两难。老者听了，朗声大笑，然后对我说：

“小老弟，你挺明白的人，怎么在白发面前糊涂了？孩童有稚嫩的美，青年有健旺的美，你有中年成熟的美，我有老来冲淡自如的美。这就像大自然的四季——春天葱茏，夏天繁盛，秋天斑斓，冬天纯净。各有各的美感，各有各的优势，谁也不必羡慕谁，更不能模仿谁，模仿必累，勉强更累。人的事，生而尽其动，死而尽其静。听其自然，对！所谓听其自然，就是到什么季节享受什么季节。哎，我这话不知对你有没有用，小老弟？”

我听罢，顿觉地阔天宽，心情快活。摆一摆脑袋，头上花发来回一晃，宛如摇动一片秋光中的芦花。

空　屋

好像家里人谁也不肯说，为什么后院那间小屋一直空着，锁着，甚至连院子也很少人去。这空屋便常常隐在几株大梧桐深幽的、湿漉漉的阴影里，红砖墙几乎被苔涂绿，黝黑的檐下总是挂着一些亮闪闪的大蜘蛛网。一入秋，大片大片黄黄的落叶就粘在蛛网上，片片姿态都美。它们还把地面铺得又厚又软，奇怪的是很少有鸟儿飞到这院里来，这便在它的荒芜中加进一点儿阴森的感觉。影影绰绰，好像听说这屋闹鬼——空屋里常有人走动，还有女人“咯咯”笑，茶壶自己竟会抬起来斟水……弄不清这是从哪个鬼故事里听来的，还就是这空屋里发生过的令人毛骨悚然的事。那时我小，儿时常把真假混记在一起。

一个夏夜，我隔窗清晰听到后院这空屋突然发出“啪”的一声，好像谁用劲把一根棍子掰断，分明有人！鬼？当时，只觉得自己身子缩得很小很小，眼睛瞪得老大老大，脖子不敢也不能转动了。母亲以为我得了什么急病，问我，我不敢说，最可怕的事都是怕说出来的。从这次起我连通往后院的小门都不敢接近，以致一穿过那段走廊，两条胳膊的鸡皮疙瘩马上全鼓起来。但上楼梯必须横穿过这走廊，每次都是慌慌张张连蹿带跳冲过去，不止一次滑倒跌跤，还跌断过一颗门牙，做了半年多的“没牙佬”。在我的童年里，这空屋是我的一个阴影、威胁、精神包袱，和各种可怕的想象与噩梦的来源。

后来，长大一些，父亲叫我随他去后院这空屋里拿东西，我慑于父亲的威严，被迫第一次走进这鬼的世界。

我紧贴在父亲的身后，左右胆战心惊地瞅这屋，竟然和我生来对它所有猜想都截然不同。没有骷髅、白骨、血手印和任何怪物，而是一间静得要死的素雅的小书房：几架子书，一个书桌，一张小床，一个带椭圆形镜子的小衣柜。屋里的主人好像突然在某一个时候离去——桌上的铜墨盒打开着，床上的被子没叠，地上的果核也没清扫，便被时间的灰尘一层层封闭了。我从来没见过哪一间屋子有这么厚的尘土，积在玻璃杯里的灰尘足有半寸厚，杯子外边的灰尘也同样厚。一切物品都陷没并凝固在逝去的岁月里，灰蒙蒙的，看上去像一幅淡淡而又冷漠的水墨画。

灰尘是时间的物质。它隔离人与物，今与昔，但灰尘下边呢？什么东西暗暗相连？

一间房子里如果有人住，虽然天天使用房中的一切，它们反而不会损坏，这大概是由于人的精神照射在这些物品上，它们带着活人的气息，与人的生命有光、有色、有声、有机地混合一起；但如果这房子久无人住，它们便全死了，待在那儿自己竟然会开裂、脱落、散架、坏掉……奇怪吗？不不，人创造的一切因人而在。人旺而物荣，人灭而物毁。只见这书桌前的座椅已经散成一堆木棍，有如零落的尸骨；蚊帐粉化了，依稀还有些丝缕耷拉在床架上，好像吹口气便化成一股烟；头顶上双股灯线断了一根，灯儿带着伞状的灯罩斜垂着；迎面的几个书架最惨，木框大多脱开，上边的书歪歪斜斜或成堆地掉落在尘埃里……忽然，吓我一跳！什么东西在动？那椭圆镜子里的自己？鬼！我看见了一个人！我的叫声刚到嗓子眼儿，再瞧，原来是墙上旧式镜框里一个陌生的男青年的照片——他隔着尘污的玻璃炯炯望着我，目光直视，冷冷的，有点儿怕人。他是谁？这空屋原先的主人吗？我可从来没见过这个梳中分头、穿西装、领口系黑色蝴蝶结的人！他早死了吗？空屋里那些吓人的动静莫非就是他的幽灵作祟？

父亲拿了一盏台灯和字典，把那铜墨盒和铜笔架放在我手里。我抢在父亲前面赶快走出这空屋。经我再三追问，母亲才告诉我——

墙上那照片里的青年确实早已死去。他竟是我的堂兄！他在上大学时，被他痴爱的女友抛弃，从此每当上哲学课，就对一位不相干的教哲学的女教师"嘿嘿"傻笑，这才知道他疯了。那女友与他分手时送给他一枝双朵的芭兰花。那是用细铁丝拧成的双杈的小叉子，把一对芭兰花插在上边。他便天天捏着这对花忽笑忽哭，直到花儿烂掉，没了，他依旧举着这光光的小叉子用鼻子闻，后来大概他意识到没有花了，就把小叉往鼻孔里插，鼻孔常常被插出血来，终于有一天，他把这小叉子插在电插座上，结束了痛苦绝望的人生。据说那一瞬间，我家电闸的保险丝断了，所有灯齐灭，全楼一片漆黑。

我那时还不懂爱情这东西如此厉害，但它的刺激性全部感受到了。虽然我对这位堂兄全无印象，他是在我三岁时去世的，可随着我渐渐长大，就一点点悟出我这同胞灵魂中曾经承受和不能承受的是些什么。对鬼的幻觉与惧怕也就随之消失，但我仍不肯再走进这空屋。在我那同胞与世好决绝之时，这空屋里的一切都不曾给他一点儿牵挂与挽留呵！这是个无情的空间，一如漠漠人生。我讨厌那屋里所有东西，似乎都是冰冷的、不祥的，像一堆尸骨。我不明白父亲为什么要用那台灯、墨盒和笔架。尤其当那台灯在父亲的书案上亮起，一看这惨白清冷的灯光，我心里便禁不住打个寒噤。世界上所有台灯的灯光都有一种温情呵。

我认定自己终生不会走进这空屋，但第二次进去是另一种更加意想不到的感受。

“文革”初的一天，突如其来，我家被彻底捣毁，父亲被弄到屋顶上批斗，他随时可能被推下来或者自己跳下来；母亲给拉到大街上，被迫和几个挨整的妇女跪着赛跑。许多陌生人围在门外喊口号，一个老邻居家的孩子带领红卫兵用棍棒斧头把我家扫荡得粉碎，直到天黑他们才退去。我一家人坐在被砸毁的成堆成堆的破烂东西上，战战兢兢，不知何时会有人闯进来，再发生什么祸事。这世界变得无法无天，无论谁都可以对我们构成致命的威胁。更深夜半时，近处和远处还在响着喊斗呼打声，我们不敢开灯，不敢出声，黑夜有如恐怖无边地、紧紧地包裹着我。

后来，疲惫不堪的父母和妹妹卧在地上睡着了，不知为什么，我独自起身悄悄穿过走廊和后院，走进那一向被我拒绝的空屋。脚一踏入，那是怎样一个异常宁静的空间呵。

我先在屋中央，月光射入的银白照眼的一块地上蹲下来，瞅着一片片清晰而如墨的梧桐叶影；四周，透过黑色透明的空气，书架、家具一件件朦朦胧胧地显现出来。随之而来的是一种很奇怪的感觉，屋中这些陌生的、无生命、本来被我看作无情无义的死东西，此刻对我反而都是这世上独有的无伤害力甚至具保护力的了。一切有关的都不安全，一切无关的才最安全。隐隐约约，黑乎乎的墙上，我那疯了并死了的堂兄正冷冷地瞅着我，镜框可能被抄家的人打歪，堂兄的脸也歪着，更添一种活生生的神情，我丝毫不怕却很想他能像鬼那样走下来，和我说话，反倒会驱散现实压在我心上非常具体的恐怖。我紧紧盯着他，等他，盼他的鬼魂出现……不知不觉进入一种从未经验过的境界：安慰、逃脱与超然。

整整一夜，我享受着这空屋。

书　桌

我有张小小的书桌。它又窄又矮，破旧极了。在外人眼里简直不成样子。上边的漆成片地剥落下来，残余的漆色变得晦暗发黑，连我自己都认不准它最新是什么颜色。桌面又满是划痕、硬伤，还有热水杯烫成的一个个套起来的深深浅浅的白圈儿。它一边只有三个小抽屉，抽屉把手早不是原套了。一个是从破箱子上移来的铜把手，另两个是后钉上去的硬木条。别看它这副模样，三十年来，却一直放在我的窗前，我房间透进光来的地方。我搬过几次家，换过几件家具，但从来没有想到处理掉它……

“这么难看还要它干吗？！要是我早劈掉生火了！”

“它又不实用。你这么大个人将就这样一个小桌子，早晚得驼背！”

“你怎么就是不肯扔掉这破玩意儿，难道它是件宝？你说呀……”

我笑而不答。那淡淡的笑意里包含着任何知己都难以理解、难以体会到的一种，一种……一种什么呢？

没有共同的经历就不会有同感。有时，同感能发挥出非常奇妙的作用，它能成为两颗心相融的最短、最直接的通道。如果没有同感，说它做什么？还不如独自一人到树林里，踩着落叶、自己对自己默默地说它一阵子，排遣出来，倒是一种安慰。

我无法想起，究竟是什么时候，我开始使用这小桌的。我只模模糊糊记得，最初，我是站在它前面写写画画，而不是坐着。待我要坐下时，屁股下边必须垫上书包、枕头或一大沓画报，才能够得上桌面……

记忆里，幼时的事，都是穿不成串儿的珠子。这珠子却在记忆的深井的底儿滴溜溜、闪闪发光地打转，很难抓住它们——

我把“人”字总误写成“入”字，就在这桌上吧！

我一排排地晾干弹弓子用的小泥球儿，就在这桌上吧！

我在小木板上钉钉子，就在这桌上吧！

对，就在这儿。桌面上原来有一块能够照见自己脸儿的光光的玻璃板，给我钉钉子时打碎了——这件事我可记得清清楚楚，为此我还挨爸爸一通好打呢！也许打得太疼，我才记得十分牢。但过后我却一点儿也不后悔。因为，从此我做过的、经历过的、经受过的许许多多的事，都在这没有玻璃板保护的桌面上留下了痕迹。

桌面上净是些小瘪坑。有的坑儿挺深，像个洞眼，蚂蚁爬到那儿，得停一下，迟疑片刻，最后绕过去……细细瞧吧，还满是划痕呢，横竖歪斜，有的深，如一道沟；有的轻浅；还有的比蛛丝还细。这细细的印痕，是不是当初削铅笔尖留下的？那一条条长长的道道儿，是不是随意用指甲划上去的？那儿黑乎乎的一块，是不是过年做灯笼，烤弯竹条时碰倒了蜡烛烧的？分辨不清了，原因不明了，全搅在一起了。这中间还混着许多字迹，钢笔的、铅笔的、墨笔的，还有用什么硬东西刻上去的。也有画上去的形象，有的完整，有的破碎——一只靴子啦，枪啦，一张侧面脸啦，这是不是我的自画像？年深日久，早都给磨得模糊一片。痕迹斑驳的桌面，有如一块风化得相当厉害、漫漶不清的碑石。

但我从中细心察辨，也能认出某些痕迹的来由，想起这里边包含着的、只有我才知道的故事，并联想到与此有关或无关的、早已融进往昔岁月中的童年生活。

为此，我很少用湿布去拭抹它。

只有一次例外。那是我上小学四年级时。我前排坐着一个女同学，十分瘦弱。她年龄与我一般大，个子却比我矮一头。两条短短的黄辫儿，简直是两根麻绳头。一天，上语文课，我没听讲，却悄悄把眼前的两条黄辫子拴在这女同学的椅子背儿上。正巧老师叫她回答问题，她一起身，拴住的辫子扯得她头痛得大叫。我的语文老师姓李，瘦削的脸满是黑胡楂儿，连脸颊上都是。一副黑边的近视镜遮住他的眼神，使我头次见到他时以为他挺凶，其实他温和极了。他对我们调皮的忍耐限度比别的老师都大。但不知为什么，那天他好厉害，把我一把拉到课堂前，叫我伸出双手，狠狠打了十多板子。他真生气呢！气呼呼地直喘，什么话也说不出来了，只指着门瞪圆眼睛对我吼道："走！快走！"我离开了课堂，一路跑回家。我手疼倒没什么，但当众挨打受罚，我的自尊心受不了。于是，我眼泪汪汪地在桌上写了"李老师是狗"几个字。我写得那么痛快和解气，好像这几个字给我报了什么"仇"似的。这几个字就相当威风地在我桌上保留了好长时间。

在表的嘀嗒声中，在上下课的铃声中，在雨和雪轮番交替地敲打窗子声中，我长大起来，事也懂得多了。桌上那几个字却不那么神气了。反而怕被人瞧见，似乎成了一种不光彩甚至是耻辱的污迹，我带着一种说不清是对李老师还是对长大后再也遇不到的那个瘦弱的女同学的愧疚心情，用手巾尖儿蘸些水使劲把这几个字抹下去。

真奇怪！字儿抹掉了，好像心里干净了一些。

我上了中学，毕业了，参加了工作。我的许多事，写信、写文章、画画、吃东西，做些什么七零八碎的事都在这桌上，它一直伴随着我。

但它在我长大起来的身躯前，渐渐显得矮小，不合用了；而且用久了，愈来愈破旧，在后来买进来的新家具中间，又显得寒碜和过时。它似乎老了，早完成了使命，在人世间物换星移的常规里等待着接受取代。

有一天我画画。画幅大，桌面小，不得不把一半画纸垂到桌下，先画铺在桌面上的一半；待画得差不多时，再拉上纸来画另一半。这样就很难照顾到画面的整体感，我画得那么别扭，真急了，止不住愤愤地骂道：

"真该死，这破桌子！"

它听着，不吭一声。等我画好了画儿，张挂起来，画面却意外地好。我十分快活，早把桌子忘在一旁。它呢？依然默默旁立。它就是这样与我为伴，好像我不抛掉它，它就一心而从无二意地跟随着我。是不是由于它仅仅是无生命的物品，我从未把它作为一只小猫、小鸟、小兔那样的伴侣？但是，小兔死了，小猫跑了，小鸟飞了，它却不声不响地有心地记下我生活经历过的许多酸甜苦辣，并顺从地任我做任何有损于它的事。当一次，我听说自己遭遇不幸，是因为被一位多年来与我非常要好的朋友出卖时，我忍受不住，发疯似的猛地一拍桌面：

"啪！"

桌面上出现一条长长的裂缝；我那颗初入社会纯真的心上，也暗暗出现一条裂痕。它竟同我一样。

从此，我便不觉地爱护起它来了。

我有过一个女朋友。她是一只快乐的小鸟——那早晨站在沾着露水的枝头抖动翅膀、在阳光里飞来飞去、在烟囱上探头探脑的小鸟。她总笑。她整天似乎除去快乐什么也不知道。她在任何一群人中出现，都能极快地把快乐通过笑、通过活泼的目光、通过喜气洋洋的俊俏的小脸儿、通过率真的动作，传染给每一个人。我说她的快乐是招眼的、悦耳的、香喷喷的，是魔术。我称她为“快乐女神”。

她一双腿长长的，爱穿一条淡蓝色的短裙。她一进屋来，常常是一蹦就坐到小书桌上——这或许是她还带着些孩子气；或许她腿长，桌子矮，坐上去正合适。

我呢？过去吻她高矮也正好。我吻她，她不让。一忽儿把脸甩向左边，一忽儿又甩到右边，还调皮地笑着。她那光滑的短发像穗子一样在我笨拙的嘴唇上蹭来蹭去。

以后，由于挺复杂的原因，她终于说：“我们的爱没有物质土壤，幻想的种子连幻想也结不出来了。”这句话，她说了许多遍，一次比一次肯定，最后她无可奈何又断然地离去了。

稀奇的是，那快乐女神始终与我这哑巴桌子连在一起。每当我的目光碰到桌沿，就会幻觉出她当初坐在桌上的样子：浅蓝色的短裙扇状地铺开，一双直直又顺溜儿的长腿垂下来，两只小巧的脚交叉地别着。这时她那动听的笑声好似又在桌上的空间里发出来。

我需要记着的，这桌儿都给我记着了。而那女神与我临别时掉在桌上的泪滴，却一点儿痕迹也没留下。大概那不是泪，而是水滴。

桌上唯有一处大硬伤。那是——那天，一群穿绿服装、臂套红色袖章的男女孩子们闯进我家来。每人拿一把斧头，说要“砸烂旧世界”，我被迫站在门口表示欢迎，并木然地瞅着他们在顷刻间，把我房间里的一切胡乱砸一通。其中有个姑娘，模样挺端正，但她的眼神叫我害怕。她不吵不闹，砸起东西来异乎寻常地细致。她在屋里转来转去，把尚且完整的东西翻出来，一件件有条不紊地敲得粉碎。然后，她翻出我一本相册，把里面的照片一张张抽出来，全都撕成两半。她做这些事时，脸上没有任何表情。

她忽然把一张照片面对我，问：

“这是谁？”

这是我那“快乐女神”的。我说：

“一个朋友。”

她微微现出一种冷笑，一双秀气的眼睛直盯着我，两只白白的手把这照片撕成细小的碎片。我至今不明白，在那时为什么一些女孩子干这种事时，反比男孩子们干得更彻底、更狠心、更无情。相册中所有女人的照片——我姐姐、妻子、母亲的，她撕得尤其凶，“唰，唰，唰”地响。仿佛此刻她心里有什么受不了的情感折磨着她，迫使她这样做。

最后，她临去时，一眼瞥见我的书桌。大约这书桌过于破旧，开始时并没引起他们的兴趣。此刻在一堆碎物中间，反而惹眼了。她撇向一边的薄薄的唇缝里含着一种讥讽：

“你还有这么个破玩意儿！”

随手一斧子，正砍在桌角上，掉下一块挺大的木茬儿。

就这样，我过去生活的一切，无论是快乐和幸福的，还是忧愁和不幸的，都留在桌上了。哪怕我忘了，它也会无声地提醒我。

它就摆在我窗前。从窗子透进的光笼罩着它。我窗外是一棵大槐树的树冠，这树冠摇曳婆娑的影子总是和阳光一起投照在我这小小的桌面上。

每当这树冠的枝影间满是小小的黑点点时，那是春天，黑点点则是大槐树初发的芽豆豆。这期间，偶尔还有一种俗名叫作“绿叶儿”的候鸟，在枝间伶俐地蹦跳的影子出现在桌面上。夏天来了，树影日浓，渐渐变成一块阴凉，密密实实地遮盖住我的小桌。等到那块厚厚的阴凉破碎了，透现出一些晃动着阳光的斑点时，秋风还会把一两片变黄的叶子吹进窗，像几只金色的小船，落在我这如同无风的水面一般平光光的桌面上。随后该关窗子了，玻璃蒙上了薄薄的水蒸气。那片叶无存，光秃秃，只剩下枝丫的树影，便像一张朦胧模糊的大网，把我的小桌罩住……

我常常被这些情景弄得发呆。谁说它丑？它无用？它应当被丢弃？它有着任何华贵的物品都无法代替的风韵和诗意。在它的更深处，甚至还潜藏着思想。

尤其是在阴雨的日子里，乌云像拉上的厚帘子把窗户遮暗了，小桌变成黑影，很像一块浓雾里的礁石，黑黝黝的，沉默无语。忽然一道闪电把它整个照亮，它那桌面上反射着可怕的蓝色的电光。但在这一瞬间的强光里，它上边的一切痕迹都清晰地显现出来，留在这中间的往事一下子全都复活了……

我闭上眼，情愿被再现在幻觉中的往事深深地感动着。

我终于失去了它。

在地震中，塌落下来的屋顶把它压垮。我的孩子正好躲在桌下，给它保护住了生命。它才是真正地为我献出了一切呀！等我从废墟中把它找出来，只是一堆碎木板、木条和木块了。我请来一个能干的木匠，想把它复原。木匠师傅瞅着它，抽着烟，最后摇了摇头。并且莫名其妙地瞧了我一眼，显然他不明白我何以有此意图——又不是复原一件碎损的稀世古物。

它就这样在我的生活中没了。

我需要书桌，只得另买一张。新买的桌子宽大、实用，漆得锃亮，高矮也挺合适。我每每坐在这崭新却陌生的大书桌前，就觉得过去的一切像那不能再生的书桌一样，烟消云散，虚无缥缈，再也无从抓住似的……

我因此感到隐隐的忧伤。不由得想起几句话，却想不起是谁说的了：

“呵，生活，你真迷人……哪怕是久已过去的，也叫人割舍不得；哪怕是不幸的，也渐渐能化为深沉的诗。”

父子应是忘年交

儿子考上大学时，闲话中提到费用。他忽然说："从上初中开始，我一直用自己的钱交的学费。"

我和妻子都吃一惊。我们活得又忙碌又糊涂，没想到这种事。我问他："你哪来的钱？"

"平时的零花钱，还有以前过年时的压岁钱，攒的。"

"你为什么要用自己的钱呢？"我犹然不解。

他不语。事后妻子告诉我，他说："我要像爸爸那样，一切都靠自己。"于是，我对他肃然起敬，并感到他一下子长大了。那个整天和我踢球、较量、打闹并被我爱抚地捉弄着的男孩已然倏忽远去。人长大，不是身体的放大，不是唇上出现的软髭和颈下凸起的喉结，而是一种成熟，一种独立人格的出现。但究竟他是怎样不声不响、不落痕迹地渐渐成长，忽然一天这样地叫我惊讶，叫我陌生，是不是我的眼睛太多关注于人生的季节和社会的时令，关注那每一朵嫩苞、一节枯枝、一块阴影和一片容光，关注笔尖下每一个细节的真实和每一个词语的准确，因而忽略了日日跟在身边却早已悄悄发生变化的儿子？

我把这感觉告诉给朋友，朋友们全都笑了，原来在所有的父亲心目里，儿子永远是夹生的。

对于天下的男人们，做父亲的经历各不一样，做父亲的感觉却大致相同。

这感觉一半来自天性，一半来自传统。

1976 年大地震那夜，我睡地铺。“地动山摇”的一瞬，我本能地一跃而起，扑向儿子的小床，把他紧紧拥在怀里，任凭双腿全被乱砖乱瓦砸伤。事后我逢人便说自己如何英勇地捍卫了儿子，那份得意，那份神气，那份英雄感，其实是一种自享，享受一种做父亲尽天职的快乐。父亲，天经地义是家庭和子女的保护神。天职就是天性。

至于来自传统的做父亲的感觉，便是长者的尊严，教导者的身份，居高临下的视角与姿态……每一代人都从长辈那里感受这种父亲的专利，一旦他自己做了父亲就将这种专利原原本本继承下来。

这是一种“传统感觉”，也是一种“父亲文化”。

我们就是在这一半天性一半传统中，美滋滋又糊里糊涂做着父亲。自以为对儿子了如指掌，一切一切，尽收眼底，可是等到儿子一旦长大成人，才惊奇地发现自己竟然对他一无所知。最熟悉的变为最陌生，最近的站到了最远，对话忽然中断，交流出现阻隔，弄不好还可能会失去了他。

人们把这弄不明白的事情推给“代沟”这个字眼儿，却不清楚：每个父亲都会面临重新与儿子相处的问题。

我想起，我的儿子自小就不把同学领到狭小的家里来玩，怕打扰我写作，我为什么不把这看作他对我工作的一种理解与尊重？他也没有翻动过我桌上的任何一片写字的纸，我为什么没有看到文学在他心里也同样地神圣？我由此还想起，照看过他的一位老妇人说，他从来没有拉过别人的抽屉，对别人的东西产生过好奇与艳羡……当我把这些不曾留意的许多细节，与他中学时就自己交学费的事情串联在一起，我便开始一点点向他走近。

他早就有一个自己的世界，里边有很多发光的事物。直到今天我才探进头来。

被理解是一种幸福，理解人也是一种幸福。

当我看到了他独立的世界和独立的人格，也就有了与他相处的方式。

对于一个走向成年的孩子，千万不要再把他当作孩子，而要把他当作一个独立的男人。

我开始尽量不向他讲道理，哪怕这道理千真万确，我只是把这道理作为一种体会表达出来而已。他呢，也只是在我希望他介入我的事情时，他才介入进来。我们对彼此的世界，不打扰，不闯入，不指手画脚，这才是男人间的做法。我深知他不喜欢用语言张扬情感，崇尚行动本身；他习惯于克制激动，同时把这激动用隐藏的方式保留起来。我们的性格刚好相反，我却学会用他这种心领神会的方式与他交流。比方我在书店买书时，常常会挑选几本他喜欢的书，回家后便不吭声地往他桌上一放。他也是这样为我做事。他不喜欢添油加醋地渲染，而把父子之情看得天地一样的必然。如果这需要印证，就去看一看他的眼睛——儿子望着父亲的目光，总是一种彻底的忠诚。

所以，我给他翻译的埃里克·奈特那本著名的小说《好狗莱希》写的序文，故意用了这样一个题目：忠诚的价值胜过金子。

儿子，在孩提时代是一种含义。但长大成人后就变了，除去血缘上的父子关系之外，又是朋友，是忘年交。而只有真正成为这种互为知己的忘年交，我们才获得完满的做父子的幸福，才拥有了实实在在又温馨完美的人生。

母亲百岁记

留在昔时中国人记忆里的，总有一个挂在脖子上小小而好看的长命锁。那是长辈请人用纯银打制的，锁下边坠着一些精巧的小铃，锁上边刻着四个字：长命百岁。这四个字是世世代代以来对一个新生儿最美好的祝福，一种极致的吉祥话语，一种遥不可及的人间向往，然而从来没想到它能在我亲人的身上实现。天竟赐我这样的洪福！

天下有多少人能活到三位数？谁能叫自己的生命装进去整整一个世纪的岁久年长？

我骄傲地说——我的母亲！

过去，我不曾有过母亲百岁的奢望。但是在母亲过九十岁生日的时候，我萌生出这种浪漫的痴望。太美好的想法总是伴随着隐隐的担心。我和家人们嘴里全不说，却都分外用心照料她，心照不宣地为她的百岁目标使劲了。我的兄弟姐妹多，大家各尽其心，又都彼此合力，第三代的孙男娣女也加入进来。特别是母亲患病时，那是我们必须一起迎接的挑战。每逢此时我们就像一支训练有素的球队，凭着默契的配合和倾力倾情，赢下一场场“赛事”。母亲经多磨难，父亲离去后，更加多愁善感；多年来为母亲消解心结已是我们每个人都擅长的事。我无法知道这些年为了母亲的快乐与健康，我们手足之间反反复复通了多少电话。

然而近年来，每当母亲生日我们笑呵呵聚在一起时，也都是满头花发。小弟已七十岁，大姐都八十岁了。可是在母亲面前，我们永远是孩子。人只有到了岁数大了，才会知道做孩子的感觉多珍贵、多温馨。谁能像我这样，七十五岁了还是儿子；还有身在一棵大树下的感觉，有故乡故土和家的感觉；还能闻到只有母亲身上才有的深挚的气息。

人生很奇特。你小时候，母亲照料你、保护你，每当有外人敲门，母亲便会起身去开门，绝不会叫你去。可是等到你成长起来，母亲老了，再有外人敲门时，去开门的一定是你——该轮到你来呵护母亲了，人间的角色自然而然地发生转变，这就是美好的人伦与人伦的美好。母亲从九十一岁、九十二岁、九十三岁……一步步向前走。一种奇异的感觉出现了，我似乎觉得母亲愈来愈像我的女儿，我要把她放在手心里，我要保护她，叫她实现自古以来人间最瑰丽的梦想——长命百岁！

母亲住在弟弟的家。我每周二、周五下班之后一定要去看她，雷打不动。母亲知我忙，怕我担心她的身体，这一天她都会提前洗脸擦油，拢拢头发，提起精神来，给我看。母亲兴趣多多，喜欢我带来的天南地北的消息，我笑她“心怀天下”。她还是个微信老手，天天将亲友们发给她的美丽的图片和有趣的视频转发他人。有时我在外地开会时，会忽然收到她微信：“儿子，你累吗？”可是，我在与她一边聊天时，还是要多方“刺探”她身体存在哪些小问题和小不适，我要尽快为她消除。我明白，保障她的身体健康是我首要的事。就这样，那个浪漫又遥远的百岁的目标渐渐进入眼帘了。

到了去年，母亲九十九周岁。她身体很好，身体也有力量，想象力依然活跃，我开始设想来年如何为她庆寿时，她忽说："我明年不过生日了，后年我过一百零一岁。"我先是不解，后来才明白，"百岁"这个日子确实太辉煌，她把它看成一道高高的门槛了，就像跳高运动员面对的横杆。我知道，这是她本能地对生命的一种畏惧，又是一种渴望。于是我与兄弟姐妹们说好，不再对她说百岁生日，不给她压力，等到了百岁那天来到自然就要庆贺了。可是我自己的心里也生出了一种担心——怕她在生日前生病。

然而，担心变成了现实，就在她生日前的两个月突然丹毒袭体，来势极猛，发冷发烧，小腿红肿得发亮，这便赶紧送进医院，打针输液，病情刚刚好转，旋又复发，再次入院，直到生日前三日才出院，虽然病魔赶走，然而一连五十天输液吃药，伤了胃口，变得体弱神衰，无法庆贺寿辰。于是兄弟姐妹大家商定，百岁这天，轮流去向她祝贺生日，说说话，稍坐即离，不叫她劳累。午餐时，只由我和爱人、弟弟，陪她吃寿面。我们相约依照传统，待到母亲身体康复后，一家老小再为她好好补寿。

尽管在这百年难逢的日子里，这样做尴尬又难堪，不能尽大喜之兴，不能让这人间盛事如花般盛开，但是今天——

母亲已经站在这里——站在生命长途上一个用金子搭成的驿站上了。一百年漫长又崎岖的路已然记载在她生命的行程里。她真了不起，一步跨进了自己的新世纪。此时此刻我却仍然觉得像是在一种神奇和发光的梦里。

故而，我们没有华庭盛筵，没有四世同堂，只有一张小桌，几个适合母亲口味的家常小菜，一碗用木耳、面筋、鸡蛋和少许嫩肉烧成的拌卤，一点点红酒，无限温馨地为母亲举杯祝贺。母亲今天没有梳妆，不能拍照留念，我只能把眼前如此珍贵的画面记在心里。母亲还是有些衰弱，只吃了七八根面条，一点儿绿色的菠菜，饮小半口酒。但能与母亲长久相伴下去就是儿辈莫大的幸福了。我相信世间很多人内心深处都有这句话。

此刻，我愿意把此情此景告诉给我所有的朋友与熟人，这才是一件可以和朋友们共享的人间的幸福。

第三辑

故乡是我灵魂的巢

灵魂的巢

对于一些作家，故乡只属于自己的童年，它是自己生命的巢，生命在那里诞生；一旦长大后羽毛丰满，它就远走高飞。但我却不然，我从来没有离开过自己的家乡。我太熟悉一次次从天南海北甚至远涉重洋旅行归来而返回故土的那种感觉了。只要在高速路上看到“天津”的路牌，或者听到航空小姐说出它的名字，心中便充溢着一种踏实，一种温情，一种彻底的放松。

我喜欢在夜间回家，远远看到家中亮着灯的窗子，一点点愈来愈近。一次一位生活杂志的记者要我为“家庭”下一个定义。我马上想到这个亮灯的窗子，柔和的光从纱帘中透出，静谧而安详。我不禁说：“家庭是世界上唯一可以不设防的地方。”

我的故乡给了我的一切。

父母、家庭、孩子、知己和人间不能忘怀的种种情谊。我的一切都是从这里开始。无论是咿咿呀呀地学话还是一部部十数万字或数十万字的作品的写作；无论是梦幻般的初恋还是步入茫茫如大海的社会。当然，它也给我人生的另一面，那便是挫折、穷困、冷遇与折磨，以及意外的灾难，比如抄家和大地震，都像利斧一样，至今在我心底留下了永难平复的伤痕。我在这个城市里搬过至少十次家。有时真的像老鼠那样被人一边喊打一边轰赶。我还有过一次非常短暂的神经错乱，但若有神助一般地被不可思议地纠正回来。在很多年的生活中，我都把多一角钱肉馅儿的晚饭当作美餐，把那些帮我说几句好话的人认作贵人。然而，就是在这样的困境中，我触到了人生的真谛，从中掂出种种情义的分量，也看透了某些脸后边的另一张脸。我们总说生活不会亏待人，那是说当生活把无边的严寒铺盖在你身上时，一定还会给你一根火柴。就看你识不识货，是否能够把它擦着，烘暖和照亮自己的心。

写到这里，很担心我把命运和生活强加给自己的那些不幸，错怪是故乡给我的。我明白，在那个灾难没有死角的时代，我生活在任何城市，都同样会经受这一切。因为我相信阿·托尔斯泰那句话，在我们拿起笔之前，一定要在火里烧三次，血水里泡三次，碱水里煮三次。只有到了人间的底层才会懂得，唯生活解释的概念才是最可信的。

然而，不管生活是怎样的滋味，当它消逝之后，全部都悄无声息地留在这城市中了。因为我的许多温情的故事是裹在海河的风里的；我挨批挨斗就在五大道上。一处街角，一个桥头，一株弯曲的老树，都会唤醒我的记忆，使我陡然“看见”昨日的影像，它常常叫我骄傲地感觉到自己拥有那么丰富又深厚的人生。而我的人生全装在这个巨大的城市里。

更何况，这城市的数百万人，还有我们无数的先辈的人，也都把他们人生故事书写在这座城市中了。一座城市怎么会有如此庞博的承载与记忆？别忘了——城市还有它自身非凡的经历与遭遇呢！

最使我痴迷的还是它的性格。这性格一半外化在它形态上，一半潜在它地域的气质里。这后一半好像不容易看见，它深刻地存在于此地人的共性中。城市的个性是当地的人一代代无意中塑造出来的。可是，城市的性格一旦形成，就会反过来同化这个城市的每一个人。我身上有哪些东西来自这个城市的文化，孰好孰坏？优根劣根？我说不好。我却感到我和这个城市的人们浑然一体，我和他们气息相投，相互心领神会，有时甚至不需要语言交流。我相信，对于自己的家乡就像对你真爱的人，一定不只是爱它的优点。或者说，当你连它的缺点都觉得可爱时——它才是你真爱的人，才是你的故乡。

一次，在法国，我和妻子南下去到马赛。中国驻马赛的领事对我说，这儿有位姓屈的先生，是天津人，听说我来了，非要开车带我到处跑一跑。待与屈先生一见，情不自禁说出两三句天津话，顿时一股子唯津门才有的热烈与义气劲儿扑入心头。屈先生一踩油门，便从普罗旺斯一直跑到西班牙的巴塞罗那。一路上，说的尽是家乡的新闻与旧闻，奇人趣事，直说得浑身热辣辣，五体流畅，上千公里的漫长的路竟全然不觉。到底是什么东西使我们如此亲热与忘情？

家乡把它怀抱里的每个人都养育成自己的儿女。它哺育我的不仅是海河蔚蓝色的水和亮晶晶的小站稻米，更是它斑斓又独异的文化。它把我们改造为同一的文化血型，它精神的因子已经注入我的血液中。这也是我特别在乎它的历史遗存、城市形态乃至每一座具有纪念意义的建筑的缘故。我把它们看作它精神与性格之所在，而绝不仅仅是使用价值。

我知道，人的命运一半在自己手里，一半还得听天由命。今后我是否还一直生活在这里尚不得知。但我无论到哪里，我都是天津人。不仅因为天津是我的出生地——它绝不只是我生命的巢，而且是灵魂的巢。

逛娘娘宫

一

那时，像我们这些生长在天津的男孩子，只要听大人们提到娘娘宫，心里仿佛有只小手抓得怪痒痒的。尤其大年前夕，娘娘宫一带是本地的年货市场，千家万户预备过年用的什么炮儿啦、灯儿啦、画儿啦、糕儿啦等，差不多都是从那里买到的。我猜想这些东西在那里准堆成一座座花花绿绿的小山似的。我多么盼望能去娘娘宫玩一玩！但一直没人带我去，大概那时我家好歹算个富户，不便出没于这种平民百姓的集聚之地。我有个姑表哥，他爸爸早殁，妈妈有疯病，日子穷窘；他是个独眼——别看他独眼，他反而挺自在。他那仅剩下单独一只的、又小又细、用来看世界的右眼，却比我的一双黑黑的、正常的大眼睛视野更广，福气更大，行动也更自由——像什么钓鱼逮蟹、到鸟市上听说书、捅棋、买小摊上便宜又好玩的糖稀吃等，他样样能做，我却不能。对于世上的快乐与苦恼，大人和孩子的标准往往不同。大人们是属于社会的，孩子们则属于大自然，这些话不必多说，就说我这独眼表哥吧！他不止一次去过娘娘宫，听他描绘娘娘宫的情景，看耍猴呀，抖空竹呀，逛炮市呀等，再加上他口沫横飞、扬扬得意的神气，我都真有私逃出家、随他去一趟的念头。此刻饭菜不香，糖不甜，手边的玩具顷刻变得索然无味了。我妈妈立刻猜到我的心事，笑眯眯地对我说："又惦着逛娘娘宫了吧！"

说也怪，我任何心事她都知道。

二

我的妈妈是我的奶妈。

我娘生下我时，没有奶，便坐着胶皮车到估衣街的老妈店去找奶妈。我这奶妈是武清县落垡人，刚生过孩子，乡下连年闹灾荒没钱花，她就撇下自己正吃奶的孩子，下到天津卫来做奶妈。我娘一眼就瞧上了她，因为她在一群待用的奶妈中十分惹眼，个子高大，人又壮实，一双大脚，黑里透红、亮光光的一张脸，看上去"像个男人"，很健康——这些情形都是后来听大人们说的。据说她的奶很足，我今天能长成个一米九二的大汉，大概就是受了她奶汁育养之故。

她姓赵。我小名叫"大弟"。依照天津此地的习惯，人们都叫她"大弟妈"。我叫她"妈妈"。

在我依稀还记得的童年的那些往事中，不知为什么，对她的印象要算最深了。几乎一闭眼，她那样子就能穿过厚厚的岁月的浓雾，清晰地显现在眼前。她是个尖头顶、扁长的大嘴、一头又黑又密的头发的女人，每天早上都对着一面又小又圆的水银镜子，把头发放开，篦过之后，涂上好闻的刨花油，再重新绾到后颈，卷成一个乌黑油亮、像个大烧饼似的大鬏髻，外边套上黑线网；只在两鬓各留一绺头发，垂在耳前。这是河北武清那边妇女习惯的发型。她的脸可真黑，嘴唇发白，而且在脸色的对比下显得分外的白。大概这是她爱喝醋的缘故。人们都说醋吃多了，就会脸黑唇白。她可真能喝醋！每吃饭，必喝一大碗醋，有时菜也不吃，一碗饭加一碗醋，吃得又香又快。她为什么这样爱喝醋呢？有一次，我见她吃喝正香，嘴唇咂咂直响，不觉嘴里发馋，非向她要醋喝不可，她把醋碗递给我，叫我抿一小口，我却像她那样喝了一大口。天哪！真是酸死我了。从此，我一看她吃饭，听到她吮咂着唇上醋汁的声音，立即觉得两腮都收紧了。

再有，便是她上楼的脚步异乎寻常地轻快。她带着我住在三楼的顶间，每天楼上楼下不知要跑多少趟，很少歇憩，似有无穷精力。如果她下楼去拿点儿什么，几乎一转眼就回到楼上。直到现在，我还没有遇见过第二个人把上下楼全然不当作一回事呢。

那时，我并不常见自己的父母。他们整天忙于应酬，常常在外串门吃饭。只是在晚间回来时，偶尔招呼她把我抱下楼看看，逗逗，玩玩，再给她抱上楼。我自生来日日夜夜都是跟随着她。据说，本来她打算我断了奶，就回乡下去。但她一直没有回去，只是年年秋后回去看看，住上十天半个月就回来。每次回来都给我带一些使我醉心的东西，像装在草棍编的小笼子里的蝈蝈啦，金黄色的小葫芦啦，村上卖的花脸和用麻秆做柄的大刀啦……她一走，我就哭，整天想她；她呢，每次都是提前赶回来，好像她的家不在乡下，而在我家这里。在我那冥顽无知稚气的脑袋里，哪里想得到她留在我家，全然是为了我。

我在家排行第三，上边是两个姐姐。我却算作长子。每当我和姐姐们发生争执，她总是明显地、气咻咻地偏袒于我。有人说她“以为照看人家的长子就神气了”，或者说她这样做是“为了巴结主户”。她不以为然，我更不懂得这种家庭间无聊的闲话。我是在她怀抱里长大的。她把我当作自己亲生孩子那样疼爱，甚至溺爱；我从她身上感受到的气息反比自己的生母更为亲切。

每每夏日夜晚，她就斜卧在我身旁，脱了外边的褂子，露出一个大红布的绣着彩色的花朵和叶子的三角形兜肚，上端有一条银亮的链子挂在颈上。这时她便给我讲起故事来，像什么《傻子学话》《狼吃小孩》《烧火丫头杨排风》等。这些故事不知讲了多少遍，不知为什么每听起来依然津津有味。她一边讲，一边慢慢摇着一把大蒲扇，把风儿一下一下地凉凉快快扇在我身上。伏天里，她常常这样扇一夜，直到我早晨醒来，见她眼睛困倦难张，手里攥着蒲扇，下意识地，一歪一斜地、停停住住地摇着……

如果没有下边的事，对于一个八岁的孩子，所能记下的某一个人的事情也只能这些了。但下边的事使我记得更清楚，始终忘不了。

一年的年根底下，厨房一角的灶王龛里早就点亮香烛，供上又甜又脆、粘着绿色蜡纸叶子的糖瓜。这时，大年穿戴的新装全都试过，房子也打扫过了，玻璃擦得好像都看不见了。里里外外，亮亮堂堂。大门口贴上一副印着披甲戴盔、横眉立目的古代大将的画纸。妈妈告诉我那是“门神”，有他俩把住大门，大鬼小鬼进不来。楼里所有的门板上贴上“福”字，连垃圾箱和水缸也都贴了，不过是倒着贴的，借着“到”和“倒”的谐音，以示“福气到了”之意。这期间，楼梯底下摆一口大缸，我和姐姐偷偷掀开盖儿一看，全是白面的馒头、糖三角、豆馅儿包和枣卷儿，上边用大料蘸着品红色点个花儿，再有便是左邻右舍用大锅烧炖年菜的香味，不知从哪里一阵阵悄悄飞来，钻入鼻孔；还有些性急的孩子等不及大年来到，就提早放起鞭炮来。一年一度迷人的年意，使人又一次深深地又畅快地感到了。

独眼表哥来了。他刚去过娘娘宫，带来一包俗名叫“地耗子”的土烟火送给我。这种“地耗子”只要点着，就“哧哧”地满地飞转，弄不好会钻进袖筒里去。他告诉我这“地耗子”在娘娘宫的炮市上不过是寻常之物，据说那儿的鞭炮烟火有上百种。我听了，再也止不住要去娘娘宫一看的愿望，便去磨我的妈妈。

我推开门，谁料她正撩起衣角抹泪。她每次回乡下之前都这样抹泪，难道她要回乡下去？不对，她每次总是大秋过后才回去呀！

她一看见我，忙用手背抹干眼角，抽抽鼻子，露出笑容，说：

“大弟，我告诉你一件你高兴的事。”

“什么事？”

“明儿一早，我带你去逛娘娘宫！”

“真的？！”心里渴望的事突然来到眼前，反叫我吃惊地倒退两步，“我娘叫我去吗？”

“叫你去！”她眯着笑眼说，“我刚对你娘打了保票，保险丢不了你，你娘答应了。”

我一下子扑进她的怀抱。这怀抱里有股多么温暖、多么熟悉的气息呵！就像我家当院的几株老槐树的气味，无论在外边跑了多么久、多么远，只要一闻到它的气味，就立即感到自己回到最亲切的家中来了。

可这时，我感到有什么东西“啪、啪”落在我背上，还有一滴落在我后颈上，像大雨点儿，却是热的。我惊奇地仰起面孔，但见她泪湿满面。她哭了！她干吗要哭？我一问，她哭得更厉害了。

“孩子，妈今年不能跟你过年了。妈妈乡下有个爷们，你懂吗？就像你爸和你娘一样。他害了眼病，快瞎了，我得回去。明儿早晌咱去娘娘宫，后晌我就走了。”

我仿佛头一次知道她乡下还有一些与她亲近的人。

“瞎了眼，不就像独眼表哥了？”我问。

“傻孩子，要是那样，他还有一只好眼呢！就怕两眼全瞎了。妈就……”她的话说不下去了。

我也哭起来。我这次哭，比她每次回乡下前哭得都凶，好像敏感到她此去就不再来了。

我哭得那么伤心、委屈、难过，同时忽又想到明儿要去逛娘娘宫，心里又翻出一个甜甜的小浪头。谁知我此时此刻心里是股子什么滋味？

三

我们一进娘娘宫以北的宫北大街，就像两只小船被卷入来来往往的、颇有劲势的人流里，只能看见无数人的前胸和后背。我心里有点儿紧张，怕被挤散，才要拉紧妈妈的手，却感到自己的小手被她的大手紧紧握着了。人声嘈杂得很，各种声音分辨不清，只有小贩们富于诱惑的吆喝声，像鸟儿叫一样，一声声高出众人嗡嗡杂乱的声音之上，从大街两旁传来：

“易德元的吊钱呵，眼看要抢完了，还有五张！”

“哪位要皇历，今年的皇历可是套片精印的，整本道林纸。哎，看看节气，找个黄道吉日，家家缺不了它呵！”

“哎，哎，哎，买大枣，一口一个吃不了……”

但什么也瞧不见，人们都是前胸贴着后背，偶有人缝，便花花绿绿闪一下，逗得我眼睛发亮。忽然，迎面一人手里提着一个五彩缤纷的盒子，盒子上印着两个胖胖的人儿，笑嘻嘻挤在一起，煞是有趣，可是没等我细瞧，那人却往斜刺里去了。跟着听到一声粗鲁的喝叫："瞧着！"我便撞在一个软软的、热乎乎的、鼓鼓囊囊的东西上。原来是一个人的大肚子。这人袒敞着棉袄，肚子鼓得好大，以致我抬头看不见他的脸。这时，只听到妈妈的怨怪声：

"你这么大人，怎么瞧不见孩子呢，快，别挤着孩子呀！"

那人嘟囔几声什么。说也好笑，我几乎在他肚子下边，他怎么看得见我？这时，只觉得这人在我前面左挪右挪，大肚子热烘烘蹭着我的鼻尖，随后像一个软软的大肉桶，从我右边滑过去了。我感到一阵轻松畅快，就在这一瞬，对面又来了一个老头儿，把一个大金鱼灯举过头顶；这是条大鲤鱼，通身鲜红透明，尾巴翘起，伸着须，眼睛是两个亮晃晃、又圆又鼓的大金球儿……

"妈妈，你看……"我叫着。

妈妈扭头，大金鱼灯却不见了。

又是无数人的前胸和后背。

我真担心娘娘宫里也是如此，那就什么也看不见了。

"妈妈，我要看，我什么也瞧不见哪！"

"好！我抱你到上边瞧！"

妈妈说着，把我抱起来往横处挤了几步，撂在一个高高的地方。呀！我真又惊又喜，还有点儿傻了！好像突然给举到云端，看见了一个无法形容的、灿烂辉煌、热闹非凡的世界。我首先看到的是身前不远的地方有两根旗杆，高大无比，尖头简直碰到天。我对面是一座戏台，上边正在敲锣打鼓，唱戏的人正起劲地叫着，台下一片人头攒动。我再扭身一看，身后竟是一座美丽的大庙。在这中间，满是罩棚，满是小摊，满是人。各种新奇的东西和新奇的景象，一下子闯进眼帘，我好像什么也看不清了。在这之后，我才明白自己站在庙前一个石头砌的高台上……

"妈妈，妈，这就是娘娘宫吗？"我叫着。

“可不是吗？”妈妈笑眯眯地说。每逢我高兴之时，她总是这样心花怒放地笑着。她说：“大弟，你能在这儿站着别动吗？妈到对面买点儿东西。那儿太挤，你不能去。你可千万别离开这儿。妈去去就来。”

我再三答应后，她才去。我看着她挤进一家绒花店。

这时，我才得以看清宫门前的全貌。从我们走来的宫北大街，经过这庙前，直奔宫南大街，千千万万小脑袋蠕动着，街的两旁全是店铺，张灯结彩，悬挂着五色大旗，写着“大年减价”“新年连市”等字样，一直歪歪斜斜、蜿蜒地伸向锅店街那边而去，好像一条巨大的鳞光闪闪的巨蟒，在地上，慢慢摇动它笨拙的身躯，真是好看极了。我禁不住双腿一蹦一蹦，拍起手来。

“当心掉下来！”有人说着并抓住我的腰。

原来妈妈来了，她喜笑颜开，手里拿着一个方方的花纸盒，鬓上插着一朵红绒花。这花儿如此艳丽，映着她的脸，使她显得喜气洋洋，我感到她从来没有像今天这样好看。

“妈，你好看极了！”

“胡说！”妈羞笑着说，“快下来，咱们到娘娘宫里去看看。”

我随她跨进了多年梦思夜想的娘娘宫。心里还掠过一种自豪与得意之情，心想，回头我也能像独眼表哥那样对别人讲讲娘娘宫的事了。而我的姐姐们还没有我今天这种好福气呢！

庙里好热闹，楼宇一处连一处，香烟缭绕，到处是棚摊。这宫院里和外边一样，也成了年货集市。小贩、香客、游人挤成一团，各色各样的神仙图画挂满院墙，连几株老树上也挂得满满的。

一束束红蓝黄绿的气球高过人头，在些许的微风里摇颤着，仿佛要摆脱线的牵扯，飞上碧空……宫院左边是卖金鱼的，右边的摊上多卖空竹。内中有一个胖子，五十多岁，很大一顶灰兔皮帽扣在头上。四四方方一张红脸，秤砣鼻子，鼻毛全支出来，好像废井中长出的荒草。他上身穿一件紧身元黑罩衫，显出胖大结实的身形，正中一行黄布裹成的疙瘩扣，排得很密，像一条大蜈蚣爬在他当胸。下边是肥大黑裤，青布缠腿，云字样的靴头。他挽着袖管，抖着一个脸盆大小的空竹。如此大的空竹真是世所罕见。别看他身胖，动作却不迟笨，胳膊一甩，把那奇大的空竹抖得精熟，并且顺着绳子，一忽儿滚到左胳膊上，一忽儿滚到右胳膊上，一忽儿猫腰俯背，让转动的空竹滚背而过，一忽儿又把这沉重的家伙抛上半空，然后用手里的绳子接住。这时他面色十分神气。那空竹发出的声音也如牛吼一般。他的货摊上悬着一个朱红漆牌，写着三个金字："空竹王"，旁边有行小字"乾隆老样"。摊上的空竹所贴的红签上，也都印着这些字样，并有"认清牌号，谨防假冒"八个字。他的货摊在同行中显得很阔绰，大大小小的空竹，式样不一，琳琅满目，使得左右的邻摊显得寒碜、冷落和可怜。他一边抖着空竹，一边嘴里叨叨不绝，说他的空竹是祖传的。他家历来不但精于制作，又善于表演空竹。他祖宗曾进过宫，给乾隆爷表演过，乾隆爷看得"龙颜大悦"，赐给他祖宗黄金百两、白银一千，外加黄马褂一件，据说那是他祖祖祖祖爷爷的事。后来他家又有人进宫给慈禧太后表演空竹，便是他祖祖爷的事了。祖辈的那黄马褂没有留下，却传下这只巨型的空竹……说到这儿，他把空竹用力抖两下，嘴里的话锋一转，来了生意经，开始夸耀自家空竹的种种优长，直说得嘴角溢出白沫。本来他的空竹不错，抖得也蛮好，不知为什么，这样滔滔不绝的自夸和炫耀，尤其他那股剽悍和霸气劲儿反叫人生厌。这时，他大叫一声，猛一用力，把空竹再次抛上半空，随着脑袋后仰过猛，头上那顶大兔皮帽被抛在身后，露出一个青皮头顶，见棱见角，并汗津津冒着热气，好似一只没有上锅的青光光的蟹盖儿，大家忍不住笑了。

我妈妈笑了一下，便领我到邻处小摊上，买了一个小号的空竹给我。那摊贩对妈妈十分客气，似有感激之意。妈妈为什么不买“空竹王”那里漂亮的空竹，而偏偏买这小摊上不大起眼儿的东西？这事一直像个谜存在我心里，直到我入了社会，经事多了，才解开这积存已久的谜。

四

大庙里的气氛真是神秘、奇异、可怖。那气氛是只有庙堂里才有的。到处黑洞洞的，到处又闪着辉煌的亮光；到处是人，到处是神。一处处庙堂，一尊尊佛像，有的像活人，有的像假人，有的逗人发笑，有的瞪眼吓人，有的莫名其妙。妈妈在我耳边轻轻告诉我，哪个是娘娘，哪个是四大门神，哪个是关帝，还有雷公、火神、疙瘩刘爷、傻哥和张仙爷。给我印象最突出的要算这张仙爷了。他身穿蓝袍，长须飘拂，张弓搭箭，斜向屋角，既威武又洒脱。妈妈告诉我，民人住宅常有天狗从烟囱钻进来，兴妖作怪，残害幼儿。张仙爷专除天狗，见了天狗钻进民宅就将弓箭射去，以保护孩童。故此，人都称他为“射天狗的张仙爷”……

在我不自觉地望着这护佑儿童们的泥神时，妈妈向一个人问了几句话，就领着我穿过两重热闹闹的小院，走到一座庙堂前。她在门口花了几个小钱买了一把香，便走进去。里边一团漆黑，烟雾弥漫，香的气味极浓。除去到处亮着的忽闪忽闪的烛火，别的什么都看不见。我才要向前迈步，妈妈忽把我拉住，我才发现眼前有几个人跪伏着，随后脑袋一抬，上身直立，跟着又俯身叩首做拜伏状。这些人身前是张条案，案上供具陈列，一尊乌黑的生铁香炉插满香，香灰撒落四边，四座烛台都快给烛油包上了……就在这时，从条案后的黑黝黝的空间里，透现出一个胖胖的、端庄的、安详的妇女的面孔。珠冠绣衣，粉面朱唇，艳美极了。缭绕的烟缕使她的面孔忽隐忽现，跳动的烛光似乎使她的表情不断变化着，忽而严肃，忽而慈爱，忽而冷峻，忽而微笑。她是谁？如何这样妄自尊崇，接受众人的叩拜？我想到这儿时，已然发现她也是一尊泥塑彩画的神像。为什么许多人要给这泥人烧香叩头呢？我拉拉妈妈的衣袖，想对她说话，她却不搭理我。我抬头看她时，只见妈妈脸上郑重又虔诚，一双眼呆呆的，散发出一种迟缓又顺从的光来。我真不懂妈妈何以做出如此怪异的神情。但不知为什么，我忽然不敢出声，不敢随意动作，一股庄重不阿的气氛牢牢束缚住我。心里升起一种从未有过的敬畏的感觉，不觉悄悄躲到妈妈的身后。

在条案一旁，立着一个老头儿，松形鹤骨，神情肃穆，穿黄袍子。我一直以为也是个泥人。此刻他却走到妈妈身前，把妈妈手里的香接过去，引烛火点着，插在香炉内。这时妈妈也像左右的人那样屈腿伏身，叩头作揖。只剩下我直僵僵地站着。这当儿，一个新发现竟使我吓得缩起脖子：原来条案后那泥神身上满是眼睛，总有几十只，只只眼睛都比鞋子还大，眼白极白，眼球乌黑，横横竖竖，好像都在瞧着我。我一惊之下，忙蹲下来，躲在妈妈背后，双手捂住了脸。后来妈妈起了身，拉着我走出这吓人的庙堂。我便问：

“妈妈，那泥人怎么浑身都是眼睛呀？”

“哎哟，别胡扯，那是千眼娘娘，专管人得眼病的。”

我听了依然莫解，但想到妈妈给她叩头，是为了她丈夫的病吧！我又想发问，却没问出来，因为她那满是浅细皱纹的眼皮中间似乎含着泪水。我之所以没再问她，是因为不愿意勾起她心中的烦恼和忧愁，还是怕她眼里含着的泪流出来，现在很难再回想得清楚，谁能弄清楚自己儿时的心理？

五

在宫南大街，我们又卷在喧闹的人流中。声音愈吵，人们就愈要提高嗓门儿，声音反倒愈响。其实如果大家都安静下来，小声讲话，便能节省许多气力，但此时、此刻、此地谁又能压抑年意在心头上猛烈的骚动？

宫南大街比宫北大街更繁华，店铺挨着店铺，罩棚连着罩棚，五行八作，无所不有。最有趣的是年画店，画儿贴满四壁，标上号码，五彩缤纷，简直看不过来。还有一家画店，在门前放着一张桌，桌面上码着几尺高的年画，有两个人，把这些画儿一样样地拿给人们看，一边还说些为了招徕主顾而逗人发笑的话，更叫人好笑的是这两个人，一般高，穿着一样的青布棉袍，驼色毡帽，只是一胖一瘦，一个难看，一个顺眼，很像一对说相声的。我爱看的《一百单八将》《百子闹学》《屎壳郎堆粪球》等这里都有。

由此再往南去，行人渐少，地势也见宽阔。沿街多是些小摊，更有可怜的，只在地上放一块方形的布，摆着一些吊钱、窗花、财神图、全神图、彩蛋、花糕模子、八宝糖盒等零碎小物。这些东西我早都从妈妈嘴里听到过，因此我都能认得。还有些小货车，放着日用的小百货，什么镜儿、膏儿、粉儿、油儿的。上边都横竖几根杆子，拴着女孩子们扎辫子用的彩带子，随风飘摇，很是好看；还有的竖立一棵粗粗的麻秆儿，上面插满各样的绒花，围在这小车边的多是些妇女和姑娘。在这中间，有一个卖字的老人的表演使我入了迷。一张小木桌，桌上一块大紫石砚、一把旧笔、一捆红纸，还立着一块小木牌，写着“鬻字”。这老人瘦如干柴，穿一件土黄棉袍，皱皱巴巴，活像一棵老人参。天冷人老，他捉着一支大笔，翘起的小拇指微微颤抖。但笔道横平竖直，宛如刀切一般。四边闲着的人都怔着，没人要买。老人忽然左手也抓起一支大笔，蘸了墨，两手竟然同时写一副对联。两手写的字却各不相同。字儿虽然没有单手写得好，观者反而惊呼起来，争相购买。

看过之后，我伸手一拉妈妈：

“走！”

她却摆胳膊。

“走——”我又一拉她。

“哎，你这孩子怎么总拉人哪？！”

一个陌生的爱挑剔的女人尖厉的声音传来。我抬头一看，原来是一位矮小的黄脸女人，怀里抱着一篓鲜果。她不是妈妈！我认错人了！妈妈在哪儿？我慌忙四下一看，到处都是生人，竟然不见她了！我忙往回走。

“妈妈，妈妈……”我急急慌慌地喊，却听不见回答，只觉得自己喉咙哽咽，喊不出声来，急得要哭了。

就在这当口，忽听“大弟”一声。这声简直是肝肠欲裂、失魂落魄的呼喊。随后，从左边人群中钻出一人来，正是妈妈。她张大嘴，睁大眼，鬓边那两绺头发直条条耷拉着，显出狼狈与惊恐的神色。她一看见我，却站住了，双腿微微弯曲下来，仿佛要跌在地上，手里那绒花盒儿也捏瘪了。然后，她一下子扑上来把我紧紧抱住，仿佛从五脏里呼出一声：

“我的爷爷，你是不想叫我活了！”

这声音，我现在回想起来还那样清晰。

我终于看见了炮市，它在宫南大街横着的一条胡同里。胡同中有几十个摊儿，这摊儿简直是一个个炮堆。“双响”都是一百个盘成一盘。最大的五百个一盘，像个圆桌面一般大。单说此地人最熟悉的烟火——金人儿，就有十来种。大多是鼓脑门儿、穿袍拄杖的老寿星，药捻儿在脑顶上。这里的金人高可齐腰，小如拇指。这些炮摊的幌子都是用长长的竹竿挑得高高的一挂挂鞭炮。其中一个大摊，用一根杯口粗的竹竿挑着一挂雷子鞭，这挂大鞭约有七八尺，下端几乎擦地，把那竹竿压成弓形。上边粘着一张红纸条，写了“足数万头”四个大字。这是我至今见到的最威风的一挂鞭。不知怎样的人家才能买得起这挂鞭。

为了防止火灾，炮市上绝对不准放炮。故此，这里反而比较清静，再加上这条胡同是南北方向，冬日的朔风呼呼吹过，顿感身凉。像我这样大小的男孩子们见了炮都会像中了魔一样，何况面对着如此壮观的鞭炮的世界，即使冻成冰棍儿也不肯看几眼就离开的。

“掌柜的，就给我们拿一把‘双响’吧！”妈妈和那卖炮的说起话来，“多少钱？”

妈妈给我买炮了。我多么高兴！

我只见她从怀里摸出一个旧手巾包，打开这包儿，又是一个小手绢包儿，手绢包里还有一个快要磨破了的毛头纸包儿，再打开，便是不多的几张票子、几枚铜币。她从这可怜巴巴的一点儿钱中拿出一部分，交给那卖炮的，冷风吹得她的鬓发扑扑地飘。当她把那把“双响”买来塞到我手中时，我感到这把炮像铁制的一般沉重。

“好吗？孩子！”她笑眯着眼对我说，似乎在等着我高兴的表示。

本来我应该是高兴的，此刻却是另一种硬装出来的高兴。但我看得出，我这高兴的表示使她得到了多么大的满足啊！

六

我就是这样有生以来第一次、令人难忘地逛过了娘娘宫。那天回到家，急着向娘、姐姐和家中其他人，一遍又一遍讲述在娘娘宫的见闻，直说得嘴巴酸疼，待吃过饭，精神就支撑不住，歪在床上，手里抱着妈妈给买的那把“双响”和空竹香香甜甜地睡了。懵懵懂懂间觉得有人拍我的肩头，擦眼一看，妈妈站在床前，头发梳得光光的，身上穿一件平日用屁股压得平平的新蓝布罩衫，臂肘间挎着一个印花的土布小包袱，她的眼睛通红，好像刚哭过，此刻却笑眯着眼看我。原来她要走了！屋里的光线已经变暗了。我这一觉睡得好长啊，几乎错过了与她告别的时刻。

我扯着她的衣襟，送她到了当院。她就要去了，我心里好像塞着一团委屈似的，待她一要走，我就像大河决口一般，索性大哭出来。家里人都来劝我，一边向妈妈打手势，叫她乘机快走，妈妈却抽抽噎噎地对我说：

“妈妈给你买的‘双响’呢？你拿一个来，妈妈给你放一个，崩崩邪气，过个好年……”

我拿一个“双响”给她。她把这“双响”放在地上，然后从怀里摸出一盒火柴划着火去点药捻。院里风大，火柴一着就灭，她便划着火柴，双手拢着火苗，凑上前，猫下腰去点药捻。哪知这药捻着得这么快，不知是谁叫了一声“当心”，这话音才落，“嗵！嗵”，连着两响，烟腾火苗间，妈妈不及躲闪，炮就打在她脸上。她双手紧紧捂住脸。大家吓坏了，以为她炸了眼睛。她慢慢直起身，放下双手，所幸的是没炸坏眼，却把前额崩得一大块黑。我哭了起来。

妈妈拿出块帕子抹抹前额，黑烟抹净，却已鼓出一个栗子大小的硬疙瘩。家里人忙拿来“万金油”给她涂在疙瘩处，那疙瘩便越发显得亮而明显了。妈妈眯着笑眼对我说：

“别哭，孩子，这一下，妈妈身上的晦气也给崩跑了！”

我看得出这是一种勉强的、苦味的笑。

她就这样去了。挎着那小土布包袱、顶着那栗子大小的鼓鼓的疙瘩去了。多年来，这疙瘩一直留在我心上，一想就心疼，挖也挖不掉。

她说她“过了年就回来”，但这一去就没再来。听说她丈夫瞎了双眼，她再不能出来做事了。从此，一面也不得见，音信也渐渐寥寥。我十五岁那年，正是大年三十，外边鞭炮正响得热闹，屋里却到处能闻到火药燃烧后的香味。家里人忽叫我到院里看一件东西。我打着灯笼去看，挨着院墙根放着一个荆条编的小箩筐。家里人告诉我，这是我妈妈托人从乡下捎给我的。我听了，心儿陡然地跳快了，忙打开筐盖，用灯一照，原来是个又白又肥的大猪头，两扇大耳，粗粗的鼻子，脑门儿上点了一个枣儿大的红点儿，可爱极了……看到这里，我不觉抬起头来，仰望着在万家灯火的辉映中反而显得黯淡了的寒空，心儿好像一下子从身上飞走，飞啊，飞啊，飞到我那遥远的乡下的老妈妈的身边，扑在她那温暖的怀中，叫着：

“妈妈，妈妈，你可好吗？”

刷子李

码头上的人，全是硬碰硬。手艺人靠的是手，手上就必得有绝活。有绝活的，吃荤，亮堂，站在大街中央；没能耐的，吃素，发蔫，靠边待着。这一套可不是谁家定的，它地地道道是码头上的一种活法。自来唱大戏的，都讲究闯天津码头。天津人迷戏也懂戏，眼刁耳尖，褒贬分明。戏唱得好，下边叫好捧场，像见到皇上，不少名角便打天津唱红唱紫、大红大紫；可要是稀松平常，要哪儿没哪儿，戏唱砸了，下边一准起哄喝倒彩，弄不好茶碗扔上去，茶叶末子沾满戏袍和胡须上。天下看戏，哪儿也没天津倒好叫得厉害。您别说不好，这一来也就练出不少能人来。各行各业，全有几个本领齐天的活神仙。刻砖刘、泥人张、风筝魏、机器王、刷子李等，天津人好把这种人的姓，和他们拿手擅长的行当连在一起称呼。叫长了，名字反没人知道。只有这一个绰号，在码头上响当当和当当响。

刷子李是河北大街一家营造厂的师傅。专干粉刷一行，别的不干。他要是给您刷好一间屋子，屋里任嘛甭放，单坐着，就赛升天一般美。最令人叫绝的是，他刷浆时必穿一身黑，干完活儿，身上绝没有一个白点儿。别不信！他还给自己立下一个规矩，只要身上有白点儿，白刷不要钱。倘若没这本事，他不早饿成干儿了？

但这是传说。人信也不会全信，行外的没见过的不信，行内的生气愣说不信。

一年的一天，刷子李收个徒弟叫曹小三。当徒弟的开头都是端茶、点烟，跟在屁股后边提东西。曹小三当然早就听说过师傅那手绝活，一直半信半疑，这回非要亲眼瞧瞧。

那天，头一次跟随师傅出去干活，到英租界镇南道给李善人新造的洋房刷浆。到了那儿，看刷子李跟随管事的人一谈，才知道师傅派头十足。照他的规矩一天只刷一间屋子。这洋楼大小九间屋，得刷九天。干活前，他把随身带的一个四四方方的小包袱打开，果然一身黑衣黑裤，一双黑布鞋。穿上这身黑，就赛跟地上一桶白浆较上了劲。

一间屋子，一个屋顶四面墙，先刷屋顶后刷墙。顶子尤其难刷，蘸了稀溜溜粉浆的板刷往上一举，谁能一滴不掉？一掉准掉在身上。可刷子李一举刷子，就赛没有蘸浆。但刷子滑过屋顶，立时匀匀实实一道白，白得透亮，白得清爽。有人说这蘸浆的手法有高招，有人说这调浆的配料有秘方。曹小三哪里看得出来？只见师傅的手臂悠然摆来，悠然摆去，好赛伴着鼓点，和着琴音，每一摆刷，那长长的带浆的毛刷便在墙面"啪"的清脆一响，极是好听。"啪啪"声里，一道道浆，衔接得天衣无缝，刷过去的墙面，真好比平平整整打开一面雪白的屏障。可是曹小三最关心的还是刷子李身上到底有没有白点儿。

刷子李干活还有个规矩。每刷完一面墙，必得在凳子上坐一大会儿，抽一袋烟，喝一碗茶，再刷下一面墙。此刻，曹小三借着给师傅倒水点烟的机会，拿目光仔细搜索刷子李的全身。每一面墙刷完，他搜索一遍，居然连一个芝麻大小的粉点儿也没发现。他真觉得这身黑色的衣服有种神圣不可侵犯的威严。

可是，当刷子李刷完最后一面墙，坐下来，曹小三给他点烟时，竟然瞧见刷子李裤子上出现一个白点儿，黄豆大小。黑中白，比白中黑更扎眼。完了！师傅露馅儿了，他不是神仙，往日传说中那如山般的形象轰然倒去。但他怕师傅难堪，不敢说，也不敢看，可忍不住还要扫一眼。

这时候，刷子李忽然朝他说话：

“小三，你瞧见我裤子上的白点儿了吧。你以为师傅的能耐有假、名气有诈，是吧。傻小子，你再细瞧瞧吧——”

说着，刷子李手指捏着裤子轻轻往上一提，那白点儿即刻没了，再一松手，白点儿又出现，奇了！他凑上脸用神再瞧，那白点儿原是一个小洞！刚才抽烟时不小心烧的。里边的白衬裤打小洞透出来，看上去就跟粉浆落上去的白点儿一模一样！

刷子李看着曹小三发怔发傻的模样，笑道：

“你以为人家的名气全是虚的？那你是在骗自己。好好学本事吧！”

曹小三学徒头一天，见到、听到、学到的，恐怕别人一辈子也未准明白呢！

泥人张

手艺道上的人，捏泥人的泥人张排第一。而且，有第一，没第二，第三差着十万八千里。

泥人张大名叫张明山。咸丰年间常去的地方有两处：一是东北城角的戏院大观楼，一是北关口的饭馆天庆馆。坐在那儿，为了瞧各样的人，也为捏各样的人。去大观楼要看戏台上的各种角色，去天庆馆要看人世间的各种角色。这后一种的样儿更多。

那天下雨，他一个人坐在天庆馆里饮酒，一边留神四下里吃客们的模样。这当儿，打外边进来三个人。中间一位穿得阔绰，大脑袋，中溜个子，挺着肚子，架势挺牛，横冲直撞往里走。站在迎门桌子上的“撂高的”一瞅，赶紧吆喝着：“益照临的张五爷可是稀客，贵客，张五爷这儿总共三位——里边请！”

一听这喊话，吃饭的人都停住嘴巴，甚至放下筷子瞧瞧这位大名鼎鼎的张五爷。当下，城里城外气最冲的要算这位靠着贩盐赚下金山的张锦文。他当年由于为盛京将军海仁卖过命，被海大人收为义子，排行老五，所以又有海张五一称。但人家当面叫他张五爷，背后叫他海张五。天津卫是做买卖的地界儿，谁有钱谁横，官儿也怵三分。可是手艺人除外。手艺人靠手吃饭，求谁？怵谁？故此，泥人张只管饮酒，吃菜，西瞧东看，全然没把海张五当个人物。

但是不会儿，就听海张五那边议论起他来。有个细嗓门儿的说：“人家台下一边看戏，一边手在袖子里捏泥人。捏完拿出来一瞧，台上的嘛样，他捏的嘛样。”跟着就是海张五的大粗嗓门儿说：“在哪儿捏？在袖子里捏？在裤裆里捏吧！”随后一阵笑，拿泥人张找乐子。

这些话天庆馆里的人全都听见了。人们等着瞧艺高胆大的泥人张怎么“回报”海张五。一个泥团儿砍过去？

只见人家泥人张听赛没听，左手伸到桌子下边，打鞋底下抠下一块泥巴。右手依然端杯饮酒，眼睛也只瞅着桌上的酒菜，这左手便摆弄起这团泥巴来，几个手指飞快捏弄，比变戏法的刘秃子的手还灵巧。海张五那边还在不停地找乐子，泥人张这边肯定把那些话在他手里这团泥土全找回来了。随后手一停，他把这泥团往桌上“啪”地一戳，起身去柜台结账。

吃饭的人伸脖一瞧，这泥人真捏绝了！就赛把海张五的脑袋割下来放在桌上一般。瓢似的脑袋，小鼓眼，一脸狂气，比海张五还像海张五，只是只有核桃大小。

海张五在那边，隔着两丈远就看出捏的是他。他朝着正走出门的泥人张的背影叫道：“这破手艺也想赚钱，贱卖都没人要。”

泥人张头都没回，撑开伞走了。但天津卫的事没有这样完的——

第二天，北门外估衣街的几个小杂货摊上，摆出来一排排海张五这个泥像，还加了个身子，大模大样坐在那里。而且是翻模子扣的，成批生产，足有一二百个。摊上还都贴着个白纸条，上边使墨笔写着：

估衣街上来来往往的人，谁看谁乐。乐完找熟人来看，再一块乐。

三天后，海张五派人花了大价钱，才把这些泥人全买走，据说连泥模子也买走了。泥人是没了，可“贱卖海张五”这事传了一百多年，直到今儿个。

快手刘

人人在童年，都是时间的富翁，胡乱挥霍也使不尽。有时待在家里闷得慌，或者父亲嫌我太闹，打发我出去玩玩儿，我就不免要到离家很近的那个街口，去看快手刘变戏法。

快手刘是个撂地摆摊卖糖的胖大汉子。他有个随身背着的漆成绿色的小木箱，在哪儿摆摊就把木箱放在哪儿。箱上架一条满是洞眼的横木板，洞眼插着一排排廉价而赤黄的棒糖。他变戏法是为吸引孩子们来买糖。戏法十分简单，俗称“小碗扣球”。一块绢子似的黄布铺在地上，两个白瓷小茶碗，四个滴溜溜的大红玻璃球儿，就这再普通不过的三样道具，却叫他变得神出鬼没。他两只手各拿一个茶碗，你明明看见每个碗下边扣着两个红球儿，你连眼皮都没眨动一下，嘿！四个球儿竟然全都跑到一个茶碗下边去了，难道这球儿是从地下钻过去的？他就这样把两只碗翻来覆去，一边叫天喊地，东指一下手，西吹一口气，好像真有什么看不见的神灵做他的助手，四个小球儿忽来忽去，根本猜不到它们在哪里。这种戏法比舞台上的魔术难变，舞台只一边对着观众，街头上的土戏法，前后左右围着一圈人，人们的视线从四面八方射来，容易看出破绽。有一次，我亲眼瞧见他手指飞快地一动，把一个球儿塞在碗下边扣住，便禁不住大叫：

“在右边那个碗底下哪，我看见了！”

“你看见了？”快手刘明亮的大眼珠子朝我惊奇地一闪，跟着换了一种正经的神气对我说，“不会吧！你可得说准了。猜错就得买我的糖。”

“行！我说准了！”我亲眼所见，所以一口咬定。自信使我的声音非常响亮。

谁知快手刘哈哈一笑，突然把右边的茶碗翻过来。

“瞧吧，在哪儿呢？”

咦，碗下边怎么什么也没有呢？只有碗口压在黄布上一道圆圆的印子。难道球儿穿过黄布钻进左边那个碗下边去了？快手刘好像知道我怎么猜想，伸手又把左边的茶碗掀开，同样什么也没有！球儿都飞了？只见他将两只空碗对口合在一起，举在头顶上，口呼一声：“来！”双手一摇茶碗，里面竟然“哗哗”响，打开碗一看，四个球儿居然又都出现在碗里边。怪，怪，怪！

四边围看的人发出一阵惊讶不已的唏嘘之声。

“怎么样？你输了吧！不过在我这儿输了绝不罚钱，买块糖吃就行了。这糖是纯糖稀熬的，单吃糖也不吃亏。”

我臊得脸皮发烫，在众人的笑声里买了块棒糖，站到人圈后边去。从此我只站在后边看了，再不敢挤到前边去多嘴多舌。他的戏法，在我眼里真是无比神奇了。这也是我童年真正钦佩的一个人。

他那时不过四十多岁吧，正当年壮，精饱神足，肉重肌沉，皓齿红唇，乌黑的眉毛像用毛笔画上去的。他蹲在那里活像一只站着的大白象。一边变戏法，一边卖糖，发亮而外凸的眸子四处流盼，照应八方；满口不住说着逗人的笑话。一双胖胖的手，指肚滚圆，却转动灵活，那四个小球就在这双手里忽隐忽现。我当时有种奇想，他的手好像是双层的，小球时时藏在夹层里。唉唉，孩提时代的念头，现在不会再有了。

这双异常敏捷的手，大概就是他绰号“快手刘”的来历。他也这样称呼自己，以至在我们居住那一带无人不知他的大名。我童年的许多时光，就是在这最最简单又百看不厌的土戏法里，在这一直也不曾解开的迷阵中，在他这双神奇莫测、令人痴想不已的快手之间消磨的。他给了我多少好奇的快乐呢？

那些伴随着童年的种种人和事，总要随着童年的消逝而远去。我上中学以后就不常见到快手刘了。只是路过那路口时，偶尔碰见他。他依旧那样兴冲冲地变“小碗扣球”，身旁摆着插满棒糖的小绿木箱。此时我已经是懂事的大孩子了，不再会把他的手想象成双层的，却依然看不出半点儿破绽，身不由己地站在那里，饶有兴致地看了一阵子。我敢说，世界上再好的剧目，哪怕是易卜生和莎士比亚，也不能像我这样成百上千次看个不够。

我上高中是在外地。人一走，留在家乡的童年和少年就像合上的书。往昔美好的故事，亲切的人物，甜醉的情景，就像鲜活的花瓣夹在书页里，再翻开都变成了干枯了的回忆。谁能使过去的一切复活？那去世的外婆，不知去向的挚友，妈妈乌黑的鬈发，久已遗失的那些美丽的书，那跑丢了的绿眼睛的小白猫……还有快手刘。

高中二年级的暑期，我回家度假。一天在离家不远的街口看见十多个孩子围着什么又喊又叫。走近一看，心中怦然一动，竟是快手刘！他依旧卖糖和变戏法，但人已经大变样子。十年不见，他好像度过了二十年，模样接近了老汉。单是身旁摆着的那只木箱，就带些凄然的样子。它破损不堪，黑乎乎，黏腻腻，看不出一点儿先前那悦目的绿色。横板上插糖的洞孔，多年来给棒糖的竹棍捅大了，插在上边的棒糖东倒西歪。再看他，那肩上、背上、肚子上、臂上的肉都到哪儿去了呢？饱满的曲线没了，衣服下处处凸出尖尖的骨形来；脸盘仿佛小了一圈，眸子无光，更没有当初左顾右盼、流光四射的精神。这双手尤其使我动心——他分明换了一双手！手背上青筋缕缕，污黑的指头上绕着一圈圈皱纹，好像吐尽了丝而皱缩下去的老蚕……于是，当年一切神秘的气氛和绝世的本领都从这双手上消失了。他抓着两只碗口已经碰得破破烂烂的茶碗，笨拙地翻来翻去，那四个小球儿，一会儿没头没脑地撞在碗边上，一会儿从手里掉下来。他的手不灵了！孩子们叫起来："球在那儿呢！""在手里哪！""指头中间夹着哪！"在这喊声里，他一慌张，手就愈不灵，抖抖索索搞得他自己也不知道球儿都在哪里了。无怪乎四周的看客只是寥寥一些孩子。

"在他手心里，没错！绝没在碗底下！"有个光脑袋的胖小子叫道。

我也清楚地看到，在快手刘扣过茶碗的时候，把地上的球儿取在手中。这动作缓慢迟钝，失误就十分明显。孩子们吵着闹着叫快手刘张开手，快手刘的手却攥得紧紧的，朝孩子们尴尬地掬出笑容。这一笑，满脸皱纹都挤在一起，好像一个皱纸团。他几乎用请求的口气说：

"是在碗里呢！我手里边什么也没有……"

当年神气十足的快手刘哪会用这种口气说话？这些稚气又认真的孩子偏偏不依不饶，非叫快手刘张开手不可。他哪能张手，手一张开，一切都完了。我真不愿意看见快手刘这一副狼狈的、惶惑的、无措的窘态。多么希望他像当年那次——由于我自作聪明，揭他老底，迫使他亮出一个捉摸不透的绝招，小球突然不翼而飞，呼之即来。

如果他再使一下那个绝招，叫这些不知轻重的孩子领略一下名副其实的快手刘而瞠目结舌多好！但他老了，不再会有那花好月圆的岁月年华了。

我走进孩子们中间，手一指快手刘身旁的木箱说：

“你们都说错了，球儿在这箱子上呢！”

孩子们给我这突如其来的话弄得莫名其妙，都瞅那木箱，就在这时，我眼角瞥见快手刘用一种尽可能的快速度把手里的小球塞到碗下边。

“球在哪儿呢？”孩子们问我。

快手刘笑呵呵翻开地上的茶碗说：

“瞧，就在这儿哪！怎么样？你们说错了吧，买块糖吧，这糖是纯糖熬的，单吃糖也不吃亏。”

孩子们给骗住了，再不喊闹。一两个孩子掏钱买糖，其余的一哄而散。随后只剩下我和从窘境中脱出身来的快手刘，我一扭头，他正瞧我。他肯定不认识我。他皱着花白的眉毛，饱经风霜的脸和灰蒙蒙的眸子里充满疑问，显然他不明白，我这个陌生的青年何以要帮他一下。

歪　儿

那个暑假，天刚擦黑，晚饭吃了一半，我的心就飞出去了。因为我又听到歪儿那尖细的召唤声：“来玩踢罐电报呀——”

“踢罐电报”是那时男孩子们最喜欢的游戏。它不单需要快速、机敏，还带着挺刺激的冒险滋味。它的玩法又简单易学，谁都可以参加。先是在街中央用白粉粗粗画一个圈儿，将一个空洋铁罐儿摆在圈里，然后大家聚拢一起“手心手背”分批淘汰，最后剩下一个人坐庄。坐庄可不易，他必须极快地把伙伴们踢得远远的罐儿拾回来，放到原处，再去捉住一个乘机躲藏的孩子顶替他，才能下庄；可是就在他四处去捉住那些藏身的孩子时，冷不防从什么地方会蹿出一人，“啪”地将罐儿叮里当啷踢得老远，倒霉，又得重新开始……一边要捉人，一边还得防备罐儿再次被踢跑，这真是个苦差事，然而最苦的还要算是歪儿！

歪儿站在街中央，寻着空铁罐左盼右盼，活像一个蒸熟了的小红薯。他细小，软绵绵，歪歪扭扭；眼睛总像睁不开，薄薄的嘴唇有点儿斜，更奇怪的是他的耳朵，明显的一大一小，像是父子俩。

他母亲是苏州人，四十岁才生下这个有点儿畸形的儿子，取名叫“弯儿”。我们天天都能听到她用苏州腔呼唤儿子的声音，却把“弯儿”错听成“歪儿”。也许这“歪儿”更像他的模样。由于他身子歪，跑起来就打斜，玩踢罐电报便十分吃亏。可是他太热爱这种游戏了，他宁愿坐庄，宁愿徒自奔跑，宁愿一直累得跌跌撞撞……大家玩的罐儿还是他家的呢！

只有他家才有这装芦笋的长长的铁罐，立在地上很得踢，如果要没有这宝贝罐儿，说不定大家嫌他累赘，不带他玩了呢！

我家刚搬到这条街上来，我就加入了踢罐电报的行列，很快成了佼佼者。这游戏简直就是为我发明的——我的个子比同龄的孩子高一头，腿也几乎长一截，跑起来真像骑摩托送电报的邮差那样风驰电掣，谁也甭想逃脱我的追逐。尤其我踢罐儿那一脚，“啪”的一声过后，只能在远处朦胧的暮色里去听它叮里当啷的声音了，要找到它可费点劲呢！这时，最让大家兴奋的是瞅着歪儿去追罐儿那样子，他一忽儿斜向左，一忽儿斜向右，像个脱了轨而瞎撞的破车，逗得大家捂着肚子笑。当歪儿正要发现一个藏身的孩子时，我又会闪电般冒出来，一脚把罐儿踢到视线之外，可笑的场面便再次出现……就这样，我成了当然的英雄，得意非凡；歪儿怕我，见到我总是一脸懊丧。天天黄昏，这条小街上充满着我的迅猛威风和歪儿的疲于奔命。终于有一天，歪儿一屁股坐在白粉圈里，怏怏无奈地痛哭不止……他妈妈跑出来，操着纯粹的苏州腔朝他叫着骂着，扯他胳膊回家。这愤怒的声音里似乎含着对我们的谴责。我们都感觉自己做了什么不好的事，默默站了一会儿才散。

歪儿不来玩踢罐电报了。他不来，罐儿自然也变了，我从家里拿来一种装草莓酱的小铁罐，短粗，又轻，不但踢不远，有时还踢不上，游戏的快乐便减色许多。那么失去快乐的歪儿呢？我望着他家二楼那扇黑黑的玻璃窗，心想他正在窗后边眼巴巴瞧着我们玩吧！这时忽见窗子一点点开启，跟着一个东西扔下来。这东西掉在地上的声音那么熟悉、那么悦耳、那么刺激，原来正是歪儿那长长的罐儿。我的心头第一次感到被一种内疚深深地刺痛了。我迫不及待地朝他招手，叫他来玩儿。

歪儿回到了我们中间。

一切都奇妙又美好地发生了变化。大家并没有商定什么，却不约而同、齐心合力地等待着这位小伙伴了。大家尽力不叫他坐庄；有时他“手心手背”输了，也很快有人情愿被他捉住，好顶替他。大家相互配合，心领神会，作假成真。一次，我看见歪儿躲在一棵大槐树后边正要被发现，便飞身上去，一脚把罐儿踢得好远好远，解救了歪儿，又过去拉着他，急忙藏进一家院内的杂物堆里。我俩蜷缩在一张破桌案下边，紧紧挤在一起，屏住呼吸，却互相能感到对方的胸脯急促起伏，这紧张充满异常的快乐呵！我忽然见他那双眯缝的小眼睛竟然睁得很大，目光兴奋、亲热、满足，并像晨星一样光亮！原来他有这样一双又美又动人的眼睛。是不是每个人都有这样一双眼睛，就看我们能不能把它点亮？!

猫 婆

我那小阁楼的后墙外，居高临下是一条又长又深的胡同，我称它为猫胡同。每日夜半，这里是猫儿们无法无天的世界。它们戏耍、求偶、追逐、打架，叫得厉害时有如小孩扯着嗓子号哭。吵得人无法入睡时，便常有人推开窗大吼一声“去——”，或者扔块石头瓦片轰赶它们。我在忍无可忍时也这样怒气冲冲干过不少次，每每把它们赶跑，静不多时，它们又换个什么地方接着闹，通宵不绝。为了逃避这群讨厌的家伙，我真想换房子搬家。奇怪，哪来这么多猫，为什么偏偏都跑到这胡同里来聚会闹事？

一天，我到一位朋友家去串门，聊天，他养猫，而且视猫如命。

我说：“我挺讨厌猫的。”

他一怔，扭身从墙角纸箱里掏出个白色的东西放在我手上。呀，一只毛线球大小雪白的小猫！大概它有点儿怕，缩成个团儿，小耳朵紧紧贴在脑袋上，一双纯蓝色亮亮的圆眼睛柔和又胆怯地望着我。我情不自禁赶快把它捧在怀里，拿下巴爱抚地蹭它毛茸茸的小脸，竟然对这朋友说：“太可爱了，把它送给我吧！”

我这朋友笑了，笑得挺得意，仿佛他用一种爱战胜了我不该有的一种怨恨。他家大猫这次一窝生了一对小猫——一只一双金黄眼儿，一只一双天蓝色眼儿。尽管他不舍得送人，对我却例外地割爱了。似乎为了要在我身上培养出一种与他同样的爱心来——真正的爱总希望大家共享，尤其对我这个厌猫者。

小猫一入我家，便成了我全家人的情感中心。起初它小，趴在我手掌上打盹儿睡觉，我儿子拿手绢当被子盖在它身上，我妻子拿眼药瓶吸牛奶喂它。它呢，喜欢像婴儿那样仰面躺着吃奶，吃得高兴时便用四只小毛腿抱着你的手，伸出柔软的、细砂纸似的小红舌头亲昵地舔你的手指尖……这样，它长大了，成为我家中的一员，并有着为所欲为的权利——睡觉可以钻进任何人的被窝儿，吃饭可以跳到桌上，蹲在桌角，想吃什么就朝什么叫，哪怕最美味的一块鱼肚或鹅肝，我们都会毫不犹豫地让给它。嘿，它夺去我儿子受宠的位置，我儿子却毫不妒忌它，反给它起了顶漂亮、顶漂亮的名字，叫“蓝眼睛”。这名字起得真好！每当“蓝眼睛”闯祸——砸了杯子或摔了花瓶，我发火了，要打它，但只要一瞅它那纯净光澈、惊慌失措的蓝眼睛，心中的火气顿时全消，反而会把它拥在怀里，用手捂着它那双惊恐瞪大的蓝眼睛，不叫它看，怕它被自己的冒失吓着……

我也是视猫如命了。

入秋，天一黑，不断有些大野猫出现在我家的房顶上，大概都是从后面猫胡同爬上来的吧。它们个个很丑，神头鬼脸向屋里张望。它们一来，“蓝眼睛”立即冲出去，从晾台蹿上屋顶，和它们对吼、厮打，互相穷追不舍。我担心“蓝眼睛”被这些大野猫咬死，关紧通向晾台的门，“蓝眼睛”便发疯似的抓门，还哀哀地向我乞求，后来我知道“蓝眼睛”是小母猫，它在发狂地爱，我便打开门不再阻拦。它天天夜出晨归，归来时，浑身滚满尘土，两眼却分外兴奋明亮，像蓝宝石。就这样，在很冷的一天夜里出去了，没再回来，我妻子站在晾台上拿根竹筷子“当当”敲着它的小饭盆，叫它，一连三天，期待落空。意想不到的灾难降临——“蓝眼睛”丢了！

情感的中心突然失去，家中每个人全空了。

我不忍看妻子和儿子噙泪的红眼圈，便房前房后去找。黑猫、白猫、黄猫、花猫、大猫、小猫，各种模样的猫从我眼前跑过，唯独没有“蓝眼睛”……懊丧中，一个孩子告诉我，猫胡同顶里边一座楼的后门里，住着一个老婆子，养了一二十只猫，人称猫婆，“蓝眼睛”多半是叫她的猫勾去的。这话点亮了我的希望。

当夜，我钻进猫胡同，在没有灯光的黑暗里寻到猫婆家的门，正想察看情形，忽听墙头有动静，抬头吓一跳，几只硕大的猫影黑黑地蹲在墙上。我轻声一唤“蓝眼睛”，猫影全都微动，眼睛处灯光似的一闪一闪，并不怕人。我细看，没有“蓝眼睛”，就守在墙根下等候，不时一只走开，跳进院里，不时又从院里爬上一只来，一直没等到“蓝眼睛”，但这院里似乎是个大猫洞，我那可怜的宝贝多半就在里边猫婆的魔掌之中了。我冒冒失失地拍门，非要进去看个究竟不可。

门打开，一个高高的老婆子出现——这就是猫婆了。里边亮灯，她背光，看不清面孔，只是一条墨黑墨黑神秘的身影。

我说我找猫，她非但没拦我，反倒立刻请我进屋去。我随她穿过小院，又低头穿过一道小门，是间阴冷的地下室。一股浓重噎人的猫味马上扑鼻而来。屋顶很低，正中吊下一个很脏的小灯泡，把屋内照得昏黄。一个柜子、一座生铁炉子、一张大床，地上几只放猫食的破瓷碗，再没别的，连一把椅子也没有。

猫婆上床盘腿而坐，她叫我也坐在床上。我忽见一团灰秃秃的棉被上，东一只西一只横躺竖卧着几只猫。我扫一眼这些猫，还是没有“蓝眼睛”。猫婆问我：“你丢那猫什么样儿？”我描述一遍，她立即叫道：“那大白波斯猫吧？长毛？大尾巴？蓝眼睛？见过见过，常从房上下来找我们玩，还在我们这儿吃过东西呢，多疼人的宝贝！丢几天了？”我盯住她那略显浮肿、苍白无光的老脸看，只有焦急，却无半点儿装假的神气。我说：“五六天了。”她的脸顿时阴沉下来，停了片刻才说：“您甭找了，回不来了！”我很疑心这话为了骗我，目光搜寻可能藏匿“蓝眼睛”的地方。这时，猫婆的手忽向上一指，呀，迎面横着的铁烟囱上，竟然还趴着好一大长排各种各样的猫！有的眼睛看我，有的闭眼睡觉，它们是在借着烟囱的热气取暖。

猫婆说：“您瞧瞧吧，这都是叫人打残的猫！从高楼上摔坏的猫！我把它们拾回来养活的。您瞧那只小黄猫，那天在胡同口叫孩子们按着‘批斗’，还要烧死它，我急了，一把从孩子们手里抢出来的！您想想，您那宝贝丢了这么多天，哪还有好？现在乡下常来一伙人，下笼子逮猫吃，造孽呀！他们在笼里放了鸟儿，把猫引进去，笼门就关上……前几天我的一只三花猫就没了。我的猫个个喂得饱饱的，不用鸟儿绝对引不走，那些狼心狗肺的家伙，吃猫肉，叫他们吃！吃得烂嘴、烂舌头、浑身烂、长疮、烂死！”

她说得脸抖，手也抖，点烟时，烟卷抖落在地。烟囱上那小黄猫，瘦瘦的，尖脸，很灵，立刻跳下来，叼起烟，仰起嘴，递给她。猫婆笑脸开花，咧着嘴不住地说：“瞧，您瞧，这小东西多懂事！”像在夸赞她的一个小孙子。

我还有什么理由疑惑她？面对这天下受难猫儿们的救护神，告别出来时，不觉带着一点儿惭愧和狼狈的感觉。

“蓝眼睛”的丢失虽使我伤心很久，但从此不知不觉我竟开始关切所有猫儿的命运。猫胡同再吵再闹也不再打扰我的睡眠，似乎有一只猫叫，就说明有一只猫活着，反而令我心安。猫叫成了我的安眠曲……

转过一年，到了猫儿们求偶时节，猫胡同却忽然安静下来。

我妻子无意间从邻居那里听到一个不幸的消息：猫婆死了。同时——在她死后——才知道关于她在世时的一点点经历。

据说，猫婆本是先前一个开米铺老板的小婆，被老板的大婆赶出家门，住在猫胡同那座楼第一层的两间房子里。后又被当作资本家老婆，轰到地下室。她无亲无故，孑然一身，拾纸为生，以猫为伴，但她所养的猫没有一个良种好猫，都是拾来的弃猫、病猫和残猫。她天天从水产店捡些臭鱼烂虾煮了，放在院里喂猫，也就招引一些无家可归的野猫来填肚充饥，有的干脆在她家落脚。她有猫必留，谁也不知道她家到底有多少只猫。

“文革”前，曾有人为她找个伴儿，是个卖肉的老汉。结婚不过两个月，老汉忍受不了这些猫闹、猫叫、猫味儿，就搬出去住。人们劝她扔掉这些猫，接回老汉，她执意不肯，坚持与这些猫共享着无人能解的快乐。

前两个月，猫婆急病猝死，老汉搬回来，第一件事便是把这些猫统统轰走。被赶跑的猫儿依恋故人故土，每每回来，必遭老汉一顿死打，这就是猫胡同忽然不明不白静下来的根由了。

这消息使我的心一揪。那些猫，那些在猫婆床上、被上、烟囱上的猫，那些残的、病的、瞎的猫儿呢？那只尖脸的、瘦瘦的、为猫婆叼烟卷的小黄猫呢？如今漂泊街头、饿死他乡、被孩子弄死，还是叫人用笼子捉去吃掉了？一种伤感与担忧从我心里漫无边际地散开，散出去，随后留下的是一片沉重的空茫。这夜，我推开后窗向猫胡同望下去，只见月光下，猫婆家四周的房顶墙头趴着一只只猫影，大约有七八只，黑黑的，全都默不作声。这都是猫婆那些生死相依的伙伴，它们等待着什么呢？

从这天起，我常常把吃剩下的一些东西，一块馒头、一个鱼头或一片饼扔进猫胡同里去，这是我仅能做到的了，但这年里，我也不断听到一些猫这样或那样死去的消息，即使街上一只猫被轧死，我都认定必是那些从猫婆家里被驱赶出来的流浪儿。入冬后，我听到一个令人战栗的故事——

我家对面一座破楼修理瓦顶。白天里瓦工们换瓦时活儿没干完，留下个洞，一只猫为了御寒，钻了进去，第二天瓦工们盖上瓦走了，这只猫无法出来，急得在里边叫。住在这楼顶层的五六户人家都听到猫叫，还有在顶棚上跑来跑去的声音，但谁家也不肯将自家的顶棚捅坏，放它出来。这猫叫了三整天，开头声音很大、很惨、扰人，但一天比一天声音微弱下来，直至消失！

听到这故事，我彻夜难眠。

更深夜半，天降大雪，猫胡同里一片死寂，这寂静化为一股寒气透进我的肌骨。忽然，后墙下传来一声猫叫，在大雪涂白了的胡同深处，猫婆故居那墙头上，孤零零趴着一只猫影，在凛冽中蜷缩一团，时不时哀叫一声，甚是凄婉。我心一动，是那尖脸小黄猫吗？忙叫声："咪咪！"想下楼去把它抱上来，谁知一声唤，将它惊动，起身慌张跑掉。

猫胡同里便空无一物。只剩下一片夜的漆黑和雪的惨白，还有奇冷的风在这又长又深的空间里呼啸。

往事如“烟”

从家族史的意义上说，抽烟没有遗传。虽然我父亲抽烟，我也抽过烟，但在烟上我们没有基因关系。我曾经大抽其烟，我儿子却绝不沾烟，儿子坚定地认为不抽烟是一种文明。看来个人的烟史是一段绝对属于自己的人生故事。而且在开始成为烟民时，就像好小说那样，各自还都有一个“非凡”的开头。

记得上小学时，我做肺部的 X 光透视检查。医生一看我肺部的影像，竟然朝我瞪大双眼，那神气好像发现了奇迹。他对我说：“你的肺简直跟玻璃一样，太干净太透亮了。记住，孩子，长大可绝对不要吸烟！”

可是，后来步入艰难的社会，我从事仿制古画的单位被“文革”的大锤击碎。我必须为一家塑料印刷的小作坊跑业务，天天像沿街乞讨一样，钻进一家家工厂去寻找活计。而接洽业务，打开局面，与对方沟通，先要敬上一支烟。烟是市井中一把打开对方大门的钥匙。可最初我敬上烟时，却只是看着对方抽，自己不抽。这样，敬烟成了生硬的“送礼”，反而有些尴尬。于是，我便硬着头皮开始了抽烟的生涯。为了敬烟而吸烟，应该说，我抽烟完全是被迫的。

儿时，那位医生叮嘱我的话，那句金玉良言，我至今未忘。但生活的警句常常被生活本身击碎。因为现实总是至高无上的，甚至还会叫真理甘拜下风。当然，如果说起我对生活严酷性的体验，这还只是九牛一毛呢！

古人以为诗人离不开酒，酒后的放纵会给诗人招来意外的灵感；今人以为作家的写作离不开烟，看看他们写作时脑袋顶上那纷纭缭绕的烟缕，多么像他们头脑中翻滚的思绪啊。但这全是误解！好的诗句都是在清明的头脑中跳跃出来的；而“无烟作家”也一样可以写出大作品。

他们并不是为了写作才抽烟。他们只是写作时也要抽烟而已。

真正的烟民全都是无时不抽的。

他们闲时抽，忙时抽；舒服时抽，疲乏时抽；苦闷时抽，兴奋时抽；一个人时抽，一群人更抽；喝茶时抽，喝酒时抽；饭前抽几口，饭后抽一支；睡前抽几口，醒来抽一支；右手空着时用右手抽，右手忙着时用左手抽；如果坐着抽，走着抽，躺着也抽，那一准是头一流的烟民。记得我在自己烟史的高峰期，半夜起来还要点上烟，抽半支，再睡。我们误以为烟有消闲、解闷、镇定、提神和助兴的功能，其实不然。对于烟民来说，不过是这无时不伴随着他们的小小的烟卷，参与了他们大大小小一切的人生苦乐罢了。

我至今记得父亲挨整时，总躲在屋角不停地抽烟。那个浓烟包裹着的一动不动的蜷曲的身影，是我见到过的世间最愁苦的形象。烟，到底是消解了还是加重他的忧愁和抑郁？

那么，人们的烟瘾又是从何而来？

烟瘾来自烟的魅力。我看烟的魅力，就是在你把一支雪白和崭新的烟卷从烟盒抽出来，性感地夹在唇间，点上，然后深深地将雾化了的带着刺激性香味的烟丝吸入身体而略感精神一爽的那一刻，即抽第一口烟的那一刻。随后，便是这吸烟动作的不断重复。而烟的魅力在这不断重复的吸烟中消失。

其实，世界上大部分事物的魅力，都在这最初接触的那一刻。

我们总想去再感受一下那一刻，于是就有了瘾。所以说，烟瘾就是不断燃起的“抽上一口”——也就是第一口烟的欲求。这第一口之后再吸下去，就成了一种毫无意义的习惯性的行为。我的好友张贤亮深谙此理，所以他每次点上烟，抽上两三口，就把烟按灭在烟缸里。有人说，他才是最懂得抽烟的。他抽烟一如赏烟，是“最高品位的烟民”。但也有人说，这第一口所受尼古丁的伤害最大，最具冲击性，所以笑称他是“自残意识最清醒的烟鬼”。但是，不管怎么样，烟最终留给我们的是发黄的牙和夹烟卷的手指，熏黑的肺，咳嗽和痰喘，还有难以谢绝的烟瘾本身。

父亲抽了一辈子烟，抽得够凶。他年轻时最爱抽英国老牌的“红光”，后来专抽“恒大”。“文革”时发给他的生活费只够吃饭，但他还是要挤出钱来，抽一种军绿色封皮的最廉价的“战斗牌”纸烟。如果偶尔得到一支“墨菊”“牡丹”，便像今天中了彩那样，立刻眉开眼笑。这烟一直抽得他晚年患“肺气肿”，肺叶成了筒形，呼吸很费力，才把烟扔掉。

十多年前，我抽得也凶，尤其是写作中。我住在北京人民文学出版社写长篇时，四五个作家挤在一间屋里，连写作带睡觉。我们全抽烟，天天把小屋抽成一片云海。灰白色厚厚的云层静静地浮在屋子中间。烟民之间全是有福同享。一人有烟大家抽，抽完这人的抽那人的。全抽完了，就趴在地上找烟头。凑几个烟头，剥出烟丝，撕一条稿纸卷上，又一支烟。可有时晚上躺下来，忽然害怕桌上烟火未熄，犯起了神经质，爬起来查看查看，还不放心，索性把新写的稿纸拿到枕边，怕把自己的心血烧掉。

烟民做到这个份儿上，后来戒烟的过程必然十分艰难。单用意志远远不够，还得使出各种办法对付自己。比方，一方面我在面前故意摆一盒烟，用激将法来捶打自己的意志，一方面在烟瘾上来时，又不得不把一支不装烟丝的空烟斗叼在嘴上，好像在戒奶的孩子的嘴里塞上一个奶嘴，致使来访的朋友们哈哈大笑。

只有在戒烟的时候，才会感受到烟的厉害。

最厉害的事物是一种看不见的习惯。当你与一种有害的习惯诀别之后，又找不到新的事物并成为一种习惯时，最容易出现的情况便是返回过去。从生活习惯到思想习惯全是如此。这一点也是我在小说《三寸金莲》中“放足”那部分着意写的。

如今我已经戒烟十年有余。屋内烟消云散，一片清明，空气里只有观音竹细密的小叶散出的优雅而高逸的气息。至于架上的书，历史的界线更显分明：凡是发黄的书脊，全是我吸烟时代就立在书架上的；此后来者，则一律鲜明夺目，毫无污染。今天，写作时不再吸烟，思维一样灵动如水，活泼而光亮。往往看到电视片中出现一位奋笔写作的作家，一边皱眉深思，一边喷云吐雾，我会哑然失笑，并庆幸自己已然和这种糟糕的样子永久地告别了。

一个边儿磨毛的皮烟盒，一个老式的有机玻璃烟嘴，陈放在我的玻璃柜里。这是我生命的文物。但在它们成为文物之后，所证实的不仅仅是我做过烟民的履历，它还会忽然鲜活地把昨天生活的某一个画面唤醒，就像我上边描述的那种种的细节和种种的滋味。

去年我去北欧，在爱尔兰首都都柏林的一个小烟摊前，忽然一个圆形红色的形象跳到眼中。我马上认出这是父亲半个世纪前常抽的那种英国名牌烟“红光”。一种十分特别和久违的亲切感拥到我的身上，我马上买了一盒。回津后，在父亲祭日那天，用一束淡雅的花衬托着，将它放在父亲的墓前。这一瞬竟叫我感到了父亲在世一般的音容，很生动，很贴近。这真是奇妙的事！虽然我明明知道这烟曾经有害于父亲的身体，在父亲活着的时候，我希望彻底撇掉它。但在父亲离去后，我为什么又把它十分珍惜地自万里之外捧了回来？

我明白了，这烟其实早已经是父亲生命的一部分。

从属于生命的事物，一定会永远地记忆着生命的内容，特别是在生命消失之后。我这句话是广义的。

物本无情，物皆有情。这两句话中间的道理便是本文深在的主题。

乡　魂

一

倘若你生长在故乡，那份乡情乡恋牵肠挂肚自不必说；倘若它只是你长辈的故土，你却出生在异地他乡，你对它的印象与情感都是从长辈那里间接获得的，这故乡对你又是怎样一种感觉？

数年前，我应邀与几位作家南下访游古迹名城，依主人安排，途经宁波一日。车子一入宁波，大家还在嘻哈交谈，我却默然不语，脸贴车窗，使劲张望着外边景物，急于想抓住什么，好跟心里的故乡勾挂一起。此时我才发现心里的故乡原是空空的。我对自己产生怀疑，面对祖父与父亲的出生地，为何毫无感应？

但它原先只是我一个符号——籍贯啊。

我不是“回”故乡，而是“来”故乡，第一次。为什么回到故乡，故乡反而没了？我渴望与故乡拥抱和共鸣，但我不知道与故乡的情感怎样接通。好似一张琴闲在那儿，谁来弹响，怎么弹响？

二

下车在街上走走，来往行人说的宁波话一入耳朵，意外有种亲切感透入心怀，驱散了令我茫然的陌生。

我很笨，一直没从祖父和父亲那里学会宁波话。但这特有的乡音仿佛是经常挂在他们嘴边的家乡的民歌，伴随着我的童年与少年。那时，尤其是来串门看望祖父的爷爷奶奶们，大都用这种话与祖父交谈。父亲平时讲普通话，逢到此时便也用这种怪腔怪调加入谈话，好像故意不叫我听懂，气得我噘起小嘴，抗议。那些老爷爷老奶奶便说笑话逗我、哄我，但依然还说那种难懂的宁波话……这曾经叫我又气又恨的话，为什么此刻有如施魔法时的咒语，一下子把依稀往事、把不曾泯灭的旧情、把对祖父与父亲那些活生生的感觉，全都召唤回来，并逼真地、如画一般地复活了？

在天童寺，一位老法师为我们讲述这座古寺非凡的经历。他地道的宁波口音叫我如听阿拉伯语，全然不懂，我便有机会仔细去看这法师的仪容，竟然发现他与祖父的模样很像：布衣布袜，清瘦身子，慈眉善眼，尤其是光光的头顶中央有个微微隆起的尖儿。北方大汉剃了光头，见棱见角，又圆又平；宁波人歇顶后，头顶正中央便显露出这个尖儿来，青亮青亮，仿佛透着此地山水那种聪秀的灵气。我觑起眼睛再感觉一下，简直就是祖父坐在那里说话！

祖父喜欢用薄胎细瓷的小碟小碗吃饭。他晚年患糖尿病，吃米都必须先用铁锅炒过再煮。他从不叫我吃他的饭，因为炒过的米不香，也少了养分。宁波临海，吃起海鲜精熟老到。祖父吃清蒸江螺那一手真叫空前绝后，满满一勺入口，只在嘴里翻几翻，伴随着吱吱的吸吮声，再吐出来便都是玲珑精巧的空壳了。每次吃江螺，不用我邀请，祖父总会令人惊叹又神气十足地表演一番。这绝招只有父亲吃鱼吐刺的本事可以媲美。然而，祖父，你如今在哪儿呢？我心头情感一涌，忽然张开眼睛，想对老法师大叫一声：爷爷！

奇怪，祖父是在我十岁那年去世的，三十年过去了，什么缘故使我要隔着岁月烟尘并如此动情地呼叫他呢？

是我走到故乡来了，还是故乡已然悄悄走进我的心中？

三

前两年，我去新加坡为“华人文艺营金狮文学奖”评奖。忽有十几位上了年纪的华人到宾馆来访，见面先送我一本刊物，封面上大写一个“冯”字。原来都是此地冯氏宗亲会的成员。华人在海外谋生，身孤力单需要支持，便组织各种同乡同族的会，彼此依傍，守望相助。每每同乡同族人有了难题，便一齐合力解纷；若是同乡同族人有了成就，就视为共荣，同喜同贺。一位冯姓长者对我说：

“你是咱冯家的骄傲啊。”

此时我多么像在家人中间！

张张陌生的面孔埋藏着遥远的亲切。我在哪里曾经与他们相关相连？唐宋还是秦汉？我想起在黄河边望着它烟云迷漫、波光闪耀的来处，幻想着它万里之外那充满魅力的源头。同国、同乡、同肤、同姓，都有一种共同的源头感。有着共同源头的人，身上必定潜着一个共同的生命密码，神秘地相牵。

我望见坐在侧面的一位老者清瘦、文弱、似曾相识的面孔，心有所动，问道：

“你家乡在哪儿？”

“宁波。”他一开口，便依然带着很重的乡音。

我听了，随即说：

“我们五百年前是一家，我老家也在宁波。”

他马上叫起来：“现在就是一家，我们好近呀！”随即急渴渴向我打听故乡的情形。

多亏我头年途经故乡，有点儿见闻，才不致窘于回答。他一边听我讲，一边忽而大发感慨：“全都不一样了，不一样了……”忽而冲动地站起来，手一指，叫着：“那是伯伯带我去捉鱼的地方！”然后逼我讲出更多细节，仿佛直要讲得往事重现才肯作罢。

我怕冷落了同座其他人，才要转换话题，那些人却笑眯眯摆手说：

“不碍事，你再给他多讲讲吧……”

他们高兴这样旁听，直听得脸上全都散发出微醺的神气，好像与我的这位老乡分享着一种特殊的幸福，那便是得以慰藉的乡恋。

这老乡情不自禁把座椅一步步挪到我身前，面对面拼命问，使劲听。可惜我只在故乡停了一天，说不出更多见闻。但我发现，我随便扯些街道的名称、旧楼的式样、蔬菜的种类，他也都视如天国珍闻，引发他一串串更多的问题，以及感叹和惊叫。我更感到故乡伟大而神奇的力量。它像一块巨大的磁石，牢牢吸住一切属于它的人们，不管背离它多久多远。似乎愈远愈久便愈感到它不可抗拒的引力……在我与这异国的华裔老乡分手之时，心中升起一份歉意。我想，我那次在故乡应该多住上几天，为了他，也为了我自己。

指指点点说津门

一

评说一个地方，最好的位置是站在门槛上，一只脚踏在里边，一只脚踏在外边。倘若两只脚都在外边，隔着墙说三道四，难免信口胡说；倘若两只脚都在里边，往往身陷其中，既不能看到全貌，也不能道出个中的要害。用个现代词儿说，便是要有一个距离感。

我来说天津，距离正好。我出生在天津，却不是天津人。天津非我之故乡。父亲四岁时随爷爷离开世代生息的宁波，来津务商。十九世纪二三十年代，天津是中国的一块大磁石，把天南地北的人往这块忽然走红的土地上吸。那时，东北人和山东人进天津，好比八十年代初内陆人进香港。大街上常见那种张着嘴抬头看洋楼的外省人。而中国的西洋景也都集中在上海和天津。至于北京的可怜一点儿的洋人只能在东交民巷里才能见到。有洋人的地方必定洋气，可是上海和天津“洋”得不同，这我在后边会慢慢道来。此处要说，近百年中国的大城市都是“中西碰撞”给撞出来的。再说句笑话，近代中国的大城市都是由外国“进口”的。大城市最大的魅力是机会多。这一来，处处商机的大天津就把我们善于盘算的宁波人招引来了。宁波人说话绕嘴咬舌，听起来像鸟叫，但天津人很少拿说话使劲又费劲的宁波人开心找乐。历史上天津是移民城市。即使是明代永乐三年建城之前，天津也只有地上的泥土疙瘩不是外来的，只要是活的东西——比方海河里的水，也是从南边、西边和北边远远流进来的。这是说天津人对天下新鲜的事看多了，不单眼睛，连耳朵都见过世面，早早听惯了南来北往带来的奇腔怪调的乡音。

可是，我却不会说宁波话。小时候也不会说天津话。我生在天津的法租界，在英租界长大。租界里的学校推广国语（即普通话），人们以讲国语为荣，避讳说又土又侉的天津话。父辈们也只是当同乡来访时，才操起宁波话叽叽呱呱说上一阵，平日在家还是讲国语。其实最不会讲国语的是北京人，外省人常常误以为北京人说的是国语，其实他们说的是地地道道的北京土话。在租界这种语言环境里，我自然讲的是标准的国语。而且那时，讲国语的租界和说天津话的老城那边俨然是互不往来的两个世界。由于老城修城在前，租界开发在后，而且在地势上老城高而租界低。俗称老城那边是“上边”，租界一带是“下边”。我们“下边”的孩子一般是不准到“上边”去玩的。但后来长大，在社会上连滚带爬，为了谋生常常到“上边”去，渐渐就能说一口挺纯正的天津话了。这样，我便和整个天津浑然一体，否则我还只能算半个天津人。

这里要说，过去曾经有两个天津，一个是说天津话的天津，一个是不说天津话的天津。这你可得记住了！

二

但是，世人印象中的“天津人”有个很大的误会。一提天津人，好像就是那种说着天津话的市井粗人，横着走路的混混儿，心直口快的愣汉子，热心眼的傻大姑，做小买卖的市井油子，贩盐的大老爷，以及成群成伙的老少爷们。朋友们对我说，这正是你那些乡土小说的文化导向“导”出来的问题，谁叫你不写租界生活的小说呢！我听了笑而不答，不争不辩，赶到机会再说。

可谁想到这误会还一直牵涉曹禺的《日出》和《雷雨》。曹禺这两出戏写的全是天津的租界生活，当下却常常被人误认为写的是上海。奇怪的是，连现在的天津人也很难把曹禺笔下那些生活场景和自己的城市联系起来。难道那只是一种曾经的很孤立的上层生活吗？为什么被当作上海的过去就无人置疑呢？可是我儿时的世界正是那个样子，戏里的人物都在我周围。前五年，在哈佛大学任教的李欧梵来天津看我。他说他正在研究二十世纪初至四十年代上海的出版物。当我把我收藏的这一时代上海和天津的刊物铺了一桌给他看，几乎叫他惊喜得昏厥过去。尤其他翻着天津出版的《北洋画报》《玫瑰画报》《美丽画报》《新天津画报》《星期六画报》等，他陶醉般地眯着双眼，显然他给那时代特有的形态与魅力攫住了。《北洋画报》上还有我母亲二十来岁时的照片呢！他来回掀动着 1928 年出版的专门介绍好莱坞和欧洲电影的《天津华北画报》，居然大惑不解地问我：“天津怎么也有这些东西？”看来对天津的无知是“世界性”的。

晚饭后我陪他在租界的别墅区——五大道上散步。在大理道上看小楼，讲给他这些楼中昔日的惊心动魄的故事，以及小楼的主人们种种奇异的甚至匪夷所思的个性。房子对它主人的秘密向来守口如瓶。可是，当历史走过这一大片千姿万态的旧居之后，是谁把那斑斓的生活无情地紧锁起来了？

这位自以为对三十年代的中国无所不知的大学者，听我讲述这个“巨大的昨天”时，却如闻异国的神话。

天津租界在世界上也是绝无仅有——

九个国家（英、法、德、美、日、意、俄、奥、比）分别划地为界，各有各的政府办事机构、教会、医院、邮局、军队和兵营，这些行政和公用性的建筑看上去全是原汁原味各自国家的风格。曾经出入其间的人物都是金发碧眼、穿紧身衣的世纪初的洋人们。但在这些租界里盖楼居住的人就不同了，更多则是有钱或有地位的中国人。那时中国的社会动乱，朝不保夕，唯有洋人的地盘上才有安全感。当然还有另一层缘故，便是进口的洋楼要比本地造的大瓦房舒适多了。各国租界中，只有意大利人建房有严格规划，连民居也多采用纯正的意大利式。至今海河东岸围绕着马可·波罗广场的那一大片屋顶上竖立着方形凉亭的白色小楼，依然洋溢着连意大利人也望之销魂的风情。这种建在海外的系统化的意大利建筑，全世界也只有在天津可以看到。梁启超的饮冰室就是盖在意大利租界内的一座优美的意大利文艺复兴风格的两层小楼。

租界内最大的住宅区在英租界。别墅式、公寓式和里弄式住宅交融一起，好像把伦敦切下一大块放在这里。但英国人对中国人盖房没有风格上的限制。住宅的主人就全凭着各自的爱好，各行其是，随心所欲地发挥。他们只要高兴便把一棵科林森式的石柱放在阳台上，或者在德国曼塞尔式的屋顶掏几个奇形怪状、饶有风趣的老虎窗。大太监张兰德的寓所，干脆就把古典“四合套”嵌入洋楼的腹内。

各种舶来的建筑样式放在一起，好像自助餐，喜欢什么用什么，花团锦簇地堆在一起。它们绝不拘泥于希腊罗马以来各种建筑样式的规范，而是把它们拆成零件，另起炉灶，按照自己的洋楼概念去制造“洋楼”。于是，这一大片上千幢的小洋楼便成了千奇百怪的创造。然而现在看来，这种文化上混杂无序的奇思不亚于奥地利的现代建筑师百水在维也纳盖的那片“怪楼”。近年来，我在组织摄影家对这一建筑文化进行考察性拍摄时，单是不同形状的窗子就拍摄到数千个！中西文化碰撞时代所显示的狂热、激情与创造力，真是令人惊异！我二十五岁以前在这一地区住过三所不同的房子。建筑基调差不多都是三十年代流行的摩登主义风格，但是三座房子的窗子绝不相同。每当我回忆起那不同阶段的人生经历，总会浮现出那三种不同窗子奇特又深刻的形象。

我读过一篇文章，说天津洋房都是本地的青皮混混儿们发家后搬到租界里盖的，或者是土豪劣绅为爱妾购置的藏娇之处。这显然是个误会。租界的天津不是来自码头的天津。此外，一个城市深厚的历史很难用漫画手法来表现。在那个时代，置身于洋人庇护下的租界，是看不透的一个深幽的死角。正为此，近代史的重要人物，那些总统、军阀、皇庭遗老、革命党人，以及神通四海的大买办，都为自己在租界安置一个空间。这里的居住者与近代中国的政治经济有着网状的整体性的联系。而三十年代以来新兴的资产者也钻了进来，在需求安全与享受之外，还为了显示身份。这便使这租界的住宅区渐渐成为这座城市的富人区。留意观察便会发现，这些建筑带着独特的规律：房子、院墙与街道都配合得尺度宜人；每座房子前后都有花园，尽量与外边的街道间拉开距离；墙壁都为实墙，很少透孔，里边又是花木掩映，显示了主人对幽静与秘密的需求。我岳母“富丰”孙家的那幢城堡式的西班牙花园别墅应是租界中规模最大的一幢住宅了。院墙三面毗邻外边的街道，但从街上望去，房顶几乎陷没在浓浓花木的包围中。藏，是天津租界住宅建筑一个重要的特征，也表现着这一地域人特有的心理。

三

从生活表层看，二十世纪三十年代的天津与上海何其相像！

洋房、洋车、教会学校、回力球和赛马、咖啡馆与黄油蛋卷、夜总会、溜冰场、无声与有声电影、圣诞夜、专卖舶来品的洋货店、钢琴教师、拜尔药厂的阿司匹林、手摇电唱机、三明治，以及常常写错了字母的英文广告……然而半个世纪后，重新开放了的上海马上找回昔日那些扬扬得意的感觉，并在文化形态上一脉相通地衔接上。天津却空空如也，神不知鬼不觉地把自己的昨天丢失得一干二净。上面所说的那些小洋楼在半个世纪来革命大潮反复的涤荡下，几易其主，如今只剩下褪了色而黯淡的建筑躯壳。近代史上赫赫名人的故居，如今连楼中的住户也全然不知。八十年代以来，当年上海洋行的老职员回到外滩的合资公司里重新谋到旧日的差事时，天津中街上的那些洋行纯粹成了死去的遗物。我翻着上海年轻人写的《上海的风花雪夜》和《上海的金枝玉叶》，心想天津已经没人能有声有色地叙述出历史上那溢彩流光的一页了。难道天津的三十年代只是一种“一过性”的文化，就像重庆的陪都文化？但陪都不过八年，天津近代文化形态至少辉煌了半个多世纪！

内中的缘故，有一点应当肯定，天津租界舞台上的那些人物一半以上是来自外地。单是来自京都与各地军阀要员寓公式人物就不可数。简要举例，如：吉鸿昌、张学良、顾维钧、袁世凯、黎元洪、冯国璋、孙传芳、溥仪、曹锟、刘少奇、张自忠等，开个名单至少数百座这种名宅与故居。他们并非将天津作为退隐后的安身之地，而是营造一个避风的小码头。他们本来与天津本土并无更深的血缘，倘若一去，两不相依。至于由工商起家的实业家，虽然名声显赫，但中国近代的民族工商业相当脆弱。起步不久，便进入五十年代的彻底改造，失去了实在的性质。历史拦腰中断，生活幡然改观。六十年代“文革”一来，这一带就是轰击的重点。此间的历史人物藏龙卧虎，曾极其强烈地刺激着革命小将们的敌情想象。家家清洗，扫地出门。人一散，人文不存，全然失去了元气。天津卫这点儿面积有限的“洋”的东西就净光光。

往深处说，天津的近代文化，只有生活文化形态，但无思想文化形态，尽管一度天津受西方文化和科技影响方面在中国占领先位置。无论海关、城建、邮政、电报、媒体，还是火车、电车、自来水、电力，乃至教会带进来的乒乓球、羽毛球、风琴，以及博物馆、艺术馆等，但并不能因此说天津对外来文化持欢迎态度。因为在 1919 年以前，西方文化是强加给中国人的。而且这些文化形态基本上存在于租界中，对本土的天津人的影响有限。

近代天津曾出现过些许主张维新、思想活跃的刊物，甚至还有一些开明进步人士如严复、李叔同等人走到过社会的台前。我读过华承瀛撰写的《维新人物考》，是一本西方哲学家、政治家和发明家的评介性的人物传记，其中包括马克思和黑格尔。这是天津人向世界伸去的最长的触角了。然而，这些思想活跃的人物并不能形成气候。不少人建功立业还是进京或者南下之后才做到的。有人以为，这与天津历史重商轻文有关。我想，更深的缘故则是，旧日的天津与京都近在咫尺，皇城根下任何响动都能传入大内。历史上本地府县道台的做官要诀便是小心翼翼，不显山不露水，切勿惹是生非。这就决定了此一方天地中，思想上但求平庸无奇，算盘珠尽可去精打细算。正为此，天津在迅速发展为北方商业重镇的同时，外来的思想文化却未产生深刻影响，那么外来的生活形态也只能是一时的时髦而已。时过境迁，过往不存。这样，也就造成了地方文化的保守性。

这文化上保守性的更深远的背景，则由于天津是中外政治军事冲突的前沿。自 1840 年鸦片战争之后，近代史上最重大的事件一半以上与天津有关：1860 年第二次鸦片战争，1870 年天津教案，1900 年义和团运动等。列强的霸悍凌辱与强烈的民族自尊酿成一种排外情绪，曾经深深积淀在本地的文化心理中。故而，上海与天津虽然都是最早接受外来事物的大城市，但上海的文化心理是崇洋，而天津——只有在租界内与上海近似；本土的大众对于“洋”字，从不顶礼膜拜，最多也只是好奇而已，此外还要加上挺强硬一条便是，不买洋人的账。

光绪年间出版的张焘《津门杂记》在描述洋人溜冰（俗称跑凌鞋）时，有一段话曰：

> 所谓跑凌鞋者，履下包以滑铁，游行冰上为戏，两足如飞，缓疾自然，纵横如意，不致倾跌，寓津洋人亦乐为之，藉以舒畅气血，甚妙。诗曰：
>
> 往来冰上走如风，鞋底钢条制造工。跌倒人前成一笑，头南脚北手西东。

这便是天津本地人对洋人的典型态度：好奇之中尚不失一种冷眼旁观者戏谑的意味，这戏谑中藏着一种隐隐的对抗。

四

谈到天津的本地人，就要说说本土的天津。“本土”二字，顾名思义，便是本来的和土生的。这是天津的另一半——与租界本质全然不同的最根本的一半。

这里的天津人全说天津话。

一位友人曾向我提出一个问题：天津与北京距离不过二百里，为什么语言差别那么大？甚至它与自己周边的郊县的语言也绝不相同，完全孤立地存在于几十平方公里之内。究竟是什么原因产生并形成这样顽强又顽固的方言？

在语言学中，这叫方言岛现象。方言岛的形成必定有一个极特殊的原因。

如果结论式地说明天津方言岛的来源，便是明代朱棣“燕王扫北”时，从安徽宿州市一带招募士兵而带来的安徽方言。仔细咀嚼起来，安徽话与天津话确有几分同音同调。但方言绝不只是一种腔调。当天津人把其独特的文化与地域性格置放其中，那外表的徽腔就隐形不见，分明是热辣率直、味儿浓厚的天津话了。

从这个意义上说，地方语言是活生生地域的人。

天津是几次黄河迁移改道大泛滥时创造出来的。它用千千万万吨泥沙把大海填成陆地；大海退去时反过来将千千万万吨盐碱留在泥土里。盐腌碱烧，便造就了天津人一副火热的肠子。此地人素来急公好义，守望相助，人情味十分浓重。尽管城市中大街小巷不讲正南正北，随意横斜，外地人却很少在天津迷路。天津人逢到外地人问道，必定是详尽指点，甚至还会做向导来送一程。

平原城市的前身大多是码头，码头脾气是天津人性格的骨架。码头上的生存原则是硬碰硬。其优胜劣汰，有点儿像大自然的规律。天津人钦佩有真本事的能人，对没能耐的立刻喝倒彩。所以过去走

码头闯一闯，闯不过天津过不了关。张君最无情。凡是想在天津露头露脸，必定得本地出名的手工艺人的称呼极其特别——，如刻砖刘、泥人张、风筝魏等——市井色。

单力薄。成帮成伙的小团体成了此地的市的小团体常常以“会”的名义存在。各会眼，“家法”极严。这便使天津社会生活为了生存，从民间花会（皇会）组织到救极强。此地人偏偏逞强好胜，喜欢表现，旺足，再加上商埠崇尚火爆，于是大城市旧更新的鞭炮亦以天津放得最凶，年年子如火。天津是二十世纪八十年代以来中国殊一例。

井有过于社会。讲穿不如讲吃，讲吃却不做得有滋味。这样，天津便从没有自己、粤菜、满汉全席一律来者不拒，天天吃。顶出名的食品反倒是一口一个肉丸子的种小吃。小吃属于日常生活的内容。1976年天津闹地震，老百姓在大街小道上搭满简易的“临建”。居然有不少人家，在小围墙和房檐上，花花绿绿摆上一排排花盆，照旧把日子过得生意盈盈。天津最迷人的生活在市井。天津的艺术很少有凌驾于市井之上的沙龙艺术或什么纯艺术，而是老百姓喜闻乐见的

以曲艺杂技、梆子落子为主的市井文化。

然而，天津人似乎对市井生活有种过分的依恋。虽然这里最早的原住民也都是移民，但天津人在我国大城市中是最恋家的。可能这地方有鱼有虾、有吃有喝、有戏听、有杂耍看。商机又多，活着不难，何况还有美味的小吃娱悦口舌，这便消解和抑制了天津人的创造性。"混"字便是市井中最流行的活命哲学。大大咧咧，得过且过，温饱自足，知足常乐。天津人说话喜欢戏谑，有浓厚的自嘲成分，但并非黑色幽默。天津人的自嘲是语言的笑料和生活的调料。它使生活更加有声有色、有滋有味。任何地域的人都有劣根性，可是天津人这种惰性和恋家，又与他们浓郁的生活情致热乎乎混在一起，成为一种根深蒂固的生活文化。对于外人讲，这是一种人文特征；对于自己讲，则是一种永远的魅力。

五

本土的天津一切，全都是与生俱来的、固有的、不可动摇的。近代的天津一度受到外部冲击而形成的文化形态，则缺少深厚的根基；而且这种冲击时间太短，外来文化与本土文化缺少契合，没有像上海那样形成了一种地域的文化心理，过后便飘然而去。它像传说中的幽灵岛那样，一度风情万种地冒出海面，随后又消逝得无影无踪。一种新的外来文化，只有进入原有的文化心理结构中，才算扎下根来。

现在看来，在近代天津城市的流变中，真正发生作用的还是本土的码头文化。这一历史空间造成的炽烈爽利、逞强好胜、充溢活力的地域性格，是本世纪以来运用外来商机，将天津发展为北方商埠的人文基础。如果天津再发展，一定还离不开它，问题是怎样克制自己地域的局限了。

任何地域文化，它都有优根，也有劣根。它们像一张纸的两面，孪生一对生出来的，无法选择。于是，文化思考的意义则是，怎样阐发它的优根，扼制劣根，更聪明的则是如何利用劣根。

写到这里，我停下手来，不再指指点点。指点多了，反被别人指点，这我深知。

甲戌天津旧城踏访记

——一次文化行为的记录

甲戌岁阑，大年迫近，由媒体中得知天津旧城将被彻底改造，老房老屋，拆除净尽，心中忽然升起一种紧迫感。那是一种诀别的情感，这诀别并非面对一个人，而是面对此地所独有的、浓厚的、永不复返的文化。

天津旧城自明代永乐二年建成，于今五百九十余年矣！世上万事，皆有兴衰枯荣，津城亦然，有它初建时的淳朴新鲜，一如春天般充满生机；有它乾隆盛世的繁茂昌华，仿佛夏天般的绚烂辉煌；有道咸之后屡遭挫伤，宛如秋天般的日益凋敝；更有它如今的空守寂寞，酷似冬天般的宁静与茫然……而城中十余万天津人世世代代繁衍生息于此，渐渐形成其独特的生活方式和文化形态，并留下大量的历史遗存保留至今。这遗存是天津人独自的创造，是他们个性、气息、才智及勤劳凝结而成的历史见证，是他们尊严的象征，也是天津人赖以自信的潜在而坚实的精神支柱。而津城将拆，风物将灭，此间景物，谁予惜之？于是，本地一些文化、博物、民俗、建筑、摄影学界有识之士，情投意合，结伴入城，踏访故旧。一边寻访历史遗迹，一边将所见所闻，所察所获，或笔录于纸，或摄入镜头。此间正值乙亥春节，城内年意浓郁，市井百态无不平添一层迷人的民俗意味。摄影界人士深感这是老城数百年来最后一个春节，于是举行“春节旧城年俗采风”活动。大年期间，乃子午交时的新年之夜，都立在城中凛冽的寒气里，摄下这转瞬即成为历史的画面。各界专家还联合穿街入巷，寻珍搜奇，所获甚丰。勘察到失传已久的明代文井、于今仅存的八国联军庚子屠城物证、唯一可见的徐家大院的豪门暗道、义和团坛口旧址及大量历史遗迹和散落在城中各处的建筑构件之精华。既做了现场的拍摄录影和文字登记，又转入书斋进行考证与研究。天津大学建筑系师生也加入进来，对城中一些风格独具的典型宅院进行测绘，此举应是有史以来对旧城文化一次规模最大的综合和系统的考察。

我称此举是一次文化行为。

文化行为是以强烈的文化意识为出发点，进行具有深刻文化目的之行动。这目的有两个，一个是成果，一个是过程。成果是指通过这一行为获得新的文化发现；过程是指通过这一行为所引起世人对文化的关注。应该说，这两个目的——成果与过程——同等地重要。或者说，文化人更注重后者，即过程。因为这过程针对世人，也影响着后人。

特别是中国虽然是文化久远，但朝代更迭太多。每一朝代的君主为表示自己开天辟地，则必改址迁都，废除旧制，视前朝故旧为反动。因而使我们很少从文化意义上确认古代遗物的价值。文化随同朝代，一朝兴必一朝亡。悠远的文化都被阶段性地断送掉了！

此外，中国自古是农业国，秋衰而春荣，故尤重“新春”中的“新”字。新是对生活美好前景的憧憬和期望。故常言“旧的不去，新的不来”“除旧迎新”“万象更新”。对新的崇拜的反面，即是对旧的废弃。近世又多了“破旧立新”和“砸烂旧世界”的口号，古代遗存自然荡涤无多。虽说我们创造了五千年的灿烂文化，同时我们又在无情地毁灭自己的创造。倘若今日站在中原大地上极目四望，这中华文化的沃土理应有着极浓厚的历史意味，而我们所能看到的，却是野树荒坡、草丘泥河，好像这大地上什么也没发生过……

也正为此，津城早已破败不堪，数万人拥挤在这狭小的历史空间里，残垣断壁，低屋矮房，烂砖碎瓦，确是应当改造；为人民改善生存环境和生活现状，确是功德无量之盛举！然而面对着这座积淀深厚又破坏惨重的文化古城，难道还不去反省——我们这个文化大国又是多么需要文化！这文化不是文化知识，而是文化意识。懂得文化之价值，具有文化之眼光，在保护历史文化的先提下，再建设现代文化，而不是为了建设新的去破坏历史的风景。

然而，津城终究是一座文化的城。当我发现到“文革”期间，城中居民们担心无知的学生砸毁房檐和影壁上的古代砖雕，用白灰抹涂，使得一些精美的建筑艺术杰作得以保留下来，使我们深为感动。特别是这次踏访旧城的文化行为，得到百姓响应，许多城中老人，献出珍藏已久的旧照旧物，以示支持；对于摄影家们爬墙上屋，选择拍摄角度，更是无不热情相助；继而还听到，节假日里一些百姓在城内古迹前拍照留影，以为永记；还有些摄影家受到我们这一文化行为的启迪，也来到旧城厢，收集历史画面，为这一方故土留下它最后的原生态的景象，令我们尤感欣慰！

这不正是我们的文化行为所企望的吗？

踏访旧城活动始自甲戌岁尾，终结于乙亥夏初，约计半年，收集实物资料颇多，发现珍罕古迹若干处，拍摄历史文化遗存及现存景象照片近四千幅，包括历史遗迹、城市面貌、街头巷尾、建筑精华、民俗文化、市井生活以及极具地方精神气质之众生相。这些出自摄影家之手的照片，有些本身就是具有很高审美品格的作品。单是一幅九十五岁老寿星和另一幅 1995 年出生在城中之婴儿的人像照片，就构成了本世纪天津城内令人着迷的生命史。更有一些专家学者关于旧城历史、民俗、建筑和文化艺术的研究文章，见地精辟，依据翔实，都显示了学术界对天津旧城最新的研究成果，也是对这即将凝固的旧城历史的一种全面的文字终结。为此，我也对我们这一文化行为的硕大成果感到骄傲，为新一代津人浓烈的乡土情感和文化意识感动和自豪。他们用这乡土情感和文化意识的经纬，编织一细密的大网，从这良莠混杂的旧城遗址上，筛出近六百年残存至今而弥足珍贵的文化精粹。天津旧城将不复再见，我们却永无遗憾地把它最后的形态和最真实的容颜留在这本图集中了。

经过本图集编辑室大工作量的甄选与编辑，案头事宜已告完成。图集以这次踏访旧城拍照的照片及收获的资料为主，实际上是这一感人的文化行为的记录。文化的大信息量和第一手资料感，将成为本图集的首要追求；学者们的著述及各种测绘与编排图表，也是本图集的重头内容。由于本图集不是一般意义上的历史图录，故对这次行动中所搜集的珍罕历史照片采用极少，以求显示这本图集的自身特色。笔者相信，凡别人可以重复做到的事都是没有价值的。

割爱，往往是一种成全。

此集编成之日，笔者只身又赴旧城，于老街老巷中，踽踽独步，感慨万端，长叹不已。那曲折深长的小道小巷，幽黑檐头上风韵犹存的高雅的花饰，无处不见的千差万别的砖刻烟囱和石雕门墩，还有那一座座气势昂然的豪门宅院……将我拥在其间。想到它五百九十余年无比丰富的历史内容，一种独异的文化气息使我深刻地感受到了。跟着，开头所说的那种诀别感，又来袭上心头。忽感自己为这块乡土的文化作为甚少。编辑此集虽用尽全力，并得到朋友们的协力，以及政府部门和各界有识者的热情相助，但终究菲薄有限，仅此而已。文化人的责任在于文化。于是殊觉又有重负压肩，当不得懈怠，倾心倾力再做便是。

大地震给我留下什么

在我私人的藏品中，有一个发黄而旧黯的信封，里面装着十几张大地震后化为废墟的照片，那曾是我的“家”；还有一页大地震当天的日历，薄薄的白纸上印着漆黑的字：1976 年 7 月 28 日。后边我再说这页日历和那些照片是怎么来的。现在只想说，每次打开这信封，我的心都会变得异样。

变得怎么异样？是过于沉重吗？是曾经的一种绝望又袭上心头吗？记得一位朋友知道我地震中家覆灭的经历，便问我：“你有没有想到过死？哪怕一闪念？”我看了他一眼。显然这位朋友没有经过大地震——这种突然的大难降临是何感受。

如果说绝望，那只是地震猛烈地摇晃四十秒钟的时间里。这次大地震的时间实在太长了。后来我楼下的邻居说，整个地动山摇的过程中我一直在喊，叫得很惨，像是在号，但我不知道自己在叫。

当时由于天气闷热，我睡在阁楼的地板上。在我被突如其来的狂跳的地面猛烈弹起的一瞬，完全出于本能扑向睡在小铁床上的儿子。我刚刚把儿子拉起来，小铁床的上半部就被一堆塌落的砖块压下去。如果我的动作慢一点儿，后果不堪设想。我紧抱着儿子，试图翻过身把他压在身下，但已经没有可能。小铁床像大风大浪中的小船那般癫狂。屋顶老朽的木架发出“嘎吱嘎吱”可怕的巨响，顶上的砖瓦大雨一般落入屋中。我亲眼看见北边的山墙连同窗户像一面大帆飞落到深深的后胡同里。闪电般的地光照亮我房后那片老楼，它们全在狂抖，冒着烟土，声音震耳欲聋。然而，大地发疯似的摇晃不停，好像根本停不下来了。我感到我的楼房马上会塌掉。睡在过道上的妻子此刻不知在哪里，我听不到她的呼叫。我感到儿子的双手死死地抓着我的肩背。那一刻，我感到了末日。

但就在这时，各种声音戛然而止，好像列车的急刹车。这一瞬的感觉极其奇妙，恐怖的一切突然消失，整个世界特别漆黑而且没有声音。我赶紧踹开盖在腿上的砖块跳下床，呼喊妻子。我听到了她的应答。原来她就在房门的门框下，趴在那里，门框保护了她。我忽然感到浑身热血沸腾，就像从地狱里逃出来，第一次强烈地充满再生的快感和求生的渴望。我大声叫着：“快逃出去！”我怕地震再次袭来！

过道的楼顶已经塌下来。楼梯被柁架、檩木和乱砖塞住。我们拼力扒开一个出口，像老鼠那样钻出去，并迅速逃出这座只要再一震就可能垮掉的老楼。待跑出胡同，看到黑乎乎的街上全是惊魂未定而到处乱跑的人。许多人半裸着。他们也都是从死神手缝里侥幸的生还者。我抱着儿子，与妻子跑到街口一个开阔地，看看四周没有高楼和电线杆，比较安全，便从一家副食店门口拉来一个菜筐，反扣过来，叫妻儿坐在上边，便说：“你们千万别走开，我去看看咱们两家的人。”

我跑回家去找自行车。邻居见我没有外裤，便给我一条带背带的工作裤。我腿长，裤子太短，两条腿露在外边。这时候什么也顾不得了，活着就是一切。我跨上车，去看父母与岳父岳母。车子拐到后街上，才知道这次地震的凶厉。窄窄的街面已经被地震扭曲变形，波浪般一起一伏，一些树木和电线杆横在街上，仿佛刚遭遇炮火的轰击。电全部中断，街两边漆黑的楼里发着呼叫。多亏昨晚我睡觉前没有摘下手表，抬起手腕看看表，大约是凌晨四时半。

幸好父母与岳父岳母都住在一楼，房子没坏，人都平安，他们都已经逃到比较宽阔的街上。待安顿好长辈，回到家时，已是清晨。见到妻子才彼此发现，我们的脸和胳膊全是黑的。原来地震时从屋顶落下来的陈年的灰尘，全落在脸上和身上。我将妻儿先送到一位朋友家。这家的主妇是妻子小学时的老师，与我们关系甚好。这便又急匆匆跨上车，去看我的朋友们。

从清晨直到下午四时，一连去了十六家，都是平日要好的朋友。在“文革”那种清贫和苍白的日子，朋友是最重要的心灵财富了。此时相互看望，目的很简单，就是看人出没出事，只要人平安，谢天谢地，打个照面转身便走。我的朋友们都还算幸运，只有一位画画的朋友后腰被砸伤，其他人全都逃过这一劫。一路上，看到不少尸首身上盖一块被单停放在道边，我已经搞不清自己到底是怎样还活在这世上的。中午骑车在道上，我被一些穿白大褂的人拦住，他们是来自医院的志愿者，正忙着在街头设立救护站。经他们告诉，我才知道自己的双腿都被砸伤，有的地方还在淌血。护士给我消毒后涂上紫药水，双腿花花的，看上去很像个挂了彩的伤员。这样，在路上再遇到的朋友和熟人，得知我的家已经完了，都毫不犹豫地从口袋掏出钱来。若是不要是不可能的！他们硬把钱塞到我借穿的那件工作服胸前的小口袋里。那时的人钱很少，有的一两块，多的三五块。我的朋友多，胸前的钱塞得愈来愈鼓。大地震后这天奇热，跑了一天，满身的汗，下午回来时塞在口袋里的钱便紧紧粘成一个硬邦邦拳头大的球儿。掏出来掰开，和妻子数一数，竟是七十一元，整个“文革”十年我从来没有这么巨大的收入。我被深深地打动！当时谁给了我几块钱，我都记得清清楚楚；现在事过三十年，已经记不清是哪些人，还有那些名字，却记得人间真正的财富是什么，而且这财富藏在哪里，究竟什么时候它才会出现。

画家尼玛泽仁曾经对我说：在西藏那块土地上，人生存起来太艰难了。它贫瘠、缺氧、闭塞。但藏民靠着什么坚韧地活下来的呢？靠着一种精神，靠着信仰与心灵。

个人对信念的恪守和彼此间心灵的抚慰。

大地震是“文革”终结前最后的一场灾难。它把人们无情地推向深渊的极致。然而，支撑着我们生活下来的，不正是一种对春天回归的向往、求生的本能以及人间相互的扶持与慰藉吗？在我本人几十年种种困苦与艰难中，不是总有一只又一只热乎乎、有力的手不期而至地伸到眼前？

我相信，真正的冰冷在世上，真正的温暖在人间。

大地震后的第三天，我鼓起勇气，冒着频频不绝的余震，爬上我家那座危楼。我惊奇地发现，隔壁巨大而沉重的烟囱竟在我的屋子中央，它到底是怎样飞进来的？然而我首先要做的，不是找寻衣物。我已经历了两次一无所有。一次是“文革”的扫地出门，一次是这次大地震。我对财物有种轻蔑感。此刻，我只是举着一台借来的海鸥牌相机，把所有真实的景象全部记录下来。此时，忽见一堵残墙上还垂挂着一本日历，日历那页正是地震的日子。我把它扯下来，一直珍存到今天。

我要留住这一天。人生有些日子要设法留住的。因为在这种日子里，总是在失去很多东西的同时，得到的却更多——关键是我们是否能够看到。如果看到了它，就会被它更正对人生的看法并因之受益一生。

第四辑

旅行是打开生命的钥匙

再来康桥

三十年前，剑桥给我的印象十分有限。一是当时的访问是闪电式的，二是那时我只有两个彩色胶卷，还是八一电影制片厂的一位编剧从大盘胶片上剪下来一段装在暗盒里送给我的，我必须节省着用，所以那次在剑桥留下的照片，只有代表团在三一学院那个标志性的钟楼前的合影；其他印象经过三十年岁月冲刷，已经没有多少具体细节，只剩下一种气氛、一种感觉而已。

然而这气氛却很美好。舒展、古雅、大气，还有大片大片几近奢侈的绿，因为我从未见过这么大的校园绿地。

这次来再看，我对它的印象还算没错。比如国王学院那座哥特式的礼拜堂前的绿地有多大？反正在绿地那一端走路的人影只有烟卷大小。这大片的绿可以消除声音，吸收心里的浮尘，还可以发动思想。可是一位在这里念书的中国学生说有时静得叫人有点儿孤独。我笑道，思想需要孤独，做买卖才怕孤独呢。国内不少大学变成了行业工具，热热闹闹已经找不到这种孤独感了。我还说，可能正是这种让人感到孤独的宁静，使得徐志摩在《再别康桥》里写出了那首情感的绝唱。

站在康河的桥上看去，真的很美。每根飘逸的柳条都像是画出来的，一片片水光皆似摇动的色彩。

我对徐志摩多一点儿“感觉”，缘于他在1916年曾是天津大学（北洋大学）的学生，他在天津大学的时间比在剑桥大学的时间长。不久前我还与山东工艺美术大学商议，做两尊真人大小的徐志摩的立像分别放在我们两座学院，因为那座致使徐志摩遇难的小山丘，就在山东工艺美术大学的校园内。

过去我在社会工作时，把大学视作一片净土；现在到大学工作，却不知净土在哪里。我在我的学院努力奉思想学术为神明，看到的成果却极为有限。在与国王学院的教授汉斯交谈时，他谈到对一些来到剑桥的中国学者的印象，用了汉语的一个成语“沽名钓誉”，我听了并不尴尬，因为我不是生活在陈寅恪、梁思成的时代；如果以我的耳闻目睹而言，可能会说出更刺耳的话。

所以说，中国的希望与绝望都在大学。

牛津的老房子

这次在牛津我最关注的是它墙上的石头。

牛津到处是古屋，动辄几百年。但它很幸运，这几百年里，没遇到一位“政绩狂”的市长，把破旧立新当作出政绩的“良方”，故而牛津人今天走进走出的地方，也是艾略特、雪莱、霍金、王尔德、十几位各国国王、四十六位诺贝尔奖得主过去走来走去的地方。历史的辉煌依然被记忆在这些空间里。

中国的留学生指给我一个墙角说，钱锺书和杨绛曾经常常坐在那里说话；但此时那里空空，纠缠在墙上的老藤才绽出亮晶晶的新芽，一群鸟儿带着影子飞来飞去。

这便是历史空间的意味与意义。

但牛津毕竟老了，尽管牛津的老屋是石头造的，这种名为淡黄色蜂蜜石的石材极易风化，岁月太久，石头表面像干了的饼干那样粉化和“起甲”，然后一层层剥落下来，凹成了洞。因此牛津到处在搭架修缮。

我注意到这种修缮方式很特别，是将蜂蜜石研成粉末加进黏合剂抹在风化的石墙上，再在外面贴一层特制的塑料膜，干后揭掉，石头的病害便被消除。这是此地修葺古建特有的方式。我想起了大同的云冈石窟和重庆的大足石窟，这两处的石头都是砂岩，风化得厉害，让人束手无策。大同石窟露天处，有的地方用手一抓就会抓一把砂粉下来。那么，何不来学一学？可是我对谁说呢？管事的人听听而已，管不了事的人听了也没用。北京确定了二十五片民居保护区之后，一直扔在那里，没人再问。2012 年“两会”时听说康有为故居要拆，跑去看，那个大院早成烂糟糟的大杂院，门外挂着“重点文物保护单位”的牌子，里面乱搭乱建，垃圾成堆，似乎有意放在那里等待烂掉，然后连房子一块清除。其实更大的悲哀是：我们不再要自己的历史了，我们只要口头上的“五千年”。

莎翁故居里的戏

来莎翁故居之前，我颇有点儿疑惑，我能看到什么？莎翁已故五百年，还会留下多少遗存？然而走进斯特拉福小镇却令我十分惊讶，在一片依旧是中世纪栅栏格式的街区里，莎翁出生的老屋、1574 年出生的登记册、去世时举行葬礼的小小的圣三一教堂、演出过莎翁剧作的剧院、克洛泊顿石桥，直到他父亲供职的镇政府的小楼，以及他家那些做铁匠、酒商、零售商和开肉店的邻居与亲友的老宅，还都原样地保存在原地。这是谁的决定？怎么从来没人想去拆掉然后开发建楼呢？

我尤其喜欢古老的都铎式小楼。粗木结构的构架中间填上砖块与灰泥，这种建筑产生于十五世纪末的都铎王朝。现在国内狂拆民居者的一个理由是西方建筑是石头的，坚固易存；中国是砖木结构，很难保留。但同样是木架加灰泥与砖块的都铎式民居都已存留五百年以上，现在还在使用。其中镇上保存最好的都铎老屋，便是静静地立在亨雷街上莎翁的“大房子”了。它如今已作为莎士比亚故居博物馆使用。在屋内可以看到莎翁父亲制作皮制品的小作坊、主厅、客厅、睡房和厨房。这里冬天很冷，人们既善于生火取暖又善于防火；童年的莎士比亚一度睡在父母床下特制的抽屉里。

莎翁故居的“展出”方式独特。两三位穿着当时服装的男人与女人“生活”在房间里，做些活计聊聊天，有时参观者多了，他们会即兴表演莎剧的一个小片断或一段经典的台词。他们以这种方式把人们带进当时的生活氛围和莎翁的艺术里。

莎士比亚在这里度过了童年、少年和一部分青年时代，结婚生子，走进生活。他十一岁时在这里亲身经历过一次国王豪华的出巡，从而诱使他对宫廷生活迷恋、神往和充满遐想，并直接影响到他日后戏剧创作的题材与生活。

这里的人至今还说五百年前他离开故乡，是由于他跑到镇外狩猎时误入了私人的领地，惹怒领地的主人，挨了揍；他用一首讽刺诗报复，没想到这首诗被广为传诵，招来更大的怨恨，他为此躲到伦敦。然而，当时的英国和中国一样，都已是戏剧的天下，莎士比亚身上潜在的戏剧才华得到惊人的释放。短短的十几年他写出三十九部戏剧杰作和大量的十四行诗。那时人的生命短暂，人生的阶段与今天完全不同，1612年四十八岁的莎士比亚就已翻过他的创作高峰。他返回到故乡颐养天年，四年后去世，当时不过五十二岁。

现今故居中他晚年的遗存并不多。毕竟时隔五个世纪，岁月太久，保存如是已不可思议。我们到哪儿还能找到关汉卿？而人家连狄更斯等人在莎翁故居窗玻璃上的签名还完好地保存着。

说到狄更斯，他应是保护莎翁故居的功臣。十九世纪四十年代这座房子一度无主，面临拍卖，狄更斯组织了许多活动筹集资金，才把它购买下来，并作为国宝修复。随之便是各界有识之士与本地热心人组成的基金会，发起了范围更广的保护工作，包括镇内外相关遗存，连同莎翁母亲与妻子安乡村的故居。保护修复的态度之认真使人钦佩，连故居院子里栽种的花草都来自莎翁的作品。

莎翁家乡的人如此珍视他，绝非因为他给家乡带来“知名度”和经济效益，而是真正知道他的价值。

莎翁故居之所以至今仍成为旅英游人的必往之地，是因为他的戏剧已成为人类共享的精神财富；他那些剧作——《奥赛罗》《罗密欧与朱丽叶》《哈姆雷特》《威尼斯商人》《李尔王》《仲夏夜之梦》《第十二夜》等，至今还“活”在戏剧舞台上。文学史看似是以作家的名字连贯成的，实际上是永不褪色的经典穿起来的。唯有经典才能穿越时空，所有文学和艺术都逃不过历史的检验。

我还想再提一下狄更斯。一个作家能够如此下力气去保护另一位前辈作家的故居，不正是表现着他对文学真正的热爱与虔诚吗？

巴黎女郎

一提到巴黎女郎，我们的脑袋里会立即冒出一些浓妆艳抹、奇装异服、香气四溢、行为浪漫的女人来。可是我们如今在巴黎连这种女人的影子也见不到！这印象缘自何处？是从法国电影中夜总会的场面上看到的，还是受了皮尔·卡丹那光怪陆离的模特儿们的误导？

其实都不是。我们印象里的巴黎女郎早已成为历史人物。如今的巴黎街头巷尾，五光十色地闯进你眼睛里的大多是外来的游客。如果我们放下对巴黎女郎的这种“历史解释”，着意去观察，就会渐渐认识到今天意义上的更加美丽动人的巴黎女郎！

她们的服装原来那么普遍和简单，平时几乎不穿名牌，款式也很少标新立异。她们所理解的“时尚”大概只是四个字——回归自然。所以，她们最喜欢宽松自如而绝不碍手碍脚的休闲装，鞋子基本上是平底的，很少高跟，手包大多平平常常，头发全是自然而然地一披或一绾。她们的头发本来就是金黄的，更用不着为了流行而去染成黄色。至于化妆，她们绝不在自己的脸上胡涂乱抹、动手术、贴膜，搞得面目全非。然而她们就是这样平平淡淡，却依旧会惹起人们刻意地注意着她们，为什么？

首先，她们先天都有很美的形体，骨骼细小而身材修长。如果她们在二十岁以内，白白的小脸便一如安格尔所画的那样明媚又芬芳。她们的蓝眼睛的光芒一如塞纳河河心的波光。如果是褐色的眼睛，那就像春天河边的泥土一样的颜色了。从正面看，她们的脸都比较窄，小巧的五官灵气地搭配一起，显得十分精致。尤其再叫金色的头发包拢起来，阳光一照，真像镶在画框里。法国的女郎十分自信自己这种天分，不会叫化妆品遮掩自己的天生丽质。她们甚至很少戴首饰，最多是一条别致的项链，而且差不多都是某种情感的纪念。她们使用很淡的香水，只有从她们身边走过时才会闻到。法国女郎偏爱的香水是一种清雅的幽香，一种大自然中花的气味，所以常常会使你觉得闻到一种花香，扭头一看，却是一位法国女郎美丽的背影。

这些可爱的法国姑娘，她们自小在一个美术的国度——也就是在无处不在的画廊中受着艺术的熏陶而长大。她们最希望成为画中人，故而，很自觉地先当起了自己本人的画师和设计师。她们深知最高品位的视觉美是色彩，因此，她们首先要做的是选配服装和随身用品的颜色了。色彩需要很高的修养，色彩最高的要求是格调、意蕴以及和谐。别看她们服装的样式简单，颜色并不复杂，往往只有两三种颜色，但她们对色彩的选配却像画家那样苛刻，那样精心地对待颜色的色差与色度。颜色表示一种品格、情感、个性，或者说就是她们自己。故而，这些巴黎女子站在那里，有的如一片早春，有的如一片熟透的秋，或一片茫茫的暮雨。在她们身上不大会出现一块不伦不类的色彩的噪音。尽管每个巴黎女子的服装都有其独自钟情的色谱，但她们站在一起时极其和谐。这真的就像罗浮宫里的画，每幅画都有自己的色彩与风格，放在一起却既优雅又协调。因为她们色彩的修养实在太好了。

由于这些女子各人都有很好的气质，最终她们才给世界一个“巴黎女郎”特有的卓然又优雅的整体形象。

进而说，这些被传说为举止浪漫的巴黎女郎，实际上还有点儿古板呢！她们很少大声说话，吃东西也不大嚼大咽，举手投足的动作都很小很轻，有姿有态却不做作；即使在地铁上，她们也是文静地站在那里。她们不喜欢美国人的牛仔装。整个法国都拒绝美国文化的浅薄、张扬和粗野。她们固执地痴迷于自己深邃的传统，她们都有很浓郁的历史情怀。也许她们做得有些过分，直到现在家中的电器比整个世界慢了半拍。更多的人看录像带而不看 VCD；在电视与图书之间，她们首选的依旧是画册与图书。所以，如果你想看到真正的巴黎女郎，就到书店里去。她们静静地停立在书架前，捧着一本书读着，旁若无人。她们读书的神态颇似在教堂里读《圣经》那样专注，带着一点儿虔诚。此时，她们的头往下低着，在领口与发际之间露出很长一段雪白的脖子，上面一层绒样的汗毛，在屋顶灯光的照耀下，柔和地闪耀着金色的光。这才是巴黎女郎的美。

有一天，我坐在街角的露天咖啡馆，一边饮咖啡，一边像巴黎人那样欣赏着形形色色的行人。我对面的街角也是一家露天咖啡店。这时我忽然发现那里坐着一个女子。阳光从我这边的屋顶上空斜照在她那边。我这边如在山阴，她那边如在山阳。秋日把她照得分外明亮。她坐在那里很美，她使那边的整个街角都变成了一幅画。她正在低头读书，同时享受着日光与咖啡。她套着黑色裤子的一双腿显得非常颀长，上身是一件棕红色粗线的短袖毛衣，粗毛线疙疙瘩瘩的质感和她光滑细白的皮肤对比着，也彼此更加衬托。毛衣的棕红色并不鲜艳，而是一种褪了色的枫叶的颜色。法国人喜欢在所有颜色里都加进一点儿灰色，他们的建筑也一概是灰白和浅褐色。文化浅显的国家爱用艳丽夺目的原色；文化深远的国家则多用中性和色差丰富的复合色。此时，秋深天凉，她披一条很大的灰绿色薄呢的披肩。这灰绿与棕红配在一起，正是此刻城外原野舒展又谐调的秋色。显然，她刻意选用了这两种颜色，把自己与大自然的气息融为一体，无意中却把优美的大自然带到了都市中心。

我坐在这边一直在欣赏着她。

直到阳光从她那块地方挪开，她才站起身。在她合起书来的时候，她四下看看，想寻找什么东西，当作书签夹在正在阅读中的书页间。忽然她惊奇地在邻桌上发现了她需要的东西。她伸过长长而迷人的手臂，把那东西捏了起来。我一眼看到——是一片金黄的落叶，鲜黄而耀眼。她举到眼前，手指一捻，黄叶优美地转一转。她很高兴，把它夹在书页中，当作书签，然后合起来，走了。

这便是我看到的和认定的真正的巴黎女郎！

双重的博物馆

有一座博物馆你可以从头到尾参观两次。看的是完全不同的两种内容，受到的是完全不同的两种震动。这样的博物馆在世界上只有一座，它就是闻名于世的巴黎奥赛博物馆。

第一次看它的建筑，看它究竟怎样从一座古老的火车站被改造为现代的艺术殿堂；第二次看它展出的绘画，看那些举世皆知的名画怎样连接起光彩夺目的印象派画史。

当然，最好是分开看，你获得的感受就会十分清晰也十分奇特。我就是分两次看的。这是因为我很幸运，我第一次进入奥赛博物馆时，是加入一个到巴黎来进行城建方面交流的建筑师们的参观团。在整个参观过程中，我强使自己的目光避开那些诱惑我的名画，眼睛死盯在建筑上。这做法却使我大增见识。

奥赛的意义首先是在建筑上。

1900 年，当著名建筑师维克多·拉鲁在共和国时代奥赛宫殿的废墟上建筑起一座火车站时，它就已经很像一座艺术殿堂了。雄大的体量、庄重的柱廊、繁复的藻井，还有巨大的镀金时钟和精美的神像，全都气概非凡。1900年在巴黎举办的国际博览会对城市产生了巨大影响。埃菲尔铁塔便是被这次博览会催生的一个“伟大的纪念”。奥赛车站也直接为这个博览会服务，它为博览会载来送去四面八方的宾客，因而成了巴黎的一个豪华的窗口。

但是，博览会之后，时代几经巨变，许多铁路线不再使用，车站渐渐客少人稀，尤其是经过第二次世界大战，车站完全弃置不用。1970年出现一件非常可怕的事——当时，现代化狂潮正在席卷世界。一位新潮的建筑师勒·考尔布斯埃曾提议将奥赛车站拆除，盖起一座百米大厦！幸亏富于历史情感的巴黎人没有接纳这个现代狂想。随着时光的流逝，奥赛车站渐渐显示出它的历史意义，并很快被列为国家文化遗产而保护下来。

1982年，当它被决定改作一座艺术博物馆时，保护的工作便成为改建中一项首要的内容。博物馆在光线、通道、空间尺度与展区划分上都有特定的要求，还必须使参观者感受到舒适的审美环境。可是别忘了——奥赛车站是文物，文物至高无上，绝不能为了服从这一目的而破坏建筑原有的气质、结构与格局。于是这一改建工程，面临一个从来没有过的难题，它必须两面兼顾并两全其美。

在这一具有挑战的工作面前，建筑师米诺·巴尔东等人显露出才华。他们采用加高地面、建造加层的平台，以及区域分割的方式，将候车厅庞大的空间改造成结构复杂又彼此畅通的展览馆。改造一座建筑要比重建一座建筑困难得多。然而只要我们进入奥赛的展线，就会感到人与艺术品的关系十分舒适与合度。尺度、光线、氛围，都是一流的博物馆所具备的。

同时，米诺·巴尔东他们依然保留着大厅的整体气势。经过精心重修的玻璃拱顶透进的柔和的自然光，正好是馆中的艺术品所必需的。如果留意，可以发现这座建筑原来的金属构架、石柱、拱梁、墙面，全都被又节制又精心地强调出来，以展示这座古建筑原本的特征。那座巨大的鎏金的时钟，仍旧挂在老地方，向人们提醒它的历史，同时使人们感受到昔日的繁华。在奥赛博物馆的地下一层，还设有一个小型的内容独立的展览室，展示着当年改建这座博物馆时的设计原则、理念以及整个改建工程，包括具有历史价值的图纸、照片、独有的技术设计和专用材料。此外，便是奥赛车站遗留下来的一些文物。它给我们一个强烈的提示：对古建筑的改造和开发，首先是对历史不折不扣、真诚不贰的尊重。单从这个意义上来说，奥赛就值得认真地从头到尾看一次。

奥赛的另一个意义，是它在法国美术史上的重要位置。

法国的美术史，是通过巴黎的三座美术馆有序地展现出来的。古典部分是罗浮宫美术馆，现代部分是蓬皮杜艺术中心，中间的近代部分就是奥赛美术馆。奥赛的展品的上限是安格尔的《泉》，下限到亨利·卢梭的《驯蛇女》。正是在这之间，奥赛成了光耀古今的印象派大师们遨游与驰骋的天堂。

第二次来到奥赛，我要做的，与第一次正相反。这次我的目光努力避开它迷人的建筑，只看展品。在这种博物馆里最大的快感，是你忽然看到你久已熟悉的作品的原作。早在“文革”末期，一位在日本的朋友寄给我两本画家的专集，一是莫奈的，一是德加的。在那个文化禁闭的时代，我竟极为意外地收到了。这两本画集成了我精神饥渴时期真正的“美酒佳餐”。我真的把它们翻烂了，因而记得画集中所有色彩的细节及笔触。此时，见到了这些原作，它们与我心中的记忆碰撞出火花来。然而，原作与印刷品往往并不一致。一般来说，原作都比印刷品丰富和微妙得多。比如莫奈的《卢昂教堂》、米勒的《晚祷》、凡·高的《星空》，还有西斯莱的风景和雷诺阿笔下的女人们。不管画册印刷得多精美，也无法传达原作“艺术的真实”。但是有些原作很奇怪，乍一看，它们怎么竟然不如印刷品来得有力？比如莫奈的《户外撑伞的女人》，好像时间久了，原作褪了色，不如画集留给我的印象深刻。可是后来在画店里，我见到一张摄影的画片，那片开满红花的草坡，竟与莫奈这幅画上的风景完全一样。照片拍的是实景，色彩更强烈。我买下这画片，拿去再与原作对照一下，绘画的魅力立时表现出来！当然——绘画比摄影更迷人。绘画的色彩淡，但淡如微风，淡得闲适，淡出动人的诗情。这是在风景照片以及印刷品上绝对看不到的。因为不管多么写实的画作，它都出自画家的心灵。这叫我更加坚信艺术品原作的力量！

奥赛的展品给我的感受绝不止于此，这仅仅是其中一幅画给我的启发。

那么这座收藏了数千幅印象派名画原作的奥赛博物馆，它的文化意义有多大？

走上了奥赛二层的平台。平台上有两个突出的折角，是用来观景的一个望点。站在这里，既能俯瞰今日奥赛博物馆十分讲究的格局，也可以尽览当年奥赛车站壮丽的全景。它们像一曲二重唱，既是和谐的和声，又能分别欣赏到它们不同而又迷人的美。

世上哪里还有这样的博物馆？

故此，奥赛博物馆门前天天都拥满来自世界各地的参观者。进馆之前至少要用两个小时排队，倘若如上所说——参观两次，那可得要排上半天的队呢！

《音乐之声》与音乐之城

只要美国的游人一到萨尔茨堡，一准会兴致勃勃地到那部好莱坞经典影片《音乐之声》的拍摄景地，去亲眼看看那些美丽得近乎仙境的风景。其实，不只美国人，无论哪国游客，只要看过《音乐之声》，全都会对影片中这些神奇而迷人的景观充满好奇。

然而我的一位萨尔茨堡的朋友却说，真正的萨尔茨堡人很少有人看过这部影片。

你问他们那首已然传唱全球的电影歌曲《雪绒花》，是不是这里的山歌或乡间小调，他们会撇嘴一笑说：不，那是美国人的歌！

但是，不要以为萨尔茨堡人心胸狭窄——不愿意承认他们这座诞生过莫扎特和卡拉扬的音乐圣城受惠于一部大众化的好莱坞电影。因为，这里确实有过特拉普少校与家庭女教师玛丽娅的爱情故事，也有过一支非常出色的“家庭合唱团”，但真实的故事远比电影的故事动人得多。

真实的故事

当年奥匈帝国时代的疆域，要比今天的奥地利的版图大得多。奥地利曾经拥有海军，特拉普的父亲就是一位海军上校。特拉普受到家庭影响，年轻时就把终生的理想融入大海中乘风破浪的战舰上，后来真的成为海军军官，并且建功立业，受到皇帝约瑟夫一世的器重，成为一名海军少校。可是“一战”结束后，奥匈帝国解体，奥地利失去了“领海”，特拉普的事业、抱负连同理想一同毁灭。更不幸的是，他故去的妻子留下七个孩子无人照看。当地的修道院派来一名修女来做家庭女教师，帮助他维持这个庞大而松散的家庭。她就是玛丽娅。

真实的特拉普比电影《音乐之声》中的特拉普英俊和高贵得多。宽阔的前额，蓄着浓密的小胡子，炯炯的目光，深邃而又刚毅，而且一直到老都是腰板挺直，显出军人的气质。这样一比，电影中的特拉普，很像一名体育教师。但影片里的玛丽娅要比真实的玛丽娅漂亮得多，电影中的玛丽娅更像美国人，而生活中的玛丽娅是典型的奥地利女子，身体壮实，骨架很大，脸盘也大，很早便发福。

玛丽娅出生于 1905 年，两岁时就成为孤儿，由姑母收养，住在维也纳。姑母是个很有眼光的人，所以玛丽娅小时候受到严格和完备的教育。从她留下的一张孩童时的照片看得出，她脸上有一种孤儿特有的早熟及自信。所以她成年后来到萨尔茨堡修道院做修女时，就被院长看中，挑选出来，把她派到特拉普家中担任一年的家庭教师，并很快赢得孩子们的喜爱与信任，平日缄默不语的特拉普对她也萌生了爱意。

我在市中心粮食街附近一个小剧场里，看过一段关于玛丽娅二十世纪七十年代由美国回家探亲的纪录片。她满头白发，胖胖而柔和的身体穿着萨尔茨堡的民族裙装。她回忆起当年特拉普向她求婚时的情景，她说她吓得跑回修道院，修道院里的人都叫她回去结婚。她哭了，但还是回到特拉普身边，因为她心里也十分敬爱这个惯于沉默和富于原则的男人。她一边回忆，一边抹泪，她哭得委屈、害怕、害羞，好像回到当年。一位七十多岁的老人居然还保持着少女时代纯洁的感情，很令人感动。正是这样，她成了特拉普家中的太阳。后来，她给特拉普家庭又增添两个新成员。

1935 年，一位名叫瓦兹内的神父发现了这个家庭有一种特殊的共有的才华，就是清纯无瑕的歌喉与自然而动听的音质。而这个被玛丽娅的爱心凝结起来的家庭，和谐融洽，亲密无间，又是最终成为一个家庭合唱团的基础。在瓦兹内的帮助下，一个非凡的合唱团形成了。最初只是电台转播他们的歌声，后来在萨尔茨堡音乐节的合唱比赛中竟然荣登榜首，由此便开始了他们的合唱生涯，从萨尔茨堡唱到全奥地利，由国内唱到国外，渐渐在欧洲有了一些名气。

1938 年，“二战”爆发，奥地利被纳粹德国占领。纳粹知道特拉普在军事上的才干，要他参加德国海军，并许以高官，但被正直的特拉普拒绝。他说：“我已经宣誓过只效忠一个国家。”为了躲避纳粹的纠缠，他只能弃家而逃，远赴美国。

在美国入境时，特拉普一家曾经遇到过麻烦。美国人没有听过他们的歌声，不买他们的账，他们有被拒签的危险。玛丽娅灵机一动，指挥孩子们放声唱起歌来。美妙的歌声立即打动了美国人。他们得到了签证，进入了美国。

这支家庭合唱团开始在美国各地巡回演出，一往无前并获得很大成功。但他们没有忘记自己的祖国与故乡，每次演出时，他们都把一些纸条发给观众，上边写着：

“不能让莫扎特、贝多芬和舒伯特的家乡受苦受难。”

观众受到他们爱国之心的感动，纷纷捐钱。他们便用这些钱买了衣服、食品、药物运送回去，有时一次就是几吨重的货物。在“二战”后美国盟军占领萨尔茨堡时，他们通过一位名叫考林斯的美国将军的帮助，把义捐品源源不断地送到家乡父老的手中。别说特拉普一家，就是这位美国军官也深受萨尔茨堡人的感激。这位美国军官于 1963 年死在萨尔茨堡，他的遗体被萨尔茨堡人安葬在著名的圣彼得墓地里。

玛丽娅在美国又为特拉普生了一个女儿，他们总共有十个孩子。这样一支合唱团在美国各地辗转多年，每年演出高达一百二十五场。后来孩子们渐渐长大，有了各自的家庭和第三代人。直到 1956 年合唱团才解散。但是他们用音乐联结起来的亲情却一直延绵到今天。

当年特拉普一家来到美国，定居在费尔蒙特。在那里他们建造了一座标准的萨尔茨堡式的农家木屋，宽敞的屋体，巨大的坡顶和长长的阳台，一家人平时总是穿着家乡的民族服装。远远看上去，完全是一派地道的奥地利风景。他们给自己这木屋取名为“丹心”。这赤红之心显然是对自己遥远的祖国故乡而言的。

1947 年 5 月 30 日特拉普死去，埋葬在屋后的家庭墓地里。

1987 年 3 月 28 日玛丽娅辞世，长眠在一生心爱的丈夫身边。

电影的故事

把特拉普和玛丽娅一家的故事改编为电影，缘自玛丽娅本人的一本书——《特拉普一家》。在这本书中，她以回忆录的方式记录了他们一家从战时奥地利逃出，远走他乡以及合唱团曲折坎坷的经历。

最早萌生拍电影这个念头的是美国的好莱坞。由于好莱坞只想使用这本书的书名，内容要大删大改，遭到玛丽娅断然拒绝。

此后，一位名叫沃尔夫冈的德国导演从玛丽娅手中买走了《特拉普一家》的德文电影的版权，并把它推向银幕。但这部德文版电影影响很有限。有趣的是饰演玛丽娅的女主角爱列维克和后来美国电影《音乐之声》中玛丽娅的扮演者朱丽叶竟出奇地相像。

美国人一直没有放弃《特拉普一家》。大概这个用爱心凝结起一个破碎的家庭的故事与又跳又唱的家庭合唱团太适合电影表现了。当然，还有一个重要的原因，就是这个家庭合唱团已经闻名全美，他们一定会是自己的故事的卖点。

美国人先后拍了两次《音乐之声》。一次是在 1959 年由百老汇制片厂拍摄，不算成功；再一次由二十世纪福克斯公司拍摄，1965 年 3 月 2 日首映。导演罗伯特以他明朗的风格与多彩多姿的表现手法使这部影片大获成功，一举赢得五项奥斯卡奖，从而享誉全球。

应该说，尽管这部电影的主要情节都来自玛丽娅的生活历史，但它的精神实质已经美国化了。玛丽娅积极、乐观、进取、开放，完全是美国人心目中崇尚的女性。特拉普一家的艰辛、坎坷以及对故国故土之爱，在电影中看不到了，连萨尔茨堡的音乐也听不到了。应该特别强调，特拉普一家唱的全是奥地利的民间歌曲，而电影中的乐曲完全是另一世界，没有一首奥地利的民歌，那悦耳的 *Do—Re—Mi* 是纯粹的美国人英语的流行歌曲。这便是这座音乐之城的百姓对《音乐之声》冷淡的原因。如果你深入到萨尔茨堡普通人的生活中，就会懂得他们对自己的乡土和文化包括音乐那份执着的爱。他们自然比美国人更了解特拉普一家为何离开萨尔茨堡，及在万里之外为家乡所做的一切。我的朋友——一位“萨尔茨堡通”威力先生说：“特拉普居住的房子的后边就是火车站，他们是乘火车离开萨尔茨堡的。他们先到瑞士，然后经意大利和英国，最后到达美国。根本不是翻山走的！”我看着他那份认真的样子，没有对他解释——电影是可以改编原著的。我知道在萨尔茨堡人心里，他们的特拉普绝对不能被胡编乱造。

美国人总是不理解别人的民族自尊，于是这部闻名世界的电影的致命伤，是全然没有奥地利萨尔茨堡的精神，甚至连“二战”时残酷的气氛也没有。它过于美化，过于诗情画意，过于理想主义，没有历史真实与生活真实，但很适合美国人的胃口。尤其是萨尔茨堡旷世绝伦的风光，让第一次来到这里拍外景的导演罗伯特目瞪口呆。他情不自禁地把电影的情节安排在一个个美丽的景观中，使得我们今天看上去，有些像一部萨尔茨堡的风光旅游片。

旅游的故事

然而，萨尔茨堡人是聪明的，他们一方面没有把这部浅显的美国影片放进自己的文化之中，一方面却充分利用这部电影的风光片性质及其影响，作为自己用之不竭的旅游资源。他们深知这部影片至少有上亿的观众，而每个观众都会成为他们的游客。毕竟人们是从影片上认识到萨尔茨堡绝世的姿容，而且，相当一部分游客来到萨尔茨堡的动机都是想一睹电影中的那些场景。于是今天，“音乐之声游”已经是萨尔茨堡的一条旅游热线，从玛丽娅和孩子们唱着*Do—Re—Mi*的米拉贝尔花园、玛丽娅做修女的修女山修道院、特拉普家庭合唱团演唱《雪绒花》的岩石骑术学校，到特拉普与玛丽娅举行婚礼的月亮湖教堂……还有官邸喷泉、翁特山、洗马池、利物浦斯康宫殿、威尔峰城堡等。凡是出现在电影《音乐之声》中的场景，如今都已经是萨尔茨堡的旅客们的必游之处。其实，特拉普一家的真实生活并没有这些细节，这只是电影中的画面。但真真假假全都混在一起。各种满载游人的大巴士在这些景点之间来来回回行驶着。正是《音乐之声》把萨尔茨堡这些名胜古迹像穿珍珠一样穿在一起。游客们总是要把这些景点一个个全都看过方才罢休。

到哪儿去找这样神通广大又免费的广告？

萨尔茨堡市内有一个专门的歌舞团，叫作“音乐之声晚宴”。他们的演出在一间大餐厅里，厅内可容一百二十人，前端一个小舞台，演员全都打扮成《音乐之声》的人物，连唱带跳全是那些美国人编造的那些电影歌曲。逢到旅游盛季，每天晚间演一场。客人们一边吃肉喝酒，一边笑呵呵地瞧着这些熟悉的电影人物一个个蹦到台上来。

我问这个剧团的项目经理瓦尔特·柴培查尔先生：“这些观众里有奥地利人吗？”

瓦尔特笑了，朝那些快活的观众挤挤眼说：

“大都是美国人，还有日本人。”

我也笑了。心想，萨尔茨堡人真行，用美国人的电影赚美国人的钱，可他们心里真正喜爱的还是自己的莫扎特。

维也纳生活圆舞曲

清早醒来，不睁开眼，尽量用耳朵来辨认天天叫醒我的这些家伙。单凭听力，我能准确地知道这些家伙所处的位置，是在窗前那株高大的七片叶树里面，还是远远地站在房脊和烟筒上。当然，我不知道这些家伙的名字。我的家乡绝没有这么多种奇奇怪怪又美妙的叫声，我的城市里只有麻雀。

有一种叫声宛如花腔女高音，婉转、嘹亮、悠长，变化无穷，它怎么能唱出如此丰富而不重复的音调？后来我在十四区博物馆听鸟儿们的录音时，才知道这家伙名叫AMSEL。它长得并不美。我在闭目倾听它的鸣唱时，把它想象得美若彩凤。其实它全身乌黑的羽毛，一个长长的黄嘴，好似一只小乌鸦叼着一支竹笛子。

我发现，闭上眼睛时，声音会变得特别清晰和富于形象。有一种叫声像是有人磕牙，另一种叫声好似老人叹息，声音沙哑又苍老，但它们总是在很远很远的地方。还有一种鸟叫得很像是猫叫。一天，它一边叫，一边从我的窗前飞过。我幻觉中出现一只“飞的猫”。

一位奥国朋友称这种清晨时鸟儿们的合唱为“免费的音乐会”。

参加这音乐会的还有远远近近教堂的钟声，我闭目时也能听出这些钟声来自哪座教堂。从远方传来的卡尔大教堂的钟声沉雄而又持久，来自后街上克罗利茨小教堂的钟声却清脆而透彻。小教堂钟声的加入，常常使这“免费音乐会”达到高潮。然而，每每在这个时候，从窗子里会溜进来一股什么花香钻进我的鼻孔。

五月里的维也纳是“花天下”。

家家户户挂在窗外的长方形的花盆中全都鲜花盛开，绚烂的颜色好像是这些家庭喷发出来的。许多商店用彩色的花缠绕在门框上，穿过这门就如同走进花的巢穴。按照惯例，城市公园年年都用鲜花装置起一座大表，表针走得很准时，花儿组成的表盘年年都是全新的图案。今年，园艺家们别出心裁，还在公园东北角临街的一块高地上，用白玫瑰和冬青搭起一架芬芳的三角琴。于是，维也纳的灵魂——音乐与花，全叫它表达出来。

古城依旧的维也纳，也很难找到一条笔直的路。开车在这些弯弯曲曲又畅如流水的街道上跑着，两边的景物全像是突然冒出来的。或是一座宁静又精雅的房舍，或是几株像喷泉一样开满花朵的树，或是一座雕像……这是行驶在笔直的路上绝对没有的感受。而且，跑着跑着，很容易想起音乐来。在这个音乐之都中，最重要的并不是到处都有的音乐会、音乐家雕像与故居，而是你随时随地都会无声地感受到音乐的存在。所以勃拉姆斯说：“在维也纳散步可要小心，别踩着地上的音符。”

有人说，真正的维也纳的音乐并不在金色大厅或歌剧院，而是在城郊的小酒馆里。当然，卡伦堡山下的那些知名的小酒店的乐手过于迎合浅薄的旅游者的口味了，他们的音乐多少有点儿商业化。如果躲开这些旅游者跑到更远的一些乡村的“当年酒家”里坐一坐，便能够体会到真正的维也纳音乐。坐在长条的粗木凳上，一边饮着芳香四溢的当年酿造的葡萄酒——那种透明的发黏的纯紫色的葡萄酒更像是葡萄汁，一边咬着刚刚出炉、烫嘴、喷香而流油的烤猪排——那是一种差不多有二尺长很嫩的猪肋，忽然欢快的华尔兹在你耳边响起。扭头一看，一个满脸通红的老汉，满是硬胡楂儿的下巴夹着一把又小又老的提琴，在你身后起劲地拉着。他朝你挤着眼，希望你兴奋起来，尽快融入音乐。一条短尾巴的大黑狗已经围着他的双腿起劲地左转右转，整个酒店的目光都快活地抛向他。音乐，是撩动人们心情的“神仙的手指”。这才是维也纳灵魂之所在。

曾经疆土极其辽阔的奥匈帝国已然灰飞烟灭，它使得今天的奥地利人在心理上难以平衡。他们一边酸溜溜地感叹着往事不堪回首，一边又要矜持地守卫着昔日的高贵与尊严。这也是维也纳古城原貌得以保持的根由之一。至今，那些古老建筑依然刷着王公贵族所崇尚的牙黄色的涂料。奥地利人和意大利人在保护古城上的想法全然相反。意大利人绝对不把老墙刷新，让历史的沧桑感和岁月感斑斑驳驳地披在建筑上，他们为这种历史美陶醉和自豪，在罗马、佛罗伦萨、西耶那，连墙上的苔藓也不肯清除掉；但在奥地利，每隔一段时间建筑要刷新一次，他们总想感受到昨日的辉煌。于是，在维也纳城中徜徉，真的会觉得时光倒流，曾经威风八面的哈布斯堡王朝恍惚还在——特别是背后响起旅游马车驶过时“嘚嘚”的蹄声。

在维也纳最没有改变的是它的节律。

看着维也纳人到处光着膀子躺在绿地中央睡大觉，或是在街头咖啡店一坐就是几个小时，或是开着车去到城外泡在湖中，无法想象他们怎么工作或靠什么活着。

如果计算走路的速度，日本人比奥地利人至少快五倍，美国人比奥地利人快七倍。全维也纳人走在大街上都像是散步。

有人说，是奥地利人太多的节日稀释了他们的节奏。他们还没有从一个甜蜜的节日里清醒过来，又进入了下一个节日。

有人说，是奥地利健全的保险体制使他们毫无后顾之忧，同时奥地利的税制又不鼓励他们发大财。收入愈高，税会愈高，而且高得惊人，它叫你最终放弃了成为巨富与“世界百强”的狂想，选择温饱和放松。

然而，有人则说，归根到底还是奥地利人本性使然。这个温和的民族过于热爱生活，他们把生活看作由阳光、花朵、绿色、美食和音乐组成的。他们更愿意尽享这上天赐予的一切，而不想为了占有太多的身外之物而承受过大的负担。也许你会认为他们不思进取，不尚深刻，但他们很满足自己拥有的蛮不错的现状。

所以，在维也纳绝对看不到华尔街上那种如狼似虎的表情，看不到纽约地铁中那种严峻与紧张；即使在市中心的商业街上，也看不到银座一带那种物欲横流与人声鼎沸。

懒散的、松弛的、悠闲的奥地利人啊！

还有人说，还应该看维也纳的另一面。他们拥有十七位诺贝尔奖的获奖者，有维特根斯坦、弗洛伊德和波普，他们都曾把人类的思考推向某一个极致。但是从社会的全景观看，不少思想者因为生活平淡和无聊而自杀。他们受不了维也纳天天一样的生活，他们酗酒，因此，在维也纳，许多醉汉在醒来之后都是思想家。

最消磨维也纳人的时光，又使他们难以摆脱的是咖啡。

五月里，维也纳大大小小的咖啡店都把咖啡座位搬到边道乃至街道中央。从日头高照支起阳伞的上午十时直到点上蜡烛的夜晚，那里总是有不少人。然而，看上去维也纳的咖啡店与巴黎很不一样。巴黎人在咖啡店里好像总是前后左右挤在一起，维也纳人仿佛全都舒舒服服地坐在头等舱内。

传说，维也纳人的咖啡来自土耳其。有的说是十六世纪土耳其军队从维也纳逃跑时扔下两麻袋咖啡，从此咖啡传遍奥地利；有的说是一名亚美尼亚籍的奥地利间谍打进土耳其军队，目的是想弄明白土耳其士兵为什么一上阵就那么兴奋，最后获得一个极为重要的情报，就是他们喝了咖啡。

据说就是这位亚美尼亚籍的间谍，战后在维也纳开了第一家咖啡店。这家咖啡店早已无迹可寻，但维也纳三百年的咖啡文化十分隽永而深厚。

还有一个传说，说五个旅游者到维也纳喝咖啡。维也纳的咖啡有三十六种，五个旅游者每人点了一种咖啡，都喝得很美。后来他们去到德国，在咖啡店里也是各点了一种咖啡，结果德国人端出来的咖啡却是一样的。

这个嘲笑德国人的故事在维也纳无人不知。维也纳很自豪他们咖啡种类的繁多。我最喜欢的是一种加奶沫的淡咖啡，名叫美朗士。然而，如果回到天津，坐在书桌前喝美朗士就完全不是滋味了。那就必须去到维也纳，与朋友散步间随便在一家街头咖啡店坐下，两腿一伸，让傍晚的清风吹进裤管，同时依着兴致，找一个话题聊起来，并时不时端起美朗士，把这种带着微微刺激和芳香的液体，薄薄地浇在舌苔上。

维也纳奉行着享乐主义。他们的享乐一半以上是享受大自然和艺术。所以他们一定是唯美主义者。

在这一点上，维也纳人有点儿像日本人。他们精心打扮自己的家园，绝不草率地对待任何一个角落和一个细节。维也纳是采用垃圾分类的城市，街道两旁常常放着一排六七个垃圾箱，箱盖的颜色不同，表明箱内的垃圾不同。有的是塑料，有的是金属，有的是生物，有的是玻璃……即使玻璃，也要把有色的和无色透明的严格区分出来。维也纳人对生活的精细和精心由此可知。那些街头的花坛，很少同一种花种上一片，总是用许多不同种类和颜色的花精巧地搭配在一起。这也是他们的传统。世界上还有哪个城市墙面上的浮雕比维也纳多？从巴洛克到青年风格派，每一座建筑的墙面都是建筑师们随心所欲发挥想象力的画布。

维也纳是座唯美的城市。为此，维也纳人绝不会随意毁坏它。支持维也纳人城市保护意识的理论，来自历史学家蓝柯的那句名言："从历史的原状认识历史。"欧洲人一向把自己的历史精神看得至高无上，因此他们不会把历史的遗物当作岁月的垃圾。

这座城市的所有街道几乎都是老街。铺路面的石块往往还是两百年前埋在那里的，如今有的已磨成亮光光的石蛋，有的布满裂痕，像一张张古怪的脸。所有老店都把自己一两个世纪前开张时的年号镶在墙上，愈古老愈荣耀。当老店易主而转手他人时，也不会重新装修，因为古老的风格具有不可复制的历史气息，更不要说去干那种把老楼推倒重建的蠢事了。这种一两百年前的房子，都是小小的门，长长的走廊，四四方方的庭院和高深莫测的大房间，也都曾出现在茨威格的小说里。每一层楼的过道墙上都有一个水龙头和饰有花纹的生铁铸成的水盆，乃是昔时几家邻居共用的"上下水"。虽然早已废弃不用，却没有人把它拆卸下来。人们都知道——由于当年这里是女人们经常碰面和搬弄是非的地方，所以它有一个既生动又风趣的外号，叫"长舌妇"。

有的人家在"长舌妇"里边栽上一些红色或粉色的花。

维也纳是世界上标志最多的城市。这些标志大多是一种圆形小牌，把一些特殊的"规定"用形象的方式表达出来。

比如地铁车厢里那种指定的老弱病残的座位上，会有一排小圆牌，画着大肚子的孕妇、戴墨镜的盲人、拄拐的残疾人和凹胸凸背的老者。比如公园内的进口处，往往也有许多小圆牌，用图像告诉人们不能骑车，不能遛狗，不能吓唬小鸟；下雨时不能站在树下，以防雷电攻击；对花粉过敏者要小心繁花怒放的地方。

维也纳对花的热爱带来的负面，是引发人们花粉过敏。每到春天，都有人在街头用手绢捂住鼻子，还止不住大声如吼地打喷嚏，因为花粉过敏无药可治。

如果细看，他们这些标志总带着一种对他人的关切。当然，还不止于对人。比如一些商店谢绝狗入内，就在门前画一只可怜兮兮的小狗，用狗的口气说："看来我只能待在这里了。"

它叫你感受到这个城市的人性与温情。

我第一次到维也纳，是参加国际民间艺术组织（IOV）的考察活动，那是 1988 年。接待我们的秘书长是一位致力于国际民间艺术交流的志愿者，名叫法格尔。他做过上奥州共产党的书记，1963 年弃政从文，奔走于世界各地，他相信民间艺术的交流是人类最纯洁和本色的交流。他从四十多岁一直干到今天七十五岁，已经有一百四十多个国家的会员，各种民间艺术的交流活动遍及全球，故而这个由他一手操办的纯民间团体被联合国认定为 B 级组织。但是他只能从政府那里得到一点儿很微薄的支持，其他经费全由自己一手运筹。穷困难支时，便掏自己的口袋。多年来，他已经把自己的房产卖掉而搭进去了。

为此，我把他视为知己。无论在世界任何地方，民间文化都在被无知地轻视着。民间文化事业是寂寞的，它的支持者都是虔诚的奉献者。

十五年来，我在世界不少地方开会时都和他碰在一起，从希腊、奥地利、匈牙利、波兰到中国。我还多次拜访设在维也纳郊外的 IOV 总部。十五年前他目光锐利、手势果断、行走挺劲的样子，依然鲜明地浮在我眼前，但如今他已是眼神迟疑、说话无力、双手下意识地不停抖着。我望着他，心里有点儿伤感，他的理想把他的精力掏空了，岁月对于他和他致力的民间文化都非常无情。他却犹然坚定地对我说："艺术与体育不一样。体育最终只承认第一，第一风光无限，第二就不那么重要了；但艺术是平等的，不同的文化艺术同样重要，相互不能替代，只有交流。"

我说，文化交流最终的目的，不是为了一样，而是为了更不一样。

另一个让我感动的维也纳人是建筑师和画家百水。

有人说，二十世纪的建筑师中有两个怪人，都是一任天真，充满童真和奇特的想象。一位是西班牙的高迪，一位是奥地利的百水。他们的风格都是一望而知的。比如百水，流动在他建筑上的曲线、积木般的圆柱子、带表情的窗子、凹凸不平的地面等都散发着他一无遮掩的个性。但百水更重要的意义是他视环保为天职。

2003 年的维也纳之旅使我结识到一位在奥工作的中国女孩子。她曾与百水有过一段情谊真挚的交往。在和她交谈中，我一下子看到了百水的灵魂。

这个灵魂是绿色的、透明的，绝无任何杂质。

他平时喜欢头上扣一个彩色的小帽子，衣着随便，家里边一塌糊涂，走出门时，常常一只脚穿一种颜色的袜子。二十世纪六十年代他在一次演讲时，忽然把衣服脱下，当众赤裸。听众中有一位是女议员，这使当场的气氛很紧张。人们攻击这位放荡不羁的艺术家行为过分。但他说，他想表示人有五层皮肤。第一层是宇宙，第二层是大自然，第三层是空气，第四层是衣服，第五层才是皮肤。每一层都不能破坏。

也许百水是聪明的。他知道在媒体霸权的时代，他以这个"非常"的方式可以使人们记住他的思想：捍卫大自然！

由此，我理解到，他的作品全是他思想的工具——

他把垃圾处理厂设计得那么美丽，是因为这里可以完成垃圾的梦想——还原于生活；他设计的房子，要不到处是树木，有时屋顶还是一片绿意盈盈的小树林呢；要不就与大地混在一起，一部分房间干脆钻入地下。一种对大自然的亲切感让人感动。至于他常常把地面设计得凹凸不平，是想使人随时感到大地的生命韵律。

他画中那些年轮般环环相套的线条，象征着大自然的生命；那些螺旋状的柱子，象征生命的成长；那些葱头状的屋顶，象征生命所孕育的勃勃生机。他作画不用化学颜料，只是矿物质的颜料。他喜欢随心所欲地作画，就像大自然中的草木自由自在地生长。

他的艺术个性不就是他思想的个性吗？

尤其是在全球工业化和商品化的时代，他的思想与行为有着特殊和紧迫的意义。

1998 年他在法国买了一处房子，看上去很像原始人的住所。没有人知道他买这个房子为了什么。后来，他又在新西兰买了一处不大的农场。那片土地全然与世隔绝，一切生物都没有污染和破坏。他时时一个人裸体地生活在那里。这时人们才明白，百水想做一个纯粹的自然人。

他说：大自然给人最珍贵的东西是纯洁，人应该把纯洁还给它。

2000 年 2 月，他死在了异乡。死前他留下了遗嘱，说他要赤身裸体埋在他新西兰那块净土中。他要把自己纯洁地还给大自然。他身体力行地完成了自己的追求。虽然他的遗体远葬他乡，却把他终生经营的绿色的理想散布在维也纳的空气里了。

我在维也纳见过三个小小的“奇迹”。

第一，在市中心戒指路上那家著名的蓝特曼咖啡店，我与魏德大使夫人聊天，时时会有觅食的鸟儿从我们中间“唰”地飞过。它们每一次飞过，我们都会微笑一下。世界上什么地方还会有这般美妙的情景？

第二，我和朋友们在普拉呼塔餐馆吃水煮牛肉。当服务生将一瓶上好的葡萄酒斟入我的酒杯时，即刻有一只蜜蜂飞落在我的杯沿上。它金黄色球形的肚子一鼓一鼓，玻璃样的翅膀一张一合。世界上哪里还会有这样神奇的事情发生？

第三，一天出门散步，在我居所后面的一条小街上停着一辆白色的小轿车，车后面装着一个铁架子，上面放一个奥式的长条的花盆，里边金黄色的菊花正在盛开。世界上哪里的人会把鲜花装在车上，带着它到处奔跑？

只有维也纳。

维也纳是个生活的城市。但他们不是为生活而生活，而是为美、为享受美而生活，他们的一切生活片断都可以转化为圆舞曲，所以才出现了圆舞曲之王施特劳斯。

如果说莫扎特是萨尔茨堡的灵魂，那么施特劳斯则是维也纳的灵魂。也许它不够深刻，但它把人类快乐而华丽的美推向了极致。

1995 年奥地利政府决定与匈牙利合办世界博览会，并指定在空旷的多瑙河南岸开辟新区，像巴黎的拉德芳斯那样，兴建现代化的建筑场馆。但此举遭到维也纳人的反对。一种维也纳式的思维爆发了：我们生活得已经很好了，为什么还要拼命干？世博会一来，一定会扰乱我们的生活！故而举行全体市民的公投表决，最终还是把世博会否决掉。

于是，维也纳依旧是鲜花、皇宫、老街、咖啡、施特劳斯的旋律和“免费的音乐会”。

如果你是维也纳人，你会选择怎样的生活？如果你不是维也纳人，你在这座世界文化名城里，愿意看到怎样的一种生活？

托尔斯泰从这里出走

参天的白桦夹峙的庄园大道，如旋律一般蜿蜒伸入森林的小径，大片大片开着各色野花的草地，竖着岸边景物倒影的池塘，还有落了满地的苹果和沙果的果林……然后是红顶的马厩、木屋、小桥、蜂房、长长的木栅，最后才是那座两层的优雅又简洁的白色小楼——托尔斯泰故居。

十年前我奔波了几百公里的路程，才来到托尔斯泰著名的“波良纳庄园”，但那天不巧，赶上博物馆休息，庄园虽然开放，故居博物馆关闭，使我懊丧至极。这次执意再来，为的是感知一下托尔斯泰在这里的生活究竟是怎样的，他缘何最后与这里决裂——出走。

我喜欢这样的故居，里面的一切都保持原状。

三百三十公顷土地的森林草原风情依然。他是母亲在躺椅上生的，那把躺椅还摆在那里。走廊上刻花的木栏，楼梯口的竖钟，客厅里举办家庭沙龙时的钢琴、棋桌、餐台、餐具都一切如旧；连墙上挂着的各种画作、家人和朋友的照片、心爱的小雕塑——也仍在原处。特别是托尔斯泰的书房，藏书室底层那间分外僻静的拱顶的写作室，还有屠格涅夫、契诃夫、列宾、柯罗连科等好友都来住过的客房，依旧保持着一百年前的样子。

各个房间处处还都原样保留着妻子索菲亚为家庭尽心尽力的种种细节，如誊抄的稿件、用突厥针法织绣的物件、裁剪的衣服，以及房间处处的装点。

于是，当时作家的生态、生活的场景、家庭的氛围得以呈现在我们眼前。只有在这样的原生态的故居里，故人才是可感知、可想象的。这也是故居博物馆不可替代的价值之所在。

进一步说，在托尔斯泰的书桌前，那张被疑为儿童用的矮腿椅子，原是作家近视又执意不肯戴眼镜，为使脸部凑近桌上的稿纸而锯短了椅腿；还有，书桌旁立着一个高高的折叠式的小桌台，是作家坐着写作久了会太累，就站到这桌台前接着写。他的《安娜·卡列尼娜》《哈泽·穆拉特》《战争与和平》《复活》等惊世之作原来都是这么写出来的。

那些放在各处大量的书信呢，使我想到一个令人吃惊的数字：《托尔斯泰全集》几十卷中有三十二卷书信，他留下的档案中书信数量达五万件。写这么多的书信会耗掉他多少创作时间，他哪来的这么强烈的书信写作欲？

思想。尤其对于中晚年的托尔斯泰来说，比小说更强的表达欲是思想。书信是思想的表达方式之一。鲁迅也是这样。小说往往限制甚至有碍思想直接地表达，为了思想，他们走出小说。

由此，我尤为关注书房外面的储物间里摆放着的他晚年平时主要穿的服装——农人的衣服，麻布的长衫、短衫，圆帽，皮靴。储物室里还放着他自己缝制的靴子、劈木柴的板斧、各种干农活的农具、锻炼身体的哑铃和代步的自行车等。

其实早在十九世纪末，他就厌烦了自己世袭的贵族式的生活，那种名人荟萃的家庭沙龙，养尊处优的日子，受人追捧的交际场合。他开始在生活上努力平民化，与贫苦的人交往，这座故居外面的凉亭便是他接待穷人的求诉与接济穷人的地方。他想放弃贵族的生活。

他有罪恶感——钱的罪恶和富有的罪恶。这来自他所信奉的宗教的原罪说，更来自知识分子的良知。他一直苦苦地思考着，不停歇地自我拷问着，却得不到答案。十九世纪的世界处于“一战”前夕，无论国际还是本土都在矛盾叠加的黑暗中看不到灯火，在民众重重的苦难中迈不出步子来。他自己也是这样。他说：

“我的圈子——富人和有学问的人的生活已经使我厌恶，并且失去了任何意义。我明白了，从这方面我无法找到生活的意义。”

他的精神苦闷与自责常常牵及他的家庭，他想让他的家庭与贵族生活告别。这就使索菲亚——同他朝夕相处的妻子不能接受，认为他为整个世界担心，却不为自己的家人担心。矛盾渐渐激化起来，索菲亚想到过自杀，他也曾几次想离家出走。那些信奉他思想的托尔斯泰主义者愈是支持他，他愈是无法活在自己无法改变的生活现实里。

1910 年 7 月他决定出走，但由于与索菲亚短暂的和解而放弃了。

然而三个月后——1910 年 10 月 28 日深夜，他在激烈的自我矛盾中起床，叫起小女儿亚历山德拉为他收拾好行李，下楼唤醒医生马克维茨基送他一程，随后走出这座房子，到茅草房上了马车，在大风雪里离开了生活了一辈子的波良纳庄园。十天后，由于风寒患上了肺炎，病死在阿斯塔波沃车站。

他离别时这座故居里的一切还都保留着：头一天还在读的陀思妥耶夫斯基的《卡拉马佐夫兄弟》，还放在写字台对面的小圆桌上；

还有他的房间、他出走那天从楼上走下来的小楼梯、医生的住房……好像他昨天夜里才从这里离去。

然而看到这些就明白了托尔斯泰，明白了这座庄园对于托尔斯泰的意义。他说过："如果没有波良纳庄园，叫我描绘俄罗斯和阐明我对它制度的看法，那是不可能的。"在这里，从出生到出走，他完成了不仅是一个伟大作家的全部巨著，而且是一个富于人类良知的知识分子的心灵历程。

于是，我到林间，到了他那座被茨威格称作世界最震撼的墓地——只是一座再单纯不过的草坟前拜谒。没有墓碑，没有任何人工的物件，只有一个长方形的草丘，周围放着人们天天献上的鲜花。我没有花，便把来时从果树下捡到的一颗已经变红了的苹果摆上，默默致意之后，掐了一片青翠的细齿状的小草，夹在本子里，也生气盈盈地夹在我心里。

燃烧的石头

——罗丹的私人化雕塑

我第一次接触到罗丹的原作是在中国，时间为1992年。把罗丹的作品搬到东方文明的古国来展出，一时惊动了世界。前往中国美术馆的参观者人山人海，好像去看罗丹本人。我怀着景仰之情挤在人群里，伸头探颈去搜寻罗丹的每件传世名作。可是，这“第一次接触”给我的印象却十分意外。它真正震撼我的并不是那些举世皆知的名作《思想者》《巴尔扎克》《行走的人》和《加莱市民》等，而是一件洁白而透明的大理石双人小像——《吻》。

当然，我很早就从画集上见过这件雕塑，这赤裸的男女在相拥而吻的一瞬，和谐优美又充满激情地融为一体。我把它当作一种完美爱情的象征。然而，站在这雕塑面前，我却感到有一种私密的气氛笼罩着这两个纠缠着的男女。无法克制的情爱使他们的肉体在燃烧。跟着，一切生命的欲望全都集中在他们的嘴唇上来。这时我发现，他们的嘴唇并没有接触上，中间还有很小的一个空间。我围着这雕塑转了两三圈，我感到这小空间中似有一种无形的气流，一种热切和急促的气流。他们的嘴唇正在颤抖、发烫！我被这件作品所震撼。这不是冰冷的大理石雕，而是两个活生生的热血沸腾的生命；这不是爱情的象征，而是被情爱点燃的两个“具体的人”。他们是谁？这中间，是不是潜藏着罗丹和他的情人卡米尔·克洛岱尔的那个美丽又残酷的故事？

从那时，我就很想去巴黎寻找答案了。

在巴黎，《吻》就放在罗丹美术馆里。

这座历史上叫作比隆别墅的美术馆曾是罗丹的故居，但它只是罗丹晚年的住所。1908 年经奥地利诗人里尔克的推荐，罗丹才搬到这座典雅的豪宅中来。克洛岱尔从没到这里来过。她早在这之前就与罗丹决裂了。比隆别墅对于克洛岱尔和罗丹那场狂热又痛苦的恋爱全然不知。是啊，我在美术馆楼上楼下走来走去，感觉它什么也不能告诉我。

故而我看《吻》，竟不如在中国美术馆那样地震撼，为什么？我挺茫然。

可是，静下心再看美术馆大大小小的原作，吸引我的仍然是表现男女情爱的那些小像。有些小像是先前不曾见过的。罗丹怎么会有这么多这类题材的作品？只要专注地观看每一件作品，就会觉得掀开了遮挡罗丹私人生活帷幕的一角，一种幽邃的、私密的、生命深层的气息便透露出来。于是，渐渐觉得与先前从《吻》获取的那种感受又连接上了。

这时，两只手出现在我面前，一只是男人的，一只是女人的。只有这两只手，它们像是由一块石头里“冒”出来的。那男人的手横着伸过去，试探着，又大胆地，去触摸女人的手。这是罗丹的作品《情人的手》。这《情人的手》如同《吻》那样——此刻身体的全部神经都跑到手上。手也在发抖和发烫，跟着同样是生命的燃烧。

但是对于爱情来说，“触”比“吻”的意义伟大得多。触是圣洁的身体语言的第一个字，它要用无比的勇气来表达。这轻轻地一触依靠的却是内心的千钧之力。它是一种伟大的起点和辉煌的诞生。于是，这《情人的手》比《吻》更具惊心动魄的力量。

谁能像罗丹如此敏锐地发现爱情中这最初的勾魂摄魄的一瞬？发现手的神圣的意义？发现手是心灵的触角？心灵中一切最细微、最真实的感觉全在手上。

罗丹说：“如果一个人失去触觉，那么他就等于死了。触觉，这是唯一不可替代的感觉。”

他从哪里获得这样的神示？仅仅听凭一种天赋吗？

当然，这是迷人、性感和天才的克洛岱尔告诉他的。

其实，在罗丹第一次见到克洛岱尔时，就爱上了她。这一半由于她那带着野性的美，傲气十足的嘴，以及赤褐色头发下“绝代佳人”的前额和深蓝的眼睛；另一半则由于她罕见的才气。而同时，克洛岱尔也主动地向这位比自己年长二十四岁的男人敞开了自己纯净和贞洁的少女世界。这完全由于罗丹的天才。男人的魅力就是才华。罗丹的一切天生都从属于雕塑——他炯炯的目光、敏锐的感觉、深刻的思维，以及不可思议的手，全都为了雕塑，而且时时都闪耀出他超人的灵性与非凡的创造力。虽然当时罗丹还没有太大的名气，但他的才气已经咄咄逼人。于是，他们很快地相互征服。正当盛年的罗丹与洋溢着青春气息的克洛岱尔如同雨紧潮急，烈日狂风，一拥而入他们爱情的酷夏。同时，罗丹也开始了他艺术创作的黄金时代。

而对于克洛岱尔来说，她所做的，是投身一场要付出一生代价的残酷的爱情游戏。因为，罗丹有他的长久的生活伴侣罗丝和儿子。

但是已经跳进旋涡而又陶醉其中的克洛岱尔，不可能回到岸边来重新选择。这样，他们只有躲开众人的视线，在公开场合装作若无其事，寻找任何一个可能的机会，一点儿空间和时间，相互宣泄无法抑制的爱与无法克制的欲望。从学院街小理石仓库，到莺歌街的福里·纳布尔别墅，再到佩伊思园……在一个个工作室幽暗的角落里，躺椅上，满是泥土的地上，未完成的雕塑作品与零件中间，他们滚烫的肉体疯狂地纠结一起，她用沾着大理石碎屑的嘴唇吻他，他用满是石膏粉的手抚摸她——他们用极致的性爱快乐将爱情表达得无比丰盈与真实。虽然这长达十余年的爱恋，一直是私密的，东躲西藏，或隐或显地受着被旁人察觉的威胁，并不断地与不幸的罗丝发生冲突。她甚至从来没有在他身边过夜。但这反而使他们的爱更加充满渴望，充满偷吃禁果的强烈的快感，与压抑下爆发般的欢愉。

手是心之具。在他们自己并不十分自觉的情况下，已经把这一切用“会说话的手”捏进泥巴里，或用“有眼睛的锤子与凿子”有力地刻进石头中。

无论是罗丹的《晨曦》，还是克洛岱尔的《罗丹像》，都是热恋者心中的对方。《晨曦》中戴着睡帽的女子，明洁、纯静、高贵、朦胧，连皮肤的表面不都是充满了罗丹的无限的柔情吗？而风格刚毅和锐利的《罗丹像》，不就是克洛岱尔时时刻刻心中激荡着的形象？

在他们的作品中，各有一件“双人小像”，彼此十分相像。便是克洛岱尔的《沙恭达罗》和罗丹的《永恒的偶像》。不同的是，在克洛岱尔的《沙恭达罗》中，一个女子跪在一个男子面前；在罗丹的《永恒的偶像》中，却是一个男子跪在一个女人面前。

这正是他们爱情中的自己与对方。

在克洛岱尔的《沙恭达罗》中，跪在男子面前的女子，双手紧紧拥抱着对方，唯恐失去，仰起的脸充满乞望。男子俯下头来表达深深的眷恋。这件作品很写实，就像他们情爱中的一幕。

但在罗丹的《永恒的偶像》中，女子完全是另一种形象，她像一尊至上的女神，男子跪在她脚前，轻轻地吻她的胸膛，倾倒于她，崇拜她，神情虔诚至极。罗丹所表现的则是克洛岱尔以及他们的爱情——在自己心中的位置。

将这两件雕塑放在一起，就是从 1885 年至 1898 年最真实的罗丹与克洛岱尔。

可以说，这一开始，他们的爱情就进入了罗丹手中的泥土、石膏、大理石，并熔铸到了千古不变的铜里。

罗丹用泥土描述他抚摸过的美丽的肉体，以石膏再现那些炽烈乃至发狂的情感，用黝黑而发亮的铜张扬他勃发的雄性，并放纵石头去想象浪漫的情爱。这些雕塑是他们爱情的记录，也是爱情的梦想。克洛岱尔的面容、表情、姿态、身体上的那种无与伦比的“法兰西民族线条”，时时出现在他的作品中。他用手中的材料去复制她，体验她，怀念她，想象她，抚摸她。他用充满着他生命感觉的手去再造她。她与他的人生搅拌在一起，也与他的艺术熔化在一起。除去他明确地为她做了许多塑像，她还明明灭灭地出现在他广泛的雕塑中。

罗丹曾对克洛岱尔说：

“你被表现在我的所有雕塑中。”

从《沉思》《圣乔治》《法兰西》《康复中的女病人》《永远的春天》《占有》《逃逸的爱情》《众神的信使伊丽斯》《罗密欧与朱丽叶》《拥抱》到《罪》《圣安东尼的诱惑》《坏精灵》《亚当与夏娃》《转瞬即逝的爱情》等，可以看到克洛岱尔在爱情中的光彩，情感生活的千姿百态，以及性爱时肉体迷人的美。

这一切，都浸透了罗丹的激情。一切至美的形态，一切动人的线条，一切心神荡漾的意境，全是罗丹的感受与幻想。那种两情的缱绻、缠绵、牵挂和愉悦，以及两性的诱惑、追逐、快乐和狂乱，全都来自罗丹的心灵。

克洛岱尔几乎就是罗丹的一切。于是，我们也就明白，一位伟大的雕塑家为什么创作出如此数量惊人的私人化的作品。何况在《地狱之门》那数百个形象中，我们还可以辨认出克洛岱尔形形色色的身影。

进一步说，克洛岱尔不仅给他一个纯洁而忠贞的爱情世界，还让他感到生命自身的力量与真实。无论是肉体的、情感的，还是心灵的。

罗丹在雕塑史的最重要的价值，是他把古希腊以来一直放置在高高基座上的英雄的雕像搬下来，还以生命的血肉与灵魂。他真切的爱情经历、身体的体验、灵魂的感受使他更加瞩目于生命个体的意义。故而，就使得他同时创作的《巴尔扎克》和《加莱市民》，都是“返回人间”的伟大的凡人。在罗丹美术馆里，我们能看到半裸的雨果和全裸的巴尔扎克，连巴尔扎克的生殖器也生机勃勃地暴露着。故此，这些作品面世之时，都引起不小的风波，受到公众审美习惯激烈的抵制与抨击。但是，当它们最终被人们心悦诚服地接受下来时，历史便迈出伟大的一步。但在这“历史的一步”中，他那些私人体验与私人化的雕塑起到了无形却至关重要的作用。

1900 年以后，罗丹名扬天下的同时，克洛岱尔一步步走进人生日渐深浓的阴影里。

克洛岱尔不堪承受长期厮守在罗丹的生活圈外的那种孤单与无望，不愿意永远是“罗丹的学生”。她从与罗丹相爱那天就有“被抛弃的感觉”。她带着这种感觉与罗丹纠缠了十五年，最后精疲力竭，颓唐不堪，终于1898年离开罗丹，迁到蒂雷纳大街的一间破房子里，离群索居，拒绝在任何社交场合露面，天天默默地凿打着石头。尽管她极具才华，却没有足够的名气。人们仍旧凭着印象把她当作罗丹的一个弟子，所以她卖不掉作品，贫穷使她常常受窘并陷入尴尬，还要遭受雇来帮忙的粗雕工人的欺侮。这期间，罗丹已经日趋成功。他属于那种活着时就能享受到果实成熟的艺术家。他经历了与克洛岱尔那种迎风搏浪的爱情生活后，又返回平静的岸边，回到了在漫长人生之路上与他分担过生活重负与艰辛的罗丝身旁。他在默东买了大房子，过起富足的生活；并且又在巴黎买下了文艺复兴时期的豪宅比隆别墅，以应酬趋之若鹜的上流社会千奇百怪、光怪陆离的人物。这期间，还有几个情人进入了他华丽多彩的生活。当然，罗丹并没有忘记克洛岱尔。他与克洛岱尔的那场轰轰烈烈、电闪雷鸣的恋爱，是刻骨铭心的。他多次想帮助她，都遭到高傲的克洛岱尔的拒绝。他只有设法通过第三者在中间迂回，在经济上支援她，帮助她树立名气。但这些有限的支持都没有在克洛岱尔身上发生真正的效力。

在绝对的贫困与孤寂中，克洛岱尔真正感到自己是个被遗弃者了。渐渐的，往日的爱与赞美就化为怨恨。本来是个激情洋溢的性格，变得消沉下来。

1905年克洛岱尔出现妄想症，而且愈演愈烈。她常常与一切人断绝来往，一个人待在屋里，身体很坏，脾气乖戾，狂躁起来就将雕塑全部打碎。1913年3月3日克洛岱尔的父亲去世。克洛岱尔已经完全疯了。3月10日埃维拉尔格精神病院的救护车开到蒂雷纳大街六十六号，几位医院人员用力打开门，看见克洛岱尔脱光衣服，赤裸裸披头散发坐在那里，满屋全是打碎的雕像。他们只能动手给克洛岱尔穿上控制她行动的紧身衣，把她拉到医院关起来。

这一关，竟是三十年。克洛岱尔从此与雕刻完全断绝，艺术生命的心律变为平直。她在牢房似的病房中过着漫无际涯和匪夷所思的生活。她一直活到 1943 年，最后在蒙特维尔格疯人院中去世。她的尸体埋在蒙特法韦公墓为疯人院保留的墓地里。十字架上刻着的号码为 1943-No.392。

在疯人院保留的关于克洛岱尔的档案中注明：克洛岱尔死时，没有财物，没有任何有价值的文件，甚至连一件纪念品也没留下。所以克洛岱尔认为罗丹把她的一切都掠夺走了。

在罗丹与克洛岱尔相爱的那些年，他们的作品风格惊人地相近。在克洛岱尔看来，罗丹“从她身上汲到不少东西去滋养了他的才能”。但那是些什么东西呢？其实那就是爱情！爱情不仅给了他们相同的激情与力量，还把他们的艺术语言奇迹般地同化了。那时，克洛岱尔不是感觉“我们惊人地相似，以致我们的手中再也产生不了任何题材新颖的作品了”吗？在那个伟大的时刻，他们从肉体、生命、精神到艺术全部融为一体。如果没有这爱情，克洛岱尔也创作不出《罗丹像》《沙恭达罗》和《窃窃私语》来！从这个意义上说，罗丹的全部私人化的作品都应是他们共同创造的。

克洛岱尔之后，那些走进罗丹情感世界的楚楚动人的女人，没有人再给他的生命注入同样的“核动力”了。他给法克斯夫人、格雯·约瀚、埃莱娜·德·诺斯蒂丝、舒瓦瑟侯爵夫人等都塑过像。他也爱过这些“美人”。但绝对没有一个塑像能够像《吻》和《情人的手》等一大批作品那样令人震撼！

应该说，造就那些伟大艺术，甚至是造就罗丹的人——同时又是最大的牺牲者，应是克洛岱尔。

那么克洛岱尔本人留下了什么呢？

卡米尔·克洛岱尔的弟弟作家保罗在她的墓前悲凉地说：“卡

米尔，您献给我的珍贵礼物是什么呢？仅仅是我脚下这一块空空荡荡的地方？虚无！一片虚无！”

可是，克洛岱尔葬身的这块墓地，后来由于政府的征用也彻底地平掉了。克洛岱尔已经无迹可寻。最后我们还是得回到她和罗丹的作品中，因为艺术家已经把他们的生命留在作品中了。

在克洛岱尔被关进疯人院的同一年，罗丹突然中风。这是巧合，还是一种神秘的生命感应，无从得知，也永无人知。

这一切便是一位大师真实的艺术与人生。

离我太远了，皮兰

如果世界上有一个地方从来没听人说过，去了之后却永难忘怀，这个地方就是皮兰。

对我来说，它实在太远。我在“远东”，它藏在地球西边亚得里亚海最上端那个海湾里，好像掖在欧洲的胳肢窝里。如果驱车从维也纳向南穿过山重水复的阿尔卑斯山，越过边境，路经斯洛文尼亚那个出名的小巧的首都卢布尔雅那，往西不停地开下去，再沿着亚得里亚海的海边弯弯曲曲前行，然后不知不觉驶入一条狭长的伸入大海极小的岬角上，皮兰就在这天涯海角似的地方。

这个只有四千多人的小小的中世纪的古城，密集着层层叠叠两三层的小楼，全是雪白的墙和砖红色的尖顶。如果艳阳高照，白墙更白；一场雨后，红顶瓦变为深红——再给湛蓝、深郁和辽阔的大海一衬，色彩分外独特又鲜艳。这时，偶尔飞来几只极黑的乌鸦，醒目地落在屋顶或烟囱上。如此的景象，叫谁看了不醉？

皮兰就像大地鲜亮的舌尖，伸进大海，舔弄着无穷而清凉的碧涛。

走进皮兰，不像进什么名城，心理上会有意无意做点儿准备。在皮兰海边散着步，边走边看海上的美景，不经意就走到它城中心的广场上。我试了一下，从海边到广场只需要两百步。广场是圆形的，广场周围的建筑排成“U”形，开口处对着大海。海鸥与海风可以更轻易地来到广场上。这就使我看到它源自一个原始码头而一直开放着的历史。

欧洲的广场无论大小，四周的建筑都是城市的门面。皮兰的门面可没有花团锦簇般的大厦，一律是墙面斑驳甚至是破损的老楼，然而它们简朴、素雅、沉静，像中世纪的农夫农妇、工匠市民平和地站在那里；铺满广场的石板石钉早已磨得光亮，像铁的；一些长长的石条凳围着广场放了一圈，人们三三两两坐在上边消闲，一看便知是本城的百姓；两个女孩坐在那里逗狗，一个女孩的长发金得发亮；一位老妇人抱着婴儿晒太阳，旁边坐着个老头儿，舒舒服服打着瞌睡；一群男子在下棋，其中一个中年男人穿着很漂亮的海员制服，帽檐却斜着；广场上小孩子们在踢球；年轻的父亲在教他的孩子学步，孩子奓着胳膊摇摇晃晃走在前边，父亲笑呵呵跟在后边，走着走着，情不自禁地和孩子走的姿态一样了。

皮兰湾很静，适合扬帆出海，这里有桅樯如林的小码头；皮兰的海水比矿泉水还干净，海边的岩石上常常会躺着一个泳装女子沐日，粗粝的石块和光嫩的皮肤强烈地对比着；海鸥们常常在急转弯时发出一声响亮的尖叫。

偶尔能看到一两个背包的旅行者站在广场中心向四边贪婪地拍照。

皮兰的地标是在城中鹤立鸡群般高高耸起的尖顶的钟楼，它叫人想到威尼斯圣马可大教堂的钟楼，只是更简约、更古朴一些。皮兰历史上曾属威尼斯王国管辖，有人称它是“袖珍的威尼斯”。但它在同海的关系上与威尼斯不同：它像是站在海边的礁石上，向大海眺望；威尼斯已经光着两只脚站在海里了。

可是，它被威尼斯统治太久了，广场立着一块石头旗桩，上边刻着的年号是1466，它是威尼斯王国时代的遗物吧。在威尼斯统治漫长的五百年里，它骨子里已浸入太多意大利人的气息与气质，尤其是对历史的态度。街头巷尾处处可以看到历史的见证。一棵与一根石柱死死缠成一体的古藤，东一块西一块有刻痕的建筑残石，多半已经锈烂在土里的铁锚……没人去动它们。让它们以历史的原状存在。城中还有些中世纪的残垣断壁，更是地面上的文物。用不着标明“文保单位”，也被人们当作“沉默的老者”备受尊崇地活在人间。比如一座中世纪的修道院，早已荒芜，仅存中庭，只有一些残损的雕像或兽头放在廊子上，其他空空如也；人们把庭院打扫干净，却任由野草丛生，播放一些古典音乐——用音乐唤起的想象与情感装满它。这不是意大利人擅长做的事吗？

没有人去拙劣地添油加醋，或者去涂脂抹粉“打造”它。历史是不需要加工的。

无形的音乐是一种灵魂。古典音乐是历史的灵魂，皮兰人用它来轻轻唤醒历史。

它原本就是一块音乐的土地。早在十七世纪这里诞生了作曲家和小提琴家塔替尼（1692—1770）。塔替尼那部堪称小提琴“绝品”的《魔鬼的颤音》，其指法与弓法难度之高至今无人超越；作品诡异、超凡、变幻莫测与难以捉摸。塔替尼说他这部音乐来自一次梦中魔鬼的指点，他只不过梦醒之后，把依稀记得的音乐记了下来。这并不见得是故弄玄虚，至少他本人再没有写过与此类似的作品。

皮兰人在塔替尼去世二百年时，仍然怀念他，以他为荣，便制作一尊雕像放在广场的中心。雕塑家的想法很有创意，特意将雕像做得和真人一般大小，看上去好像他们的塔替尼又回来了——拿着小提琴跳在台子上正往前走。在宽阔的广场上，雕塑显得小，但他占满了皮兰人的心。从此皮兰人称这广场叫“塔替尼广场”。

真正的雕像都是为了一种精神，不是城市广告。

最深厚的皮兰还是在城中往复回绕的哥特式的老街老巷里。历史的空间向例窄仄。今天的皮兰没有为了“扩大旅游经济”而去放大街道尺度。老墙、老屋、老门、老窗一切依旧，房中的生活设施却正在“现代化”。他们依旧在窗口伸出杆子晾晒衣服，依旧在窗框上挂满花盆，让五颜六色的花朵镶在阳光射入室内的地方；然而，钻进一些地下室地洞似的小门，里边艺术家工作室的照明、通信与生活设施却十分现代。这些艺术品店很少出售千篇一律乏味的旅游商品，多是艺术家富于个性的创造，不论是陶瓷、玻璃制品、木石雕刻，还是铁艺、布艺与千奇百怪的艺术化的日常物品。他们尊重历史，却又不是“靠山吃山，靠水吃水”；不是一个劲儿在“非物质文化遗产”身上拼命挤奶。

这样的文化才是真正活着的。

山上教堂的钟声响后，一对新婚的男女走下来，穿着白纱裙的新娘一手拈着一朵挺大的红玫瑰，眼睛很美；新郎的脸上溢满幸福。两人穿过广场时，没人上去看热闹，只是几个本城人远远站着，笑嘻嘻看着这两位年轻的熟人。

他们手牵手穿过广场，偶尔会情不自禁停下来，亲吻一下，再走，就像他们的祖父祖母。

美好的传统就这么悠然自得地传承下来。

只可惜它离我太远了，皮兰。

看望老柴

对于身边的艺术界的朋友，我从不关心他们的隐私；但对于已故的艺术大师，我最关切的却是他们的私密。我知道那里埋藏着他的艺术之源，是他深刻的灵魂之所在。

从莫斯科到彼得堡有两条路。我放弃了从一条路去瞻仰普希金家族的领地米哈伊洛夫斯克村，甚至谢绝了那里为欢迎我而准备好的一些活动，是因为我要经过另一条路去到克林看望老柴。

老柴就是俄罗斯伟大的音乐家柴可夫斯基。中国人亲切地称他为“老柴”。

我读过英国人杰拉德·亚伯拉罕写的《柴可夫斯基传》。他说柴可夫斯基人生中最后一个居所——在克林的房子“二战”中被德国人炸毁。但我到了俄罗斯听说那座房子完好如故，我就一定要去。因为柴可夫斯基生命最后的一年半住在这座房子里。在这一年半中，他已经完全失去了资助人梅克夫人的支持，并且在感情上遭到惨重的打击。他到底是怎样生活的？是穷困潦倒、心灰意冷吗？

给人间留下无数绝妙之音的老柴，本人的人生并不幸福。首先他的精神超乎寻常地敏感，心情不定，心理异常，情感上似乎有些病态。他每次出国旅行，哪怕很短的时间，也会深深地陷入思乡之痛，无法自拔。他看到别人自杀，夜间自己会抱头痛哭。他几次患上严重的神经官能症，惧怕听一切声音，有可怕的幻觉与濒死感。当然，每一次他都是在精神错乱的边缘上又奇迹般地恢复过来。

在常人的眼中，老柴个性孤僻。他喜欢独居，在三十七岁以前一直未婚。他害怕一个“未知的美人”闯进他的生活。他只和两个双胞胎的弟弟莫迪斯特和阿纳托里亲密地来往着。在世俗的人间，他被种种说三道四的闲话攻击着，甚至被形容为同性恋者。为了瓦解这种流言的包围，他几次想结婚，但似乎不知如何开始。

1877 年，他几乎同时碰到两个女人，但都是不可思议的。

第一位是安东尼娜。她比他小九岁。她是他的狂恋者，而且是突然闯进他的生活来的。在老柴决定与她订婚之前，任何人——包括他的两个弟弟都对这位年轻貌美的姑娘一无所知。据老柴自己说，如果他拒绝她就如同杀掉一条生命。到底是他被这个执着的追求者打动了，还是真的担心一旦回绝就会使她绝望致死？于是，他们婚姻的全过程如同一场飓风。订婚一个月后随即结婚，而结婚如同结束。脱掉婚纱的安东尼娜在老柴的眼里完全是陌生的、无法信任的，甚至是一个“妖魔”。她竟然对老柴的音乐一无所知。原来这个女子是一位精神病态的追求者，这比盲目的追求者还要可怕！老柴差一点儿自杀。他从家中逃走，还大病一场。他们的婚姻以悲剧告终。这个悲剧却成了他一生的阴影。他从此再没有结婚。

第二位是富有的寡妇娜捷日达·冯·梅克夫人。她比他大九岁，是老柴的一位铁杆崇拜者。梅克夫人写信给老柴说：“你越使我着迷，我就越怕同你来往。我更喜欢在远处思念你，在你的音乐中听你谈话，并通过音乐分享你的感情。”老柴回信给她说：“你不想同我来往，是因为你怕在我的人格中找不到那种理想化的品质，就此而言，你是对的。”于是他们保持着一种柏拉图式的纯精神的情感。互相不断地通信，信中的情感热切又真诚。梅克夫人慷慨地给老柴一笔又一笔丰厚的资助，并付给他每年六千卢布的年金。这个支持是老柴音乐殿堂一个必要的而实在的支柱。

然而过了十四年（1890 年 9 月）之后，梅克夫人突然以自己将要破产为理由中断了老柴的年金。后来，老柴获知梅克夫人根本没有破产，而且还拒绝给老柴回信。此中的原因至今谁也不知。但老柴本人感受到极大的伤害。他觉得往日珍贵的人间情谊都变得庸俗不堪。好像自己不过靠着一个贵妇人的恩赐活着罢了，而且人家只要不想搭理他，就会断然中止。他从哪里收回这失去的尊严？

正是在这样的背景下，老柴搬进了克林镇的这座房子。我对一百多年前老柴真正的状态一无所知，只能从这座故居求得回答。

进入柴可夫斯基故居纪念馆临街的办公小楼，便被工作人员引着出了后门，穿过一条布满树荫的小径，是一座带花园的两层木楼。楼梯很平缓也很宽大。老柴的工作室和卧室都在楼上。一走进去，就被一种静谧、优雅、舒适的气氛所笼罩。老柴已经走了一百多年，室内的一切几乎没有人动过。只是在 1941 年 11 月德国人来到之前，苏联政府把老柴的遗物全部运走，保存起来，战后又按原先的样子摆好。完璧归赵，一样不缺——

工作室的中央摆着一架德国人在彼得堡制造的黑色的“白伊克尔”牌钢琴。一边是书桌。桌上的文房器具并不规整，好像等待老柴回来自己再收拾一番。高顶的礼帽、白皮手套、出国时提在手中的旅行箱、外衣等，有的挂在衣架上，有的搭在椅背上，有的撂在墙角，都很生活化。老柴喜欢抽烟斗，他的一位善于雕刻的男佣给他刻了很多烟斗，摆在房子的各个地方，随时都可以拿起来抽。书柜里有许多格林卡的作品和莫扎特整整一套七十二册的全集，这两位前辈音乐家是他的偶像。书柜里的叔本华、斯宾诺莎的著作都是他经常读的。精神过敏的老柴在思维上却有着严谨与认真的一面。他在读列夫·托尔斯泰、屠格涅夫和契诃夫等作家的作品时，几乎每一页都有批注。

老柴身高 1.72 米，所以他的床很小。他那双摆在床前的睡鞋很像中国的出品，绿色的绸面上绣着一双彩色小鸟。他每天清晨在楼上的小餐室里吃早点，看报纸；午餐在楼下；晚餐还在楼上，但只吃些小点心。小餐室位于工作室的东边，只有三平方米见方，三面有窗，外边的树影斑斑驳驳投照在屋中。现在，餐桌上摆着一台录音机，轻轻地播放着一首钢琴曲。这首曲子正是 1893 年他在这座房子里写的。这叫我们生动地感受到老柴的灵魂依然在这个空间里。所以我在这博物馆留言簿写道：

在这里我感觉到柴可夫斯基的呼吸，还听到他音乐之外的一切响动。真是奇妙至极！

在略带伤感的音乐中，我看着他挂满四壁的照片。这些照片是老柴亲手挂在这里的。这之中，有演出他各种作品的音乐会，有他的老师鲁宾斯基，以及他一生最亲密的伙伴——家人、父母、姐妹和弟弟，还有他最宠爱的外甥瓦洛佳。这些照片构成了他最珍爱的生活。他多么向往人生的美好与温馨！然而，如果我们去想一想此时的老柴，他破碎的人生、情感的挫折、生活的困窘，我们绝不会相信居住在这里的老柴的灵魂是安宁的！去听吧，老柴最后一部交响曲——第六交响曲正是在这里写成的。它的标题叫《悲怆》！那些又甜又苦的旋律，带着泪水的微笑，无边的绝境和无声的轰鸣！

它才是真正的此时此地的老柴！

老柴的房子矮，窗子也矮，夕照在贴近地平线之时，把它最后的余晖射进窗来。屋内的事物一些变成黑影，一些金红夺目。我已经看不清它们到底是些什么了，只觉得在音乐的流动里，这些黑块与亮块来回转换。它们给我以感染与启发。忽然，我想到一句话：

“艺术家就像上帝那样，把个人的苦难变成世界的光明。”

我真想把这句话写在老柴的碑前。

第五辑

文化是植根内心的修养

大雪入绛州

在禹州考察完钧瓷古窑出来，雪花纷纷扬扬，扑面而来，这雪花又大又密，打在脸上有种颗粒感。按计划要取道郑州和洛阳而西，经三门峡逾黄河北上，去新绛考察那里的年画。现今全国的十七个主要的年画产地中，就剩下晋南新绛一带的年画的普查还没有启动。晋南年画历史甚久，现存最早的年画就出自北宋时代晋南的平阳（临汾）。这一带很多地方都产年画。除去临汾，新绛和襄汾也是主要的产地。二十世纪八十年代末我在京津一带的古玩市场曾买到过一些新绛的古画版。历史最久的一块画版《和合二仙》应是明代的。这表明新绛的年画遗存在二十年前就开始流失了。它原有的历史规模究竟如何，目前状况怎样，有无活态的存在，心中毫无底数。是不是早叫古董贩子全折腾一空了？

车子行到豫西，没想到雪这么大，还在河南境内就遇到严重的塞车。大量的重型载重卡车夹裹着各色小车像漫无尽头的长龙，一动不动地趴在公路上。所有车顶都蒙着厚厚的白雪，至少堵了一天了吧。我们想出各种办法打算绕过这一带的塞车，但所有的国道和小路也全都堵得死死的。在大雪里我们不懈地奋斗到天黑，又冷又饿，直把所有希望都变成绝望，才不得已滞留在新安县一家旅店中。不知何故，这家旅店夜间不供暖气，在冰冷的被窝里我给同来的助手发了一个短信：“我有点儿顶不住了，再找机会去绛州吧！”然而，清晨起来新绛那边派人过来，居然还弄来一辆公路警车，说山西那边过来的路还通，要我跟他们戗着道儿去山西。盛情难却，只好顶着风雪也顶着迎面飞驰而来的车辆，逆行北上，车子行了五个小时总算到了新绛。

用餐时，当地主人要我先不去看年画，先去看光村。光村的大名早就听到过。还知道北齐时这村子忽生异光，因名光村。主人说，你只要去了就不会后悔，村里到处扔着极精美的石雕，还有一座宋代的小庙福胜寺，里边的泥彩塑是宋金时代的呢。我明白，他们想叫我们看看光村有没有保护价值，怎么保护和开发。而今年春天我们就要启动全国古村落的普查，听说有这样好的村落，自然急不可待要去，完全忘了脚底板已经快冻成“冰板”了。

雪里的光村有种奇异的美。但我想，如果没有雪，它一定像废墟一样破败不堪。然而此刻，洁白的雪像一张巨毯把遍地的瓦砾全遮了起来，连残垣断壁也镶了一圈白茸茸的雪，只有砖雕、木拱和雀替从中露出它们历尽沧桑而依然典雅又苍劲的面孔。令我惊讶的是，千形百态精美的石雕柱础随处可见。还有不少石础被雪盖着，看不见它的真容，却能看见它一个个白皑皑、神秘而优美的形态。它们原是各类大型建筑坚实又华贵的足，现在那些建筑不翼而飞，只剩下这些石础丢了满地。光村原有几户颇具规模的宅院，从残余的一些楼宇中可见其昔日的繁华并不逊色于晋中那些大院。但如今损毁大半，而且毫无保护措施。连村中那座被列为国家文物保护单位福胜寺中的宋金泥塑，也只是用塑料遮挡起来罢了。我心里有些发急，抢救和保护都是迫在眉睫了。根据光村的现状，我建议他们学习晋中王家大院和常家庄园在修复时所采用的将散落的古民居集中保护的“民居博物馆”的方式。但这需要请相关专家进一步论证，当下急需的是不叫古董贩子再来“淘宝”了。因为刚刚从村民口中得知最近还有一些石雕的柱础与门狮被贩子买去了。近二十年来，那些懂得建筑文化的建筑师大多在城里为开发商设计新楼，经常关心这些古建筑艺术的却是不辞劳苦和络绎不绝的古董贩子们，这些古村落不毁才怪呢。

从光村回到新绛县城后，这里的鼓乐团的团长听说我来新绛，特意在一座学校的礼堂演一场“绛州鼓乐”给我们看。绛州鼓乐我心仪已久。开场的“杨门女将”就叫我热血沸腾，十几位杨氏女杰执槌击鼓，震天动地，一瞬间把没有暖气的礼堂中的凛冽的寒气驱得四散。跟下来每一场演出都叫人不住喊好。演出的青年人有的是当地的专业演员，有的是艺校学员。应该说这里鼓乐的保护与弘扬做得相当有眼光也有办法。他们一边把这一遗产引入学校教育，从娃娃开始，这就使“传承”落到实处；另一边将鼓乐投入市场，这也是促使它活下来的一种重要方式。目前这个鼓乐团已经在市场立住脚跟，并且远涉重洋，到不少国家一展风采。演出后我约鼓乐团的团长聊一聊，团长是位行家，懂得保护好历史文化的原汁原味，又善于市场操作。倘若没有这样一位行家，绛州古乐会成什么样？由此联想到光村，光村要是有这样一位古建方面的行家会多好呵！

相比之下，新绛的年画也是问题多多。

转天一早，当地的文化部门将他们保存的新绛年画的古版与老画摆满一间很大的屋子。单是古版就有近二百块。先前，新绛的年画见过一些，但总觉得它是古平阳年画的一个分支，比较零散。这次所见令我吃惊。不单门神、戏曲、风俗、婴戏、美人、传说等各类题材，以及贡笺、条幅、横披、灯画、桌裙、墙纸、拂尘纸、对子纸等各种体裁应有尽有，至于套版、手绘、半印半绘等各类制作手法也一应俱全。其中一种门神是《三国演义》中赵云，怀里露出一个孩童——阿斗光溜溜的小脑袋，显然这门神具有保护儿童的含意。还有一块《五老观太极》的线版，先前不曾所见，应是时代久远之作。特别是十几幅美人图，尺寸很大，所绘人物典雅端庄，衣饰华美，线条流畅又精致，与杨柳青年画的“美人”有着鲜明的地域差异，富于晋商辉煌年代的华贵气质和中原文明的庄重之感。看画时，当地负责人还请来两位当地的年画老艺人做讲解。经与他们一聊，二位艺人都是地道的传人，所谈内容全是“口头记忆”，分明是十分有价值的年画财富，对其普查——尤其是口述史调查需要尽快来做的了。只有把新绛年画普查清楚，才能彻底理清晋南年画这宗重要的文化遗产。可是谁来做呢？当地没有专门从事年画研究的学者，没有绛州古乐团的团长那样的人物，正为此，至今它还是像遗珠一般散落在大地上。这也是很多地方文化遗产至今尚未摸清和整理出来的真正缘故。而一些宝贵的文化遗产在无人问津之时就已经消失了。

雪下得愈来愈大，高速公路已经封了。原计划再下一站去介休考察清明文化已经无法成行。在回程的列车上，我的心里真是五味杂陈。三晋大地文化遗存之深厚之灿烂令我惊叹，但这些遗存遍地飘零并急速消失又令人痛惜与焦急。几年来我们几乎天天为一问题而焦虑：从哪里去找那么多救援者和志愿者？到底是我们的文化太多了，专家太少了，还是专家中的志愿者太少了？

我望窗外，外边的原野严严实实，无声覆盖着一片冰雪。

我心中的文学

真正的文学和真正的恋爱一样，是在痛苦中追求幸福。

一

有人说我是文学的幸运儿，有人说我是福将，有人说我时运极佳，说话的朋友们，自然还另有深意的潜台词。

我却相信，谁曾是生活的不幸者，谁就有条件成为文学的幸运儿；谁让生活的祸水一遍遍地洗过，谁就有可能成为看上去亮光光的福将。当生活把你肆意掠夺一番之后，才会把文学馈赠给你。文学是生活的苦果，哪怕这果子带着甜滋滋的味儿。

我是在“文革”中成长起来的。生活是严肃的，它没戏弄我。因为没有坎坷的生活的路，没有磨难，没有牺牲，也就没有真正有力、有发现、有价值的文学。相反，我时常怨怪生活对我过于厚爱和宽恕，如果它把我推向更深的底层，我可能会找到更深刻的生活真谛。在享乐与受苦中间，真正有志于文学的人，必定是心甘情愿地选定后者。

因此，我又承认自己是幸运的。

这场大“变革”，使社会由平面变成立体，由单一变成纷纭，在龟裂的表层中透出底色。底色往往是本色。江河湖海只有在波掀浪涌时才显出潜在的一切。凡经历这巨变又大彻大悟的人，必定能得到无比珍贵的精神财富，因为教训的价值并不低于成功的经验。我从这中间，学到了太平盛世一百年也未必能学到的东西。所以当我们拿起笔来，无须自作多情、装腔作势，为赋新诗强说愁。内心充实而饱满，要的只是简洁又准确的语言。我们似乎只消把耳闻目见如实说出，就比最富有想象力的古代作家虚构出来的还要动人心魄。而首先，我获得的是庄严的社会责任感，并发现我所能用以尽责的是纸和笔。我把这责任注入笔管和胶囊里，笔的分量就重了；如果我再把这笔管里的一切倾泻在纸上——那就是我希望的、我追求的、我心中的文学。

生活一刻不停地变化。文学追踪着它。

思想与生活，犹如托尔斯泰所说的从山坡上疾驰而下的马车，说不清是马拉着车，还是车推着马。作家需要伸出所有探索的触角和感受的触须，永远探入生活深处，与同时代人一同苦苦思求通往理想中幸福的明天之路。如果不这样做，高尚的文学就不复存在了。

文学是一种使命，也是一种又苦又甜的终身劳役。无怪乎常有人骂我傻瓜。不错，是傻瓜！这世上多半的事情，就是各种各样的傻子和呆子来做的。

二

文学的追求，是作家对于人生的追求。

寥廓的人生有如茫茫的大漠，没有道路，更无向导，只在心里装着一个美好、遥远却看不见的目标。怎么走？不知道。在这漫长又艰辛的跋涉中，有时会由于不辨方位而困惑；有时会由于孤单而犹豫不前；有时自信心填满胸膛，气壮如牛；有时用拳头狠凿自己空空的脑袋。无论兴奋、自足、骄傲，还是灰心、自卑、后悔，一概都曾占据心头。情绪仿佛气候，时暖时寒；心境好像天空，时明时暗。这是信念与意志中薄弱的部分搏斗。人生的每一步都是在克服外界困难的同时，又在克服自我障碍，才能向前跨出去。社会的前途大家共同奋斗，个人的道路还得自己一点点开拓。一边开拓，一边行走，至死也不知道自己走了多远。真正的人都是用自己的事业来追求人生价值的。作家还要直接去探索这价值的含义。

文学的追求，也是作家对于艺术的追求。

在艺术的荒原上，同样要经历找寻路途的辛苦。所有前人走过的道路，都是身后之路。只有在玩玩乐乐的旅游胜地，才有早已准备停当的轻车熟路。严肃的作家要给自己的生活发现、创造适用的表达方式。严格地说，每一种方式，只适合它特定的表达内容；另一种内容，还需要再去探求另一种新的方式。

文学不允许雷同，无论与别人，还是与自己。作家连一句用过的精彩的格言都不能再在笔下重现，否则就有抄袭自己之嫌。

然而，超过别人不易，超过自己更难。一个作家凭仗个人独特的生活经历、感受、发现以及美学见解，可以超过别人，这超过实际上也是一种区别。但他一旦亮出自己的面貌，若要再来区别自己，换上一副嘴脸，就难上加难。因此，大多数作家的成名作，便是他创作的巅峰，如果要超越这巅峰，就像使自己站在自己肩膀上一样。有人设法变幻艺术形式，有人忙于充填生活内容。但是，单靠艺术翻新，最后只能使作品变成轻飘飘又炫目的躯壳；急于从生活中捧取产儿，又非今夕明朝就能获得。艺术是个斜坡，中间站不住，不是爬上去就是滑下来。每个作家都要经历创作的苦闷期。有的从苦闷中走出来，有的在苦闷中垮下去。任何事物都有局限，局限之外是极限，人力只能达到极限。反正迟早有一天，我必定会黔驴技穷，蚕老烛尽，只好自己模仿自己，读者就会对我大叫一声："老冯，你到此为止啦！"就像俄罗斯那句谚语：老狗玩不了新花样！文坛的更迭就像大自然的淘汰一样无情，于是我整个身躯便画出一条不大美妙的抛物线，给文坛抛出来。这并没关系，只要我曾在那里边留下一点点什么，就知足了。

活着，却没白白地活着，这便是人生最大的幸福和安慰。同时，如果我以一生的努力都未给文学添上什么新东西，那将是我毕生最大的憾事！

我会说我：一个笨蛋！

三

一个作家应当具备哪些素质？

想象力、发现力、感受力、洞察力、捕捉力、判断力，活跃的形象思维和严谨的逻辑思维；尽可能庞杂的生活知识和尽可能全面的艺术素养；要巧、要拙、要灵、要韧，要对大千世界充满好奇心，要对千形万态事物所独具的细节异常敏感，要对形形色色人的音容笑貌、举止动念，抓得又牢又准；还要对这一切，最磅礴和最细微的，有形和无形的，运动和静止的，清晰繁杂和朦胧一团的，都能准确地表达出来。笔头有如湘绣艺人的针尖，布局有如拿破仑摆阵；手中仿佛真有魔法，把所有无生命的东西勾勒得活灵活现。还要感觉灵敏、情感饱满、境界丰富。作家内心是个小舞台，社会舞台的小模型，生活的一切经过艺术的浓缩，都在这里重演，而且它还要不断地变幻人物、场景、气氛和情趣。作家的能力最高表现为，在这之上，创造出崭新的、富有典型意义和审美价值的人物。

我具备这其中多少素质？缺多少不知道，知道也没用。先天匮乏，后天无补。然而在文学艺术中，短处可以变化为长处，缺陷是造成某种风格的必备条件。左手书家的字，患眼疾画家的画，哑嗓子的歌手所唱的沙哑而迷人的歌，就像残月如弓的美色不能为圆月所替代。不少缺乏鸿篇巨制结构能力的作家，成了机巧精致的短篇大师。没有一个条件齐全的作家，却有各具优长的艺术。作家还要有种能耐，即认识自己，扬长避短，发挥优势，使自己的气质成为艺术的特色，在成就了艺术的同时，也成就了自己。

认识自己并不比认识世界容易。作家可以把世人看得一清二楚，对自己往往糊糊涂涂，并不清醒。我写了各种各样的作品，至今不知哪一种是属于我自己的。有的偏于哲理，有的侧重抒情，有的伤感，有的戏谑，我竟觉得都是自己——伤感才是我的气质？快乐才是我的化身？我是深思还是即兴的？我怎么忽而古代忽而现代？忽而异国情调忽而乡土风味？我好比瞎子摸象，这一下摸到坚实粗壮的腿，另一下摸到又大又软的耳朵，再一下摸到无比锋利的牙。哪个都像我，哪个又都不是。有人问我风格，我笑着说，这不是我关心的事。我全力要做的，是把自己的一切奉献给读者。风格不仅仅是作品的外貌，它是复杂又和谐的一个整体。它像一个人，清清楚楚、实实在在地存在，又难以明明白白说出来。作家在作品中除去描写的许许多多生命，还有一个生命，就是作家自己。风格是作家的气质，是活脱脱的生命的气息，是可以感觉到的一个独个的灵魂及其特有的美。

于是，作家就把他的生命化为一本本书。到了他生命完结那天，他所写的这些跳动着心、流动着情感、燃烧着爱情和散发着他独特气质的书，仍像作家本人一样留在世上。如果作家留下的不是自己，不是他真切感受到的生活，不是创造而是仿造，那自然要为后世甚至现世所废弃了。

作家要肯把自己交给读者。写的就是想的，不怕自己的将来可能反对自己的现在。拿起笔来的心情有如虔诚的圣徒，圣洁又坦率。思想的法则是纯正，内容的法则是真实，艺术的法则是美。不以文章完善自己，宁愿否定和推翻自己而完善艺术。作家批判世界需要勇气，批判自己则需要更大的勇气。读者希望在作品上看到真实却不一定完美的人物，也愿意看到真切却可能是自相矛盾的作家。在舍弃自己的一切之后，文学便油然诞生，就像太阳在燃烧自己时才放出光明。

如果作家把自己化为作品，作品上的署名，便像身上的肚脐儿那样，可有可无，完全没用，只不过在习惯中，没有这姓名不算一个齐全的整体罢了——这是句笑话。我是说，作家不需要在文学之外再享有什么了。这便是我心中的文学！

精卫是我的偶像

这一次，当我把两年多来的绘画精品拿出来卖掉，以支持艰难的抢救文化遗产的事业，心中的矛盾加剧地较量着。

并非我不够慷慨，而是这些画都是我的心灵之作。我说过，艺术是艺术家心灵的闪电。它是心中的灵性，只有偶然出现。这也是我的画数量不多和很少重复的缘故。因之，我一向十分珍视自己的画作，不肯拿它去换钱。

此时可以说，这些画不是从我手里拿出去的，是从心里拿出去的。

记得，甲申年在京津举办第一次画展时，我将自藏多年的两幅画《高江急峡》和《树之光》卖掉。虽然价钱很高，一位好友却对我说："你不该把这两幅画卖掉！"

我承认，这句话加重了我心里的矛盾。因为我的画一如文章，无法重复，也不能重复。记得前一幅画作画时激情飞扬，溅得满身水墨，后一幅画光线之强烈竟使我自己愕然。在那次公益画展上，我心想，这样大规模卖画的事只做一次吧。

然而，事过两年，我又要义卖画作了，而且是我两年来绝大部分的心爱之作。其原因既简单又直接——我们的文化遗产仍然身处危难，破坏和消亡的速度与力度大大超过抢救的速度与力度；特别是在这个物质化和功利化的时代，人们对这种文明受损的严重性尚不清楚，故而文化遗产全面受困，为其工作的人员极其有限，经费困窘得常常一筹莫展；我一手创立的专事文化抢救和保护的基金会始终处在社会边缘，仅此一家，无人垂顾，境遇尴尬。

当我身在书房和画室，对个人的作品自然会心生爱惜；当我跋涉在广阔的乡土和田野中，必然又会对那些随处可见、一息尚存、转瞬即逝的文化遗产心急如焚。此时，个人一己的艺术得失怎能与大地文化的存亡相比？我说过，我们大地的文化犹如母亲的怀抱，我们都是在她的滋育中成长成人的。当母亲遇到危难，危在旦夕，怎么能不出手相援？卖画又算什么？

应该说，此次公益画展是一次自相矛盾和自我战胜后的行动。在这次行动中我看到了自己依然站在当代文化的前沿上，很高兴自己没有退缩。

记得有人问我：“你靠卖画能救得了中国的文化遗产吗？这莫不是精卫填海？”

我说：“精卫填不了海。精卫是一种精神，一种决不退却、倾尽心力乃至生命的精神。我尊崇这种精神。它是我的偶像。”

水墨文字

一

兀自飞行的鸟儿常常会令我感动。

在绵绵细雨中的峨眉山谷，我看见过一只黑色的孤鸟。它用力扇动着又湿又沉的翅膀，拨开浓重的雨雾和叠积的烟霭，艰难却直线地飞行着。我想，它这样飞，一定有着非同寻常的目的。它是一只迟归的鸟儿？迷途的鸟儿？它为了保护巢中的雏鸟还是寻觅丢失的伙伴？它扇动的翅膀，缓慢、有力、富于节奏，好像慢镜头里的飞鸟。它身体疲惫而内心顽强。它像一个昂扬而闪亮的音符在低调的旋律中穿行。

我心里忽然涌出一些片段的感觉，一种类似的感觉，那种身体劳顿不堪而内心的火犹然熊熊不息的感觉。

后来我把这只鸟，画在我的一幅画中。

所以我说，绘画是借用最自然的事物来表达最人为的内涵。这也正是文人画首要的本性。

二

画又是画家作画时的心电图。画中的线全是一种心迹。因为，唯有线条才是直抒胸臆的。

心有柔情，线则缠绵；心有怒气，线也发狂；心境如水时，一条线从笔尖轻轻吐出，如蚕吐丝，又如一串清幽的音色流出短笛；可是你有情勃发，似风骤至，不用你去想怎样运腕操笔，一时间，线条里的情感、力度乃至速度全发生了变化。

为此，我最爱画树画枝。

在画家眼里树枝全是线条；在文人眼里，树枝无不带着情感。

树枝千姿万态，皆能依情而变。树枝可仰，可俯，可疏，可繁，可争，可倚；唯此，它或轩昂，或忧郁，或激奋，或适然，或坚韧，或依恋……我画一大片木叶凋零而倾倒于泥泞中的树木时，竟然落下泪来。而每一笔斜拖而下的长长的线，都是这种伤感的一次宣泄与加深，以致我竟不知最初缘何动笔。

至于画中的树，我常常把它们当作一个个人物。它们或是一大片肃然站在那里，庄重而阴沉，气势逼人；或是七零八落，有姿有态，各不相同，带着各自不同的心情。有一次，我从画面的森林中发现一棵婆娑而轻盈的小白桦树。它娇小、宁静、含蓄，那叶子稀少的树冠是薄薄的衣衫。作画时我并没有着意地刻画它，但此时，它仿佛从森林中走出来了。我忽然很想把一直藏在心里的一个少女写出来。

三

绘画如同文学一样，作品完成后往往与最初的想象全然不同。作品只是创作过程的结果，而这个过程却充满快感，其乐无穷。这快感包括抒发、宣泄、发现、深化与升华。

绘画比起文学有更多的变数。因为，吸水性极强的宣纸与含着或浓或淡水墨的毛笔接触时，充满了意外与偶然。它在控制之中显露光彩，在控制之外却会现出神奇。在笔锋扫过之地方，本应该浮现出一片沉睡在晨雾中的远滩，可是感觉上像阳光下摇曳的亮闪闪的荻花，或是一抹在空中散步的闲云。有时笔中的水墨过多过浓，天下的云向下流散，压向大地山川，慢慢地将山顶峰尖黑压压地吞没。它叫我感受到，这是天空对大地惊人的爱！但在动笔之前，并无如此的想象。到底是什么，把我们曾经有过的感受唤起与激发？

是绘画的偶然性。

然而，绘画的偶然必须与我们的心灵碰撞才会转化为一种独特的画面。

绘画过程中总是充满了不断的偶然，忽而出现，忽而消失。就像我们写作中那些想象的明灭，都是一种偶然。感受这种偶然是我们的心灵。将这种偶然变为必然的，是我们敏感又敏锐的心灵。

因为我们是写作人，我们有着过于敏感的内心。我们的心还积攒着庞杂无穷的人生感受。我们无意中的记忆远远多于有意的记忆；我们深藏心中的人生的积累永远大于写在稿纸上的有限的素材。但这些记忆无形地拥满心中，日积月累，重重叠叠，谁知道哪一片意外形态的水墨，会勾出一串曾经牵肠挂肚的昨天？

然而，一旦我们捕捉到一个千载难逢的偶然，绘画的工作就是抓住它不放，将它定格，然后去确定它、加强它、深化它。一句话：

艺术就是将瞬间化为永恒。

四

纯画家的作画对象是他人；文人（也就是写作人）作画对象主要是自己，面对自己和满足自己。写作人作画首先是一种自言自语、自我陶醉和自我感动。

因此，写作人的绘画追求精神与情感的感染力；纯画家的绘画崇尚视觉与审美的冲击力。

纯画家追求技术效果和形式感，写作人则把绘画作为一种心灵工具。

五

一阵急雨沙沙有声落在纸上，那是我洒落在纸上的水墨。江中的小舟很快就被这阵蒙蒙雨雾所遮翳，只有桅杆似隐似现。不能叫这雨过密过紧，吞没一切。于是，一支蘸足清水的羊毫大笔挥去，如一阵风，掀起雨幕的一角，将另一只扁舟清晰地显露出来，连那个头顶竹笠、伫立船头的艄公也看得分外真切。一种混沌中片刻的清明，昏沉里瞬息的清醒。可是，跟着我又将一阵急雨似淋漓的水墨洒落纸上，将这扁舟的船尾遮蔽起来，只留下这瞬息显现的船头与艄公。

我作画的过程就像我上边文字所叙述的过程。我追求这个过程的一切最终全都保留在画面上，并在画面上能够体验到，这就是可叙述性。

写作的叙述是线性的、过程性的，一字一句，不断加入细节，逐步深化。

这里，我的《树后边是太阳》正是这样：大雪后的山野一片洁白，绝无人迹。如果没有阳光，一定寒冽又寂寥。然而，太阳并没有隐遁，它就在树林的后边。虽然看不见它灿烂夺目的本身，但它无比明亮的光芒却穿过树干与枝丫，照射过来，巨大的树影无际无涯地展开，一下子铺满了辽阔的雪原。

于是，一种文学性质需要说明白，就是我这里所说的叙述性。它不属于诗，而属于散文。那么绘画的可叙述也就是绘画的散文化。

六

最能寄情寓意的是大自然的事物。

比如前边所说树枝的线条可以直接抒发情绪。

再比如，这种种情绪还可以注入流水。无论它激扬、倾泻、奔流，还是流淌、潺湲、波澜不惊，全是一时的心绪。一泻万里如同浩荡的胸襟；骤然的狂波好似突变的心境；细碎的涟漪中夹杂着多少放不下的愁思？

至于光，它能使一切事物变得充满生命感，哪怕是逆光中的炊烟，一切逆光的树叶都胜于艳丽的花。这原因，恐怕还是因为一切生命都受惠于太阳，生命的一切物质含着阳光的因子。比如我们迎着太阳闭上眼，便会发现被太阳照透的眼皮里那种血色，通红透明，其美无比。

还有秋天的事物。一年四季里，唯有秋天是写不尽也画不尽的。春之萌动与锐气，夏之蓬勃与繁华，冬之萧瑟与寂寥，其实也都包括在秋天里。秋天的前一半衔接着夏天，后一半融入冬天。它本身又是大自然最丰饶的成熟期。故此，秋的本质是矛盾又斑斓，无望与超逸，繁华而短促，伤感而自足。

写作人的心境总是百感交集的。比起单纯的情境，他们一定更喜欢唯秋天才有的萧疏的静寂、温柔的激荡、甜蜜的忧伤，以及放达又优美的苦涩。

能够把一切人生的苦楚都化为一种美的只有艺术。

在秋天里，我喜欢芦花。这种在荒滩野水中开放的花，是大自然开得最迟的野花。它银白色的花有如人老了的白发，它象征着大自然一轮生命的衰老吗？如果没有染发剂，人间一定处处皆芦花。它生在细细的苇秆的上端，在日渐寒冽的风里不停地摇曳。然而，从来没有一根芦苇荻花是被寒风吹倒吹落的！还有，在漫长的夏天里，它从不开花，任凭人们漠视它，把它只当作大自然的芸芸众生，当作水边普普通通的野草。它却不在乎人们怎么看它，一直要等到百木凋零的深秋，才喷放出那穗样的毛茸茸的花来。没有任何花朵与它争艳。不，本来它的天性就是与世无争的。它无限地轻柔，也无限地洒脱。虽然它不停在风中摇动，但每一个姿态都自在、随意，绝不矫情，也不搔首弄姿。尤其在阳光的照耀下，它那么夺目和圣洁！我敢说，没有一种花能比它更飘洒、自由、多情，以及这般极致地美！也没有一种花比它更坚韧与顽强。它从不取悦于人，也从不凋谢摧折。直到河水封冻，它依然挺立在荒野上。它最终是被寒风一点点撕碎的。

在这永无定态的花穗与飘逸自由的茎叶中，我能获得多少人生的启示与人生的共鸣？

七

绘画的语言是可视的。

绘画的语言有两种：一是形式的，一是技术的；中国人叫作笔墨，现代人叫作水墨。

我更看重笔墨这种语言。

笔作用于纸，无论轻重缓急；墨作用于纸，无论浓淡湿枯——都是心情使然。

笔的老辣是心灵的枯涩，墨的溶化是情感的舒展；笔的轻淡是一种怀想，墨的浓重是一种撞击。故此，再好的肌理美如果不能碰响心里事物，我也会将它拒之于画外。

文学表达含混的事物，需要准确与清晰的语言；绘画表达含混的事物，却需要同样含混的笔墨。含混是一种视觉美，也是我们常在的一种心境。它暧昧、未明、无尽、嗫嚅、富于想象。如果写作人作画，便一定会醉心般地身陷其中。

八

我习惯写散文时，放一些与文章同种气质的音乐做背景。

那天，我在写一只搁浅于湖边的弃船在苦苦期待着潮汐。忽然，耳边听到潮汐之声骤起。当然这是音乐之声，是拉赫马尼诺夫的音乐吧！我看到一排排长长的深色的潮水迎面而来。它们卷着雪白的浪花，来自天边，其速何疾！一排涌过，又一排上来，向着搁浅的小船愈来愈近。雨点般的水点溅在干枯的船板上，扬起的浪头像伸过来的透明而急切的手。音乐的旋律一层层如潮地拍打在我的心上。我紧张地捏着笔杆，心里激动不已，却不知该怎么写。

突然，我一推书桌，去到画室。我知道现在绘画已经是我最好的方式了。

我把白宣纸像月光一样铺在画案上，满满地刷上清水。然后，用一支水墨大笔来回几笔，墨色神奇地洇开，顿时乌云满纸。跟着大笔落入水盂，笔中的余墨在盂中的清水里像烟一样地散开。我将一笔极淡的花青又窄又长地抹上去，让阴云之间留下一隙天空。随即另操起一支兼毫的长锋，重墨枯笔，捻动笔管，在乌云压迫下画出一排排翻滚而来的潮汐……笔中的水墨不时飞溅到桌上手背上；笔杆碰在盆子碟子上叮当有声。我已经进入绘画之中了。

待我画完这幅《久待》，面对画面，尚觉满意，但总觉还有什么东西深藏画中。沉默的图画是无法把这东西“说”出来的。我着意地去想，不觉拿起钢笔，顺手把一句话写在稿纸上：

“人生的大部分时间就像钓者那样守着一种美丽的空望。”

跟着，我就写了下去：

“期望没有句号。”

“美好的人生是始终坚守着最初的理想。”

“真正的爱情是始终恪守着最初的誓言。”

“爱比被爱幸福。”

于是，我又返回到文学中来。

我经常往返在文学与绘画之间，然而这是一种甜蜜的往返。

民间审美

那些出自田野的花花绿绿的木版画，歪头歪脑、粗拉拉的泥玩具，连喊带叫、土尘蓬蓬的乡间土戏，还有那种一连三天人山人海的庙会，到底美不美？

自古文人大多是不屑一顾的，认为都是粗俗的村人的把戏，难入大雅之堂。故而这些大多为文盲所创造的民间文化一边自生自灭，一边靠着口传心授传承下来。

当然，在古代也有一些文人欣赏纯朴天然的民间文化，他们大多是些诗人。他们的诗中便会流淌着溪流一般透彻的民歌的光和影，从李白到刘禹锡都是如此。但是，古代画家则不然，他们崇尚文人画，视民间画人为画匠，很少有画家肯瞧一眼民间绘画的。美术界学习民间的潮流还是在近代受到了西方的影响。西方的绘画没有“文人画”，所以从米开朗琪罗到毕加索一直与民间艺术是沟通的。在他们的心里，精英的绘画是“流”，而民间艺术却是一种“源”。

在人类的文化中，有两种文化是具有初始性的源。一种是原始文化，一种是民间文化。但在人类离开了原始时代之后，原始文化就消失了。民间文化这个“源”却一直活生生地存在。

精英文化是自觉的，原始文化与民间文化是自发性的。“自觉”来自思维，而“自发”直接来自生命本身，它具有生命的本质。所以，西方画家总是不断地从原始与民间这两个“源”中去吸取生命的原动力与生命的气质。

所以说，生命之美是民间审美的第一要素。

可是，民间文化从来都只是被使用的，被精英文化作为一种审美资源来使用。它的本身并没有被放在与精英文化同等的位置。

在近代，人们对民间文化所接受的一部分，也都是靠近“雅”的一部分。比如戏剧中的京戏，由于趋向文雅而能够受宠，而许多土得掉渣儿的地方戏仍然被轻视着，因而如今中国一些地方戏种已经到了濒死的地步。再比如在民间木版年画中，比较城市化而变得精细雅致的杨柳青年画容易被接受，一些纯粹的乡土版画很难被城市人看出美来。

民间文化有自己独特的审美体系，包括审美语言、审美方式与审美习惯。陕北的那些擅长剪纸的老婆婆在用剪子铰那些鸡呀猫呀虎呀娃娃呀的时候，一边铰一边会咧开嘴笑。她们那种无声的“艺术语言”会使自己心花怒放。民间文化与精英文化的另一个不同是，民间文化是非理性的、纯感性的、纯感情的。这种感情是一种鲜活的生命和生活的情感，有生命的冲动，也有生活理想；有精神想象，也有现实渴望。他们这种语言在广大的田野与山间人人能懂，一望而知，心有同感，互为知音。

因此，民间审美又是一种民间情感。懂得了民间的审美就可以感受到民间的情感，心怀着民间的情感就一定能悟解到民间的审美。我们为什么只学英语，与洋人交流；偏偏不问民间话语，与自己乡民村人交谈，体验我们大地上这种迷人的情感？何况这是一种优美而可视的语言。这种语言坦白、快活、自由、一任天然。没有任何审美的自我强迫，全是审美的自发。它们不像精英文化那样追求深刻，致力创新，强调自我。它们不表现个性，只追求乡亲们的认同；它们追求的实际上是一种共性。至于某些民间艺人的个性表露也纯粹是一种自然的呈现，他们使用的是代代相传的方式。纵向的历史积淀的意义远远超过个人超群的价值，它们最鲜明的个性是地域性，它们的审美语言全是各种各样的审美方言。所以民间审美的重要特点是地域化，也就是审美语言的方言化。这便使民间审美具有很浓厚的文化含量。

写到这里，我便弄明白了——过去我们判断民间艺术美不美，往往依据的是精英文化的标准。这样，我们不但只接受了民间艺术很小的一部分，而且看不到民间艺术中的文化美，也就是民间审美的文化内涵。

今天，我们正处在农耕文明时代向工业化的现代文明时代的转型期。农耕时代的一切创造渐渐成为历史形态。我们应该从昔时的看待民间文化的偏见性视角与狭义的观念中超越出来，从更广更深的文化角度来认识民间文化，感受民间独特的审美，从而将先人的创造完整地变为后世享用的财富。

打树花

一直来到蔚县暖泉镇北官堡的堡门前，也不清楚堡外民居的布局。反正我是顺着人流、沿着一条九曲十八弯的小街挤进来的。小街上没有灯，到处是乱哄哄来回攒动的人影，嘈杂的声音淹没一切，要想和身边的人说话，使多大的劲喊也是白喊。但这嘈杂声里分明混着一种强烈的兴奋的情绪，有时还能听到一声带着被刺激的高兴的尖叫。这种声音有个尖儿，蹿入夜间黑色的空气里。

北官堡的堡门像个城门。一个村子怎么能有这么大的土城？至少十几米高的土夯包砖的“城墙”上竟然还有一个檐角高高翘起的门楼子。门前是个小广场。站在城门正对面，目光穿过门洞是一排红灯，前大后小，一直向里边向深处伸延。显然那是堡内的一条大街。这一条街可就显出北官堡非凡的家世与昨天。但这家世还有几人知道？

门前广场上临时拉了一些电灯，将堡门下半截依稀照见，上半截和高高在上的门楼混在如墨的夜色里。一个正在熔化铁水的大炉子起劲地烧着，鼓风机使炉顶和炉门不停地吐着夺目的火舌。这火舌还在每个人眼睛里灼灼发亮，人们——当然包括我，都是来争看此地一道奇俗——打树花。我于此奇俗，只知道此地百姓年年正月十六闹灯节，都要演一两场打树花。

当几个熊腰虎背的大汉走上来，人们沸腾了。这便是打树花的汉子。他们的服装有些奇异，头扣草帽，身穿老羊皮袄，毛面朝外，腰扎粗绳，脚遮布帘，走起来又笨重又威风，好像古代的勇士上阵。这时候，人群中便有人呼喊他们一个个人的名字。能够打树花的汉子都是本地的英雄好汉。不久，便静下来。一张小八仙桌摆在炉前，桌上放粗陶小碗，内盛粗沙，插上三炷香。还有几大碟，三个馍馍三碗菜，好汉们上来点香，烧黄纸，按年岁长幼排列趴下磕头。围观人群了无声息。这是祭炉的仪式。在民间，举行风俗，绝非玩玩乐乐，皆以虔诚的心为之待之。

仪式过后，撤去供案，开炉放铁水。照眼的铁水倾入一个方形的火砖煲中。铁水盛满，便被两个大汉快速抬到广场中央。同时拿上来一个大铁桶，水里泡放着十几个长柄勺子，先是其中一个大汉走上去从铁桶中拿起一个勺子，走到火红的铁水前，弯腰一舀，跟着甩腰抡臂，满满一勺明亮的铁水泼在城墙上。就在这一瞬，好似天崩地裂，呈现出任何地方都不会见到的极其灿烂的奇观！金红的铁水泼击墙面，四外飞溅，就像整个城墙被炸开那样，整个堡门连同上边的门楼子都被照亮。由于铁硬墙坚，铁花飞得又高又远，铺天盖地，然后如同细密的光雨闪闪烁烁由天而降。可是不等这光雨落下，打树花的大汉又把第二勺铁水泼上去。一片冲天的火炮轰上去，一片漫天的光雨落下来，接续不断；每个大汉泼七八下后走下去，跟着另一位大汉上阵来。每个汉子的经验和功夫不同，手法上各有绝招，又互不示弱，渐渐就较上劲了。只要一较劲，打树花就更好看了。众人眼尖，不久就看出一位年纪大的汉子，身材短粗敦实，泼铁水时腰板像硬橡胶，一舀一舀泼起来又快又猛又有韵律，铁水泼得高，散的面广，而且正好绕过城门洞；铁花升腾时如在头上张开一棵辉煌又奇幻的大树。每每泼完铁水走下来时，身后边的光雨“哗哗”地落着，映衬着他一条粗健的黑影，好像枪林弹雨中一个无畏的勇士。他的装束也有特色。别人头上的草帽都是有檐的，为了防止铁水迸在脸上，唯有他戴的是一顶无檐的小毡帽，更显出他的勇气。

据当地的主人说，这汉子是北官堡中打树花的“武状元”。今年六十一岁，名叫王全，平日在内蒙古打工，年年回来过年时，都要在灯节里给乡亲们演一场打树花。

正像所有民俗一样，打树花源于何时谁也不知。只知道世界上唯有中国有，中国唯有在河北蔚县暖泉镇北官堡才能见到。

此地处在中原与北部草原的要冲，历史上，过往的行旅频繁，战事也忙，那种制造犁铧、打刀制枪、打马蹄铁的“生铁坑”（翻砂作坊）也就格外地多。人们在灌铁水翻砂时，弄不好铁水洒在地面，就会火花飞溅，这是铁匠们都知道的事。逢到过年，有钱的人放炮，没钱的铁匠便把炉里的铁水泼在墙上，用五光十色的铁花表达心中对生活的梦想。这便是打树花的开始。当然，关于打树花的肇始还有一些有名有姓、有声有色的传说呢。

民俗的形成总是经过漫长岁月的酿造。比如最初打树花用的只是铁水一种，后来发现铁水的“花”是红色的，铜水的“花”是绿色的，铝水的“花”是白色的，渐渐就在炉中放些铜，又放些铝，打起的树花便五彩缤纷，愈来愈美丽；再比如他们使用的勺子是柳木的。民间说柳木生在河边，属阴，天性避火。但硬拿柳木去舀铁水也不行，这铁水温度高达 1300 摄氏度呢。人们便把柳木勺子泡在水桶里，通常要泡上一天一夜，而且打树花时每个汉子拿它用上七八下，就得赶紧再放在木桶里浸泡，多用几下就会烧着。湿柳木勺子的最大好处是，铁水在里边滑溜溜，不像铁水，好像是油，不单省力气，而且得劲，可以泼得又高又远。

铁水落下来，闪过光亮，很快冷却。打树花的过程中，常常会有一块两块小铁粒落在人群里，轻轻砸在人们的肩上，甚至脸上，人们总是报之以笑，好像沾到福气，我还把落到我身上的一小块黑灰的铁粒放在衣兜里，带回去做纪念呢。

有人说，蔚县的打树花至少有三百年。不管它多少年了，如今每逢灯节，这里的人们都上街吃呀，乐呀，竖灯杆呀，耍高跷呀，看灯影戏呀，闹到半夜，最后总有一场漫天缤纷的打树花，让去岁的兴致在这里结束，让新一年的兴致在这里开始。

中国人过灯节的风俗成百上千，河北蔚县暖泉镇北官堡的打树花却独一无二。

羌去何处

羌，一个古老的文字，一个古老民族的族姓，早已渐渐变得很陌生了，最近却频频出现于报端。这因为，它处在惊天动地的汶川大地震的中心。

“羌”字被古文字学家解释为“羊”字与“人”字的组合，因称他们为“西戎的牧羊人”。在典籍扑朔迷离的记述中，还可找到羌与大禹以及发明了农具的神农氏的血缘关系。

这个有着三千年以上历史、衍生过不少民族的羌，被费孝通先生称为“一个向外输血的民族”，曾经为中华文明史做出过杰出贡献。但如今只有三十万人，散布在北川一带白云迷漫的高山深谷中。他们居住的山寨被称作“云朵上的村寨”。然而这次他们主要聚居的阿坝州汶川、茂县、理县和绵阳的北川，都成了大灾难中悲剧的主角；除去占少数的一千羌民远居住在贵州省铜仁地区之外，其他所有羌民几乎全是灾民。

古老的民族总是在文化上显示它的魅力与神秘。羌族的人虽少，但在民俗节日、口头文学、音乐舞蹈、工艺美术、服装饮食以及民居建筑方面有自己完整而独特的一套。他们悠长而幽怨的羌笛声令人想起唐代的古诗；他们神奇的索桥与碉楼，都与久远的传说紧紧相伴；他们的羌绣浓重而华美，他们的羊皮鼓舞蹈雄劲又豪壮，他们的释比戏《羌戈大战》和民俗节日“瓦尔俄足节”带着文化活化石的意味……而这些都与他们长久以来置身其中的美丽的山水树石融合成一个文化的整体了。近些年，两次公布的国家非物质文化遗产名录已经把其中六项极珍贵的民俗与艺术列在其中。中国民协根据这里有关大禹的传说遗迹与祭奠仪式，还将北川命名为“大禹文化之乡”。

在这次探望震毁的北川县城的路上，到处是大大小小的飞石，树木东倒西歪，却居然看到道边神气十足地竖着这样一块“大禹文化之乡”的牌子，可是羌族唯一的自治县的“首府”——北川已然化为一片惨不忍睹的废墟。

二十天前北川县城就已经封城了。城内了无人迹，连鸟儿的影子也不见，全然一座死城。湿润的空气里飘着很浓的杀菌剂的气味。我们凭着一张“特别通行证”，才被准予穿过黑衣特警严密把守的关卡。

站在县城前的山坡高处，那位靠着偶然而侥幸活下来的北川县文化局长，手指着县城中央堆积的近百米滑落的山体说，多年来专心从事羌文化研究的六位文化馆馆员、十余位正在举行诗歌朗诵的“禹风诗社”的诗人、数百件珍贵的羌文化文物、大量田野考察而尚未整理好的宝贵的资料，全部埋葬其中。

我的心陡然变得很冲动。志愿研究民族民间文化的学者本来就少之又少，但这一次，这些第一线的羌文化专家全部罹难，几乎是全军覆没呀。

我们专家调查小组的一行人，站成一排，朝着那个巨大的百米

“坟墓”，肃立默哀。为同行，为同志，为死难的羌民族及其消亡的文化。

大地震遇难的羌民共三万，占民族总数的十分之一。

在擂鼓镇、板凳桥以及绵阳内外各地灾民安置点走一走，更是忧虑重重。这里的灾民世代都居住在大山里边，但如今村寨多已震损乃至震毁。著名的羌寨如桃坪寨、布瓦寨、龙溪寨、通化寨、木卡寨、黑虎寨、三龙寨等都受到重创。被称作“羌族第一寨”的萝卜寨已夷为平地。治水英雄大禹的出生地禹里乡如今竟葬身在堰塞湖冰冷的湖底。这些羌民日后还会重返家园吗？通往他们那些两千米以上山村的路还会是安全的吗？村寨周边那些被大地震摇散了的山体能够让他们放心地居住吗？如果不行，必须迁徙。积淀了上千年的村寨文化不注定要瓦解吗？

在久远的传衍中，这个山地民族的自然崇拜和生活文化都与他们相濡以沫的山川紧密相关。文化构成的元素都是在形成过程中特定的，很难替换。他们如何在全新的环境找回历史的生态与文化的灵魂？如果找不回来，那些歌舞音乐不就徒具形骸，只剩下旅游化的表演了？

在擂鼓镇采访安置点的羌民时，一些羌民知道我们来了，穿着美丽的羌服，相互拉着手为我们跳起欢快的萨朗舞来。我对他们说：“你们受了那么大的灾难，还为我们跳舞，跳得这么美，我们心里都流泪了。当然你们的乐观与坚强，令我们钦佩。我们一定帮助你们把你们民族的文化传承下去……”

不管怎么说，这次地震对羌族文化都是一次毁灭性的打击。它使羌族的文化大伤元气。这是不能回避的。在人类史上，还有哪个民族受到过这样全面颠覆性的破坏？恐怕没有先例。这对于我们的文化遗产保护工作，无疑是一个巨大的难题。

可是，总不能坐待一个古老的兄弟民族的文化在眼前渐渐消失。于是，这一阵子文化界紧锣密鼓，一拨拨人奔赴灾区进行调研，思谋对策和良策。

马上要做的是对羌族聚居地的文化受灾情况进行全面调查。首先要摸清各类民俗和文学艺术及其传承人的灾后状况，分级编入名录，给予资助，并创造传承条件，使其传宗接代。同时，对于地质和环境安全受损的村寨，经过重新修建后，应同意原住民回迁，总要保留一些原生态的村落——当然前提是安全！还有一件事是必做不可的，就是将散落各处的羌族文化资料汇编为集成性文献，为这个没有文字的民族建立可以传之后世的文化档案。

接下来是易地重建羌民聚居地时，必须注意注入羌族文化的特性元素；要建立能够举行民俗节日和祭典的文化空间；羌族子弟的学校要加设民族传统文化教育的课程，以利其文化的传承；像北川、茂县、汶川和理县都应该修建羌族文化博物馆，将那些容易失散、失不再来的具有深远的历史和文化记忆的民俗文物收藏并展示出来……说到这里，我忽然想，做了这些就够了吗？想到震前的昨天灿烂又迷人的羌文化，我的心变得悲哀和茫然。恍惚中好像看到一个穿着羌服的老者正在离去的背影。如果朝他大呼一声，他会无限美好地回转过身来吗？

我与《清明上河图》的故事

冥冥中我感觉《清明上河图》和我有一种缘分。这大约来自初识它时给我的震撼。一个画家敢于把一个城市画下来，我想古今中外唯有这位宋人张择端。而且它无比精确和传神，庞博和深厚，他连街头上发情的驴、打盹儿的人和犄角旮旯的茅厕也全都收入画中！当时我二十岁出头，气盛胆大，不知天高地厚，居然发誓要把它临摹下来。

临摹是学习中国画笔墨技术的一种传统。我的一位老师惠孝同先生是湖社的画师，也是位书画的大藏家，私藏中有不少国宝。他住在北京王府井的大甜水井胡同。我上中学时逢到假期就跑到他家临摹古画。惠老师待我情同慈父，像郭熙的《寒林图》和王诜的《渔村小雪图》这些绝世珍品，都肯拿出来，叫我临摹真迹。临摹原作与印刷品是截然不同的，原作带着画家的生命气息，印刷品却平面呆板，徒具其形——此中的道理暂且不说。然而，临摹《清明上河图》是无法面对原作的，这幅画藏在故宫，只能一次次坐火车到北京故宫博物院的绘画馆去看，常常一看就是两三天，随即带着读画时新鲜的感受跑回来伏案临摹印刷品。然而故宫博物院也不是总展出这幅画，常常是一趟趟白跑腿，乘兴而去，败兴而归。

我初次临摹是失败的。我自以为习画从宋人院体派入手，《清明上河图》上的山石树木和城池楼阁都是我熟悉的画法，但动手临摹才知道画中大量的民居、人物、舟车、店铺、家具、风俗杂物和生活百器的画法，在别人画里不曾见过。它既是写意，也是工笔，洗练又精准，活脱脱活灵活现，这全是张择端独自的笔法。画家的个性愈强，愈难临摹，而且张择端用的笔是秃锋，行笔时还有些“战笔”，苍劲生动，又有韵致，仿效起来十分之难。偏偏在临摹时，我选择从画中最复杂的一段——虹桥入手，以为拿下这一环节，便可包揽全卷。谁料这不足两尺的画面上竟拥挤着上百个人物。各人各态，小不及寸，手脚如同米粒。相互交错，彼此遮翳。倘若错位，哪怕差之分毫，也会乱了一片。这一切只有经过临摹，才明白其中无比的高超。于是画过了虹桥这一段，我便搁下笔，一时真有放弃的念头。

我被这幅画打败！

重新燃起临摹《清明上河图》的决心，是在“文革”期间。一是因为那时候除去政治斗争，别无他事，天天有大把的时间；二是我已做好充分准备。先自制一个玻璃台面的小桌，下置台灯。把用硫酸纸勾描下来的白描全图铺在玻璃上，上边敷绢，电灯一开，画面清晰地照在绢上，这样再对照印刷品临摹就不会错位了。至于秃笔，我琢磨出一个好办法，用火柴吹灭后的余烬烧去锋毫的虚尖，这种人造秃笔画出来的线条，竟然像历时久矣的老笔一样苍劲。同时对《清明上河图》的技法悉心揣摩，直到有了把握，才拉开阵势，再次临摹。从卷尾始，由左向右，一路下来，愈画愈顺，感觉自己的画笔随同张择端穿街入巷，游逛百店，待走出城门，自由自在地徜徉在那人群中……看来完成这幅巨画的临摹应无问题。可是忽然出了件意外的事——

一天，我的邻居引来一位美籍华人说要看画。据说这位来访者是位作家。我当时还没有从事文学，对作家心怀神秘又景仰，遂将临摹中的《清明上河图》抻开给她看。画幅太长，画面低垂，我正想放在桌上，谁料她突然跪下来看，那种虔诚之态，如面对上帝，使我大吃一惊。像我这样的在计划经济中长大的人，根本不知市场生活的种种作秀。当她说如果她有这样一幅画，就会什么也不要时，我被深深打动了，以为真的遇到艺术上的知己和知音，当即说我给你画一幅吧。她听了，那表情，好似到了天堂。

艺术的动力常常是被感动。于是我放下手中画了一小半的《清明上河图》，第二天就去买绢和裁绢，用红茶兑上胶矾，一遍遍把绢染黄染旧，再在屋中架起竹竿，系上麻绳，那条五米多长的金黄的长绢，便折来折去晾在我小小房间的半空中。我由于对这幅画临摹得正是得心应手，画起来很流畅，对自己也很满意。天天白日上班，夜里临摹，直至更深夜半。嘴里嚼着馒头咸菜，却把心里的劲儿全给了这幅画。那年我三十二岁，精力充沛，一口气干下去，到了完成那日，便和妻子买了一瓶通化的红葡萄酒庆祝一番，掐指一算居然用了一年零三个月！

此间，那位美籍华人不断来信，说尽好话，尤其那句“恨不得一步就跨到中国来”，叫我依然感动，期待着尽快把画给她。但不久唐山大地震来了，我家被毁，墙倒屋塌，一家人差点儿被埋在里边。人爬出来后，心里犹然惦着那画。地震后的几天，我钻进废墟寻找衣服和被褥时，冒险将它挖出来。所幸的是我一直把它放在一个细长的装饼干的铁筒里，又搁在书桌抽屉最下一层，故而完好无损。这画又随我一起逃过一劫。这画与我是一般寻常关系吗？

此后，一些朋友看了这幅无比繁复的巨画，劝我不要给那位美籍华人。我执意说："答应人家了，哪能说了不算？"

待到1978年，那美籍华人来到中国，从我手中拿过这幅画的一瞬，我真有点儿舍不得。我觉得她是从我心里拿走的。她大概看出我的感受，说她一定请专业摄影师拍一套照片给我。此后，她来信说这幅画已镶在她家纽约曼哈顿第五大街客厅的墙上，还是请华盛顿一家博物馆制作的镜框呢。信中夹了几张这幅画的照片，却是用傻瓜机拍的，光线很暗，而且也不完整。

1985年我赴美参加爱荷华国际笔会，中间抽暇去纽约，去看她，也看我的画。我的画的确堂而皇之被镶在一个巨大又讲究的镜框里，内装暗灯，柔和的光照在画中那神态各异的五百多个人物的身上。每个人物我都熟悉，好似"熟人"。虽是临摹，却觉得像是自己画的。我对她说别忘了给一套照片做纪念。但她说这幅画被固定在镜框内，无法再取下拍照了。属于她的，她全有了；属于我的，一点儿也没有。那时，中国的画家还不懂得画可以卖钱，无论求画与送画，全凭情意。一时我有被掠夺的感觉，而且被掠得空空荡荡。它毕竟是我年轻生命中一年零三个月换来的！

现在我手里还有小半卷未完成的《清明上河图》，在我中断这幅而去画了那幅之后，已经没有力量再继续这幅画了。我天性不喜欢重复，而临摹这幅画又是太浩大、太累人的工程。况且此时我已走上文坛，我心中的血都化为文字了。

写到这里，一定有人说，你很笨，叫人弄走这样一幅大画！

我想说，受骗多半缘于一种信任或感动。但是世上最美好的东西不也来自信任和感动吗？你说应该守住它，还是放弃它？

我写过一句话：每受过一次骗，就会感受一次自己身上人性的美好与纯真。

这便是《清明上河图》与我的故事。

传统文化的惰力和魅力

——我为什么写《三寸金莲》

泰昌：

你出这个倒霉题目还加劲催我写，真有点儿逼供味道。我迟迟不写的原因是——轮到作者自己出来说话，是评论的悲哀。若不是你逼我，我真不愿加重这悲哀。

我承认，这是我作小说以来争议最多的作品。在西德讲演，总有汉学家提出它和我讨论。在香港见到一些评论，褒贬皆有，反对者到了冒火动肝气吹胡子瞪眼的地步，说我就差写被阉过了的太监了，不知人家怎么琢磨出来的，愈想愈好玩儿。在国内，我似乎还得了“莲癖”的雅号。幸亏我是八十年代写的，若倒退到世纪初，真会被当作嗜弄小脚的狎邪男人。当然我还听到一种严肃的规劝，仿佛我由“现实主义”堕落下来，从紧皱眉头的忧国忧民忧吃忧穿忧分房忧不正之风，沉沦到为有闲者解闷解乏找乐写一种赚钱盈利沽名哗众的玩意儿。

其实这么闹闹并不错。过去我总巴望作品出来，赢得齐声叫好。

现在改了，一些人激烈反对，一些人激烈赞成，反使我得劲上劲来劲。因为我终于把这东西撂在不同人不同认识层次不同审美标准的交叉点上，终于拿作品发起挑战。我事先看准了，没避开，而是迎上去。尽管有人并不自觉，我却十分自觉。所以我不怕误解曲解臭骂隔靴搔痒，却怕讨论只停在“他是不是展览大便”这种“见与儿童邻”的表层上。我等着强有力的反挑战，高明或至少不糊涂的对手，一直等了半年，不幸不巧不走运不知为什么没遇上。

说这小说要说它产生的背景。

这两年文化热闹得快开锅。在大文化含义上看，文化是无所不在的，思想信仰道德风俗环境建筑服饰饮食语言乃至心理等。无文化也是一种文化。我们无时无刻无处不受自己创造的文化所影响所限定所制约，然而老祖宗给我们留下的不完全是美德美食美服美文。这文化长期处在封闭状态中，好像一个裹得紧紧又死沉死沉的包袱从来不曾打开。历史上我们有过几次同化入侵民族因而盲目深信自己文化的强大。同化主要是文化的力量，其实这是我们的本土文化强于入侵民族文化的缘故。可是1840年后就不同了。西方入侵者的文化带着猛烈的冲击力，古老中华帝国的稳定感受到从未有过的震撼与威胁，从万古不移万古不变万古长存的酣梦中惊醒。具有系统性完整性顽固性的传统文化的第一反应是排外——自成体系的都具有排他性。排外心理就自然纳入我们民族心理结构中，就成了“五四”以来社会变革的巨大障碍。一百年来先进的知识分子，一方面致力于介绍西方文化，一方面致力于对民族文化进行反省反思批判。在文学上，鲁迅先生最早把敏锐的思维触角深入到文化深层。他主要通过对民族文化心态（当时称作国民性）的剖析与揭示，做出对当时中国社会痼疾的本质性解释。这就使中国文学达到前所未有的深刻的现实性，同时使“五四”以来新文学的内涵，远远超出维新运动时期文学直露地反传统地呼叫变革的浅显的思想层次。

新时期文学发展到近两年，作家们文化意识的自觉，正由于我们再次经历重创与巨变，再次吞食传统文化的恶果，再次感受传统文化压抑下密不透气的悲剧氛围，再次面临社会生活的需要大变革。所以，必然要对社会的深层结构（特别是文化结构）进行比鲁迅先生更进一步的反省和反思。这是文学趋向成熟的表现，是文学与改革事业同步在更高层次的表现，也是作家对这场广泛深刻的社会变革的一种积极配合意识的表现。文化反思是带有强烈社会性和现实性的，是对社会问题开掘的再深入，绝不是回避疏离逃跑。

现实问题不是皮肤病。

同时，我不同意把“寻根文学”归入文化反思。尽管寻根文学常常去表现某一历史时期某一地域的文化状态，但它只是迷醉于再现这一文化状态辄止，应属于复古思潮。当然，复古与守旧不同。守旧是担心恐惧拒绝现代文明，复古则是现代人充分享受现代文明之后，回过身向历史寻求精神弥补；是在现实眼花缭乱的疾进中，回过身向历史文化寻找重心。因此在“寻根”热潮中，传统文化重新显示它无穷的魅力。可是这个含有文化复归意味的思潮，是现代人心理的一种走向，是时代的一种必然。所以我把“寻根”归为现代思潮。寻根文学和新潮小说是一张脸上左右两个耳朵。

文化反思与寻根不同，它是另一种眉眼容颜骨架魂灵脉搏脾气。自打鲁迅开端以来，它有三个特点。第一点是注重宏观地把握民族文化特征。比如写鲁镇，不为鲁镇的地域文化状态所囿，不止于把这种状态升华为一种审美内容。地域文化特点只是作为他艺术个性的要素，民族文化特征才是要牢牢抓住的。作品的思想是超地域的。第二点是注重紧紧对准现实。用刨祖坟的法子给予彻底的批判，对传统文化有强烈的批判性，无情撕掉“子不嫌母丑”“家丑不可外扬”的遮羞布。从民族文化心态中寻找阻碍前进的心理因素，这一切都尖锐针对世态世人，以唤醒民族的自我反省，推动民族的自我拯救。第三点是注重写“文化人”。即塑造特有文化铸成的特有性格。“文化人”强调性格中的文化因素，以使人物的灵魂投射，对历史对民族对文化有深广的思想覆盖。应该说这是鲁迅先生对中国乃至世界文学的特殊贡献。在我国古典小说中，贾政、薛宝钗、贾宝玉、宋江、范进等形象都含有文化因素。鲁迅先生对“文化人”形象的创造却更明确更自觉更具有目的性，更推向性格极端，更注重对现实的参照价值，比如阿Q等。新时期文学中，我以为陈奂生、那五、朱自治、周姜氏等都是作家有意塑造并获成功的“文化人”形象。可惜还没见到哪位高人打这角度给予评价，大概都忙着朦胧虚幻荒古怪诞晦涩现代意识和神经错乱去了。

在上述这个状态中，我为自己设计一套大致用六部至八部中篇构成的一组文化反思小说，总名叫作《怪世奇谈》。《神鞭》是打头的一部。关于这部小说的思想把握，我曾写过一篇长文发表在《光明日报》上，这文章你肯定读过了。《神鞭》仍是沿着鲁迅先生对民族劣根性批评的路子走，我称之为文化的惰力，辫子是个象征。三十年代以来文化反思小说大多着眼着意着力于这点。可是打这儿再往前探一步，问题就出来了：既然民族文化深层有这样的劣根、这样的惰力，为什么如此持久顽固，“五四”新文化的洪流非但不能涤荡，反而大爆发，并成为今天开放的坚固难摧的屏障？我看这不是单纯一种惰力，传统文化有种更厉害的东西，是魅力。它能把畸形的变态的病态的，全变为一种美，一种有魅力的美，一种神奇神秘令人神往的美。你用今天的眼光不可理解不可思议，你看它丑陋龌龊恶心绝难接受甚至忍受，但当初确确实实是人们由衷遵从，奉为至高无上的审美标准的。一个美国女人在西湖看盆景，面对一株盘根错节扭曲万状的古柏，忽然大哭，叫着："痛苦死了。"可是经我们的园艺家头头是道地一讲，讲神讲气讲势讲高低讲繁简讲刚柔讲枯荣讲苍润讲动静讲争让讲虚实讲抑扬讲吞吐讲险夷讲阴阳，照样见傻。中国文化高就高在它能把清规戒律变成金科玉律，把人为的强制的硬扭的酿成化成炼成一种公认的神圣的美的法则。当人们浸入这美中，还会自觉不自觉丰富和完善它，也就成为自觉自愿发自内心而不再是外来强加的东西了。由外加的限定变为自我限定，由意念进入潜意识，文化的力量才到极限。在一所大学讨论这部小说时，有位学生问我，你写众莲癖谈小脚时，有没有卖弄学问的意思？我说，你知道"评头论足"一词的由来吗？那时小脚是要"论"的，"论"就是小脚的文化。它包含着小脚赖以在中国大地长存千年的文化依据。没有土，哪来的土豆？审美价值一旦被确立，便是一种价值观念的形成。换一种价值观念、一种审美、一种文化，谈何容易？人们很难咬破紧套在自己生命之躯的这结实的厚茧，挣脱出去。从清末到北伐，缠足和放足经过怎样痛苦激烈反复殊死的斗争。直到拒不缠足的一代天足者长大，这斗争的程度才渐渐消淡。单靠缠足者放足，无法战胜缠足。传统文化惰力之强，正因为它融进去魅力。这惰力与魅力好像一张纸的两面，中间无法揭开；它们是一对孪生子。今天社会变革遇到的困难，更关键更难突破的实际在我们自身，在我们内心。纵横的锁链都是彩带，花墙柳岸全是栅栏。真正可怕的是我们对这种文化制约并无自省。真正的文化积淀是在我们心中。我称之为：中国文化的自我束缚力。我必须打开文化的这一层。

你知道，当我找到"三寸金莲"时多得意！上面那些长久积存心中的思索突然找到一个奔泻口。大脑里的雾一下子凝聚起来，就变成这一对对怪异寻常丑陋绚丽腐臭喷香奇诡的形象，它的繁缛拖沓压抑绞结华美神秘，它神圣的自戕，它木乃伊式僵死的永恒，它含泪含血含脓的微笑，它如山压顶般的悲剧感，正是我对传统文化和中国社会的全部感觉。即使感觉最深最细最微妙而难以形诸文字的部分，也被它轻快鲜活一带而出。在老祖宗留下的遗产里，我再找不到别的更适合我借以打开文化内涵的这一层面，即上述的那种自我束缚力。当我写起来，进入状态氛围情景形象创造时，不断发现还有那么多东西可供挖掘象征比喻影射。创造的快乐是过程中的冲动。这你深知，还记得你写短篇《月亮会照亮路的》时半夜叽哇喊叫给我打电话来吗？

有位记者问我，你是不是有赞美和鼓吹小脚的意图？我说，如果哪位女人看了拙作开始裹脚，算我鼓吹；至于赞美，我想反问一句，如果我不写小脚的“美”，只写丑写苦，年轻人会问我，这么苦这么丑，中国妇女为什么裹了一千年。我正是要写这个问题。反对裹脚，这已经不是我们这代作家的职责。《黄绣球》那时代早写过了，中国人不再是放脚，而是放脑子。因此我只是借用小脚而已，正像《神鞭》中借了辫子。这书开章明义，我就说“小脚里头，藏着一部历史”，你拿这路子悟悟去。还有人问我，你为什么写“国耻”？我笑着说，你再来一部写“国荣”不就平衡过来了？再说小脚算什么“国耻”？它是种文化现象。一个民族特征的文化发展到某一地步，就会有某种特产出来。三寸金莲正是中国文化某一特性发展到极端的表现。

算你看透了——这是一部外表写实，实则荒诞的小说，与《神鞭》刚好相反，《神鞭》是外表荒诞，内里写实。小脚内含的荒谬正是中国文化的荒谬。我故意含而不露地用了荒谬象征隐喻变形，把冷酷的批判挖苦嘲弄影射，透入一片乱花迷眼的外观。这么写，因为内涵复杂，说明了，就全没了。还因为中国小说审美有个经验，就是靠读书人去悟。这就看读者的能耐了。这次看来，有趣的是对这个小说深层内涵有所悟者更多则是大学生和肯思考的青年。也许他们与小脚的生活距离远，反而会无牵无挂站在另一思考角度看作品。你是评论家，我也给你出个题目——《三寸金莲》出笼后，那么多不同乃至相反的意见。不少“家”照老习惯只盯作品，不盯读者。读者一乱起来，是研究社会心理结构变化的大好机会。我们研究问题为什么总是一个角度，为了一致的结论？

关于这小说的手段招数文字津味等，这里全不想说，也不是你出这个题目和逼供的内容。唯一想说的，是我极自觉清醒地想创造一个新的样式。既写实荒诞浪漫寓言通俗黑色幽默，又非写实非荒诞非浪漫非寓言非通俗非黑色幽默，来个四不像模样。接受传统又抗拒传统，拿来欧美又蔑视欧美。我既不想转手舶来品也不想卖古董卖遗产卖箱子底儿，只想自己种自己吃。我又并非硬造出这东西，依据是出于对历史对现实对文化对人也对小脚外在和内在的一种总体的异样的感觉。我致力做的是把这感觉变成艺术。不知何故，总觉得评论家们对我这玩意儿“无处下嘴”。一部作品的产生带着它专有特有独有的审美尺度。大概寻这尺度需要点儿眼力功夫能耐学问时间，不如拿朦胧谈朦胧、拿云山雾罩谈云山雾罩、拿梦谈梦更省劲。现在评论界的现代派的水平真高过了创作界的现代派，就不知谁比谁更清楚，或者更糊涂了。可是如拿我这玩意儿当作一般历史小说，当作中国妇女苦难史来读，再生气愤怒冒火就不干我事了。

我把《怪世奇谈》头两部——《神鞭》所写的文化的惰力和《三寸金莲》所写的文化的自束缚力，合起来叫作可知文化。下一部正在着手，叫《阴阳八卦》，写中国文化不可知的部分，即民族文化黑箱，或即神秘性。我已经谋到一招法，想把这玩意儿玩绝。待这部脱手，就该写东西方文化碰撞问题了。其实这些问题还都是当今的现实问题，表皮看不出的放到大背景上透视而已。作为朋友，我对你泄露这盘计划只能止于此。当然这只是我创作规划中的一条路，我说我至少有三条路。一边还在写什么高女人矮男人，写《一百个人的十年》。我从来不打算在一棵树上吊死，或吊得够劲儿了再换一根绳子一棵树一个地界儿。作家一方面要敞开自己的世界，一方面别叫人摸到底，随随便便被划分到哪一派去。总得引着读者走进一个又一个独自打开的新的艺术空间。当然这挺费事儿，可是没这空间先憋死自己。艺术这东西好比十字架，扛起来就得一直走到死，累死完事，别想安生。

今儿算跟你把《三寸金莲》的底儿泄了。好在这东西是已经完成的，搁在人们眼皮子底下，无秘密可言。相信不少东西你也早看破。你是能人，我也不笨就是了。

我写信，向来不白写。或是得换来感情或是得换来意见。这封信只要换你些有见地的话就心满意足，你可别亏了我。

此祝

笔健！

大冯